MW01166494

Danielle Mitterrand

Le livre
de ma mémoire

Gallimard

Les droits d'auteur de ce livre sont intégralement versés
à France Libertés, Fondation Danielle Mitterrand.

Échappée belle !

Il aurait suffi d'un geste insensé, un soir de mai 1924... Mon frère Roger Gouze raconte : « Le dîner avait été silencieux, plein d'orage contenu, ma mère fermée sur sa peine. La promenade rituelle du soir leur fit prendre, contrairement aux habitudes, une route qui descend en lacet vers la Durance pour traverser un pont métallique. Ils discutaient de plus en plus haut, de plus en plus âprement et leurs gestes s'animaient jusqu'à devenir menaçants. Tout à coup ma mère sembla vouloir s'échapper en courant. Mon père la retint par le bras. Elle se débattait, lui glissant des mains, elle courut comme une folle vers le pont. Allait-elle se jeter dans la Durance ?... Trop malheureuse, elle voulait mourir. »

Roger, comment peux-tu parler ainsi de nos parents ? C'est inconcevable pour moi qui ne les ai connus que parfaitement unis, sereins, amoureux. Des parents que tout enfant aimerait chérir. Tu inventes une histoire de jeune garçon de onze ans, à l'âge de la puberté. Il te fallait pimenter un quotidien trop paisible.

Et pourtant, elle a bien existé « la Para », plutôt
blonde, avec des taches de rousseur sur le visage,
les bras bien en chair, comme la décrit mon frère[1].
Aurait-elle séduit le directeur du collège, mon
père, et rongé le cœur de son épouse énamourée,
ma mère ? J'ai dû l'admettre des décennies plus
tard, quand les indiscrétions de mon frère me
troublèrent au point de poser la question à maman.

« N'en parlons plus, me dit-elle, j'ai pardonné
mais n'oublierai jamais. » Quant au coupable, la
veille de sa mort il demandait encore pardon à la
seule femme de sa vie et emportait dans sa tombe,
selon son journal intime, le cuisant remords qui a
mordu son cœur jusqu'à sa mort : « Cela s'était
passé le 13 février 1924. »

Mais, si je calcule bien, j'étais là, moi aussi, ce
jour de février, jour du drame ! Ne suis-je pas née
cette même année en octobre ? Peut-être ne le savait-elle pas encore... J'aurais donc vécu le pont,
le mauvais côté du parapet, la bouillonnante Durance enserrée dans ses rives étroites, à Embrun,
dans les Hautes-Alpes, où le soleil brille trois
cents jours par an.

Il aurait suffi qu'un geste désespéré aboutisse.
Comme elle doit souffrir cette jeune femme enceinte de moi, trahie par l'homme qu'elle aime,
impuissant à la raisonner ! Et mon histoire aurait
pu se terminer par le saut fatal de ma mère, sous
le regard d'un petit garçon pétrifié par la frayeur
et qui soixante ans plus tard raconte.

---

1. Roger Gouze, *Les Miroirs parallèles*, Calmann-Lévy, 1982.

Alors, aujourd'hui se réveillent mes instincts salvateurs et j'aime à penser que c'est moi qui ai sauvé la situation. L'étincelle de la vie que ma mère portait en elle et qui ne demandait qu'à s'enflammer manifesta son désir de vivre le destin qui lui était dévolu.

J'ai compris aussi pourquoi mon père me voua un amour démesuré jusqu'à sa mort.

La famille quitte Embrun. En obtenant leur mutation pour Verdun, dans la Meuse, mes parents retrouvent la sérénité. Et j'entre dans leur vie par une belle nuit d'automne. C'est dans leur chambre de l'appartement de fonction qu'ils occupent au collège Buvignier qu'ils m'accueillent, éperdus de tendresse pour cette petite fille à laquelle ils ouvrent les bras, le cœur plein d'espérances et de projets. C'est ainsi que je suis née lorraine aux racines bourguignonnes.

Toute ma vie, je serai aussi la petite sœur aimée et toujours protégée par mes aînés de dix et douze ans, leur jouet vivant et quelquefois agaçant parce qu'imprévisible. L'adolescence et leurs amours naissantes devenaient incompatibles avec la garde de la « petite ». Leurs études les éloignèrent du cocon familial, je vivais comme une fille unique sous le regard distrait des « grands ». Adultes, nous nous sommes retrouvés et reconnus sans étonnement.

Nous étions bien sculptés d'un même bois.

Première partie

FIDÈLE À MES ANCÊTRES

1

Jeanne Lavigne

Oui, je suis Bourguignonne… et j'irais même jusqu'à revendiquer l'autonomie de ma terre familiale dans l'Europe des peuples dont nous avons rêvé pendant la Résistance.

En Bourgogne, en ce temps-là, la vigne et le vin étaient l'affaire de journaliers, de petits paysans propriétaires. Vous les auriez trouvés au travail de la terre par tous les temps, occupés à chausser, déchausser, sarcler, désherber… La serpette, la bêche et le pic bigorne individuels étaient les seuls outils possibles. Nul attelage ou instrument aratoire n'était utilisable. Pour la bonne raison que les ceps, depuis les origines, étaient plantés « en foule », c'est-à-dire non alignés — ils se reproduisaient par marcottage.

Lorsque je me présente Bourguignonne, de terre bourguignonne, je pense à la grand-mère Gouze, née Jeanne Lavigne, le 1ᵉʳ novembre 1866, à Saint-Vincent-des-Prés, dans le canton de Cluny. Petite-fille, fille, sœur de vignerons depuis des générations. Certes, ils n'appartenaient pas à la haute société des grands propriétaires.

Jeanne Lavigne est contemporaine du malheur du vignoble bourguignon dans toute son ampleur. Comment ses parents ont-ils survécu aux attaques du phylloxéra ? Comment sont-ils sortis de la tourmente ?

Phylloxéra ? Vous savez, ce tout petit insecte « doré » dont la larve assèche les ceps. Il suffit d'une seule femelle pour créer une famille de vingt millions d'individus avides de nourriture et prêts à la prendre partout où ils la trouveront, en choisissant de préférence les vignes les plus saines, parce que les racines et radicelles en sont plus succulentes. Une simple piqûre sur la feuille de vigne provoque une boursouflure où vont se loger les cinq à six cents œufs porteurs des larves dévastatrices.

Les Languedociens et les Bordelais furent les premiers ruinés à la fin du XIXe siècle. Comme une invasion d'un ennemi redoutable, on signala le phylloxéra d'abord à Pujaut, dans le Gard, puis à Graveson, Bouches-du-Rhône, puis sur les hauteurs de Bouliac et de Floirac, en Gironde. La Bourgogne semblait épargnée... Puis la rumeur s'étendit et devint certitude. L'infection mit dix ans pour remonter le Rhône et ravager nos vignes dans les années 1880. La dernière région atteinte, la Champagne, le fut en 1893-1894. Ce fut un malheur national.

Que diable, comment en étions-nous arrivés à une telle situation ?

Ce fut la bonne idée de pépiniéristes qui, pour résister à une maladie bénigne, l'oïdium, s'entichèrent de « plants américains » réputés résistants à tout. Même à la petite bête qu'ils introduisirent dans nos vénérables vignoblés. Avec ces plants, ils propagèrent la mort de nos vieux ceps noueux. Les sournoises piqûres de l'insecte, que d'abord personne ne remarqua, mirent trente-cinq ans à détruire dans leur totalité les vignobles français. Ainsi, le mal se répandit lentement mais sûrement, à la manière des « taches d'huile » : un centre fortement imprégné entouré d'une auréole de plus en plus étendue.

Ils ont tout essayé pour en venir à bout. Et, croyez-moi, l'ère des profiteurs du « tirons-parti-de-tout » avait déjà commencé et montré ses performances. La source des maigres richesses de nos vignerons « journaliers » disparut à mesure que s'étendait l'infection provoquée par cette diablesse de petite mouche. Les bonimenteurs de bons conseils et de produits miracles fort cher payés contribuèrent largement à leur ruine.

On rivalisa d'inventivité et d'ingéniosité pour préparer un terrain assaini et purifié de toutes tentatives de retour de « la bête » : la « submersion », le « tassage », l'« ensablement » selon l'emplacement géographique des vignobles. Le sulfure de carbone et son dérivé, le sulfocarbonate de potassium, firent les beaux jours de quelques firmes qui profitèrent largement de la situation pour faire des affaires sur le dos d'une profession désemparée. Aucune de ces pratiques ne fut une panacée, mais elles ne manquèrent pas d'en enrichir quelques-uns.

Toute illusion perdue, mes ancêtres durent se résoudre à l'arrachage et à la destruction par le feu des ceps qui ancraient leurs raisons de vivre sur cette terre à vignobles. J'imagine l'ambiance régnant autour de Jeanne qui dut être « placée » dans un village voisin pour soulager les charges de la famille.

Puis, le phylloxéra anéanti par la crémation, il fallut acheter de nouveaux plants... Ces fameux « plants américains », greffés des variétés anciennes locales, nous rendirent le gamay, le pinot noir, le pinot gris, le césar pour les rouges mais aussi le chardonnay et l'aligoté pour les blancs. On avait trouvé la parade et une partie du vignoble renaissait déjà tandis que l'autre disparaissait encore. Il s'agissait vraiment, pour les petits comme pour les grands propriétaires, de « survivre au malheur » et de « sauver le vin ».

La chaîne de ma famille vigneronne s'était reconstituée et j'ai pu entendre les frères de ma grand-mère Jeanne Lavigne (quel beau patronyme !) raconter leurs hauts faits de résistance contre le phylloxéra.

Ainsi les ai-je vus, marchant au pas du cheval qui tirait la herse ou le râteau entre les rangs. La culture de la vigne, plantée « en foule » avant la catastrophe, avait laissé la place à une plantation bien ordonnée en rangs espacés régulièrement.

Au cul de son cheval, au rythme d'un pas mesuré, le moment est propice au recueillement, à la réflexion qui fixera le tempo pour le développement de la pousse, au retour du printemps. Labourer et préparer la terre nourricière et protectrice ne laissent pas de répit. Il faut se dépêcher car la nuit tombe vite. Les soirées sont longues avant les beaux jours. Alors qu'ils se réunissent autour de la lampe, tous les dangers de la concurrence les assaillent.

« Si nous vendons moins, c'est de la faute des Français. » On pouvait lire dans les gazettes que ceux-ci s'étaient mis à boire du cidre ou de la bière, « boissons hygiéniques », quelle foutaise ! « Et les fraudeurs qui nous disqualifient en sucrant leur vin pour le renforcer, ou en le mouillant et lui ajoutant des mixtures assassines. Ce sont des voleurs ! » « Et voilà que ceux du Nord nous opposent la betterave à sucre... »

Les revenus n'avaient cessé de baisser, en Bourgogne aussi. Je me demande si mes grands-oncles ont rallié le manifeste de Marcelin Albert, « le Rédempteur », patron d'un bistrot d'Argeliers, dans un Midi devenu le pays des « meurt-de-faim ». Ont-ils lu cet appel de mai 1907 ?

« Les soussignés décident de poursuivre leurs justes revendications jusqu'au bout, de se mettre en grève contre l'impôt, de demander la démission de tous les corps élus, et engagent toutes les communes du Midi et de l'Algérie à suivre leur exemple aux cris de : Vive le vin naturel ! À bas les empoisonneurs ! »

La menace de la grève des impôts incita Clemenceau à envoyer la troupe. Il était temps de mater ces vignerons qui pouvaient donner de mauvaises idées à tous ceux qui étaient en mal de bien vivre : l'Affaire des soldats du 17e régiment de ligne — vous savez, ces appelés, fils de paysans, qui se sont rangés derrière les vignerons ?

Une chanson reprise en chœur dans les campagnes louait leur solidarité :

> *Salut, salut à vous*
> *Braves soldats du dix-septième.*
> *Salut, braves pioupious,*
> *Chacun vous admire et vous aime.*
> *Salut, salut à vous,*
> *À votre geste magnifique.*
> *Vous auriez, en tirant sur nous,*
> *Assassiné la République.*

Signée Montéhus. Ne serait-ce pas ce citoyen
Montéhus qui, vingt-trois ans plus tard, devait ac-
cueillir au Grand Orient un certain Antoine
Gouze, mon père ? Mais si...

Le feu s'éteignit. Clemenceau retira ses troupes, fit libérer les manifestants arrêtés, lâcha du
lest sur les impôts. La loi du 29 juin 1907 vint cé-
lébrer la résurrection de la vigne. Elle fondait, pour
tout le siècle, le cadre d'un nouveau vignoble français que des lois successives allaient compléter.
Le vin fut consacré, le 3 septembre 1907, comme
devant « provenir exclusivement de la fermenta-
tion alcoolique du raisin frais ou du jus de raisin
frais ». C'était bien le moins.

Ouf ! ma famille se calme.

Trente ans après la catastrophe, mes ancêtres
vignerons, vous les auriez trouvés plus sûrement
sur les collines du Mâconnais, entre Igé et Azé.
Au travail, leur raison d'être consistait à soulager
l'objet de leur attention des souffrances de l'été et
du gel de l'hiver. La taille, pratiquée avec amour

au temps des frimas, prépare la montée de la sève nouvelle en limitant l'énergie de la plante afin d'ordonner la pousse échevelée des sarments. Le vigneron attend des fruits et non du bois.

Les longues soirées d'hiver n'en finissent pas. On retrouve les voisins dès la soupe avalée. Les parties de tarot copieusement arrosées d'un marc de Bourgogne de leur cru mettent de l'ambiance jusque tard dans la nuit. Ce n'est certainement pas une saine préparation aux rudes travaux nécessités par une vigne exigeante. S'exposer aux intempéries d'un tout jeune printemps à peine sorti des gelées tardives, préparer les sillons, sarcler, biner en ont terrassé quelques-uns, victimes d'un malaise cardiaque, pour n'avoir pas tout à fait éclusé les vapeurs d'un alcool trop chaleureux...

En attendant, ils commentent le journal local. Quel journal ? *L'Union bourguignonne* ou *L'Impartial bourguignon* qui, en fusionnant, se sont présentés sous le titre *Bien Public-Union* ? Les frères de Jeanne devaient plutôt lire *L'Humanité* qui existait depuis 1904. C'était le journal de Jean Jaurès, inspiré par les quelques intellectuels de gauche qui gravitaient autour de lui.

Je devais avoir une dizaine d'années quand, dans la cour de la ferme, chez le grand-oncle Jacques, mon petit cousin chantait à tue-tête *L'Internationale* que, pour la première fois, j'entonnais en écho : « C'est la lu*tte* fin*ale*/Groupons-nous *z*'et demain... » Ce n'était pas pour déplaire à mes aînés.

Septembre venu, le temps des vendanges se conjugue avec les fêtes au village. S'y retrouvent filles et garçons de la région accourus pour la récolte des raisins mûris au soleil, cueillis avec soin, jetés par-dessus l'épaule dans les hottes sorties des celliers. Les grappes précipitées dans d'énormes cuviers, les vendangeurs n'hésitent pas à retirer leurs pantalons pour les rites du *pigeage*. En ce temps-là, les pieds ne risquaient pas de briser les pépins qui auraient donné de l'amertume. Les rires assuraient l'ambiance tandis qu'extravagance rimait avec défoulement. À l'époque de ma grand-mère, se déchausser, relever son jupon, aurait été inconvenant : les filles ne participaient pas.

Aujourd'hui, grisés par la modernité, nos œnologues compensent par des produits ajoutés et finissent par obtenir un breuvage sans surprise : un « bon cru » au goût unifié, à l'instar de la pensée unique, d'une culture unique, d'une civilisation unique... Quel objectif poursuivent-ils ? Il semblerait que ce soit la création d'un robot se contentant d'un breuvage insipide qui ne saurait réveiller des neurones en plastique.

Vous avez compris : je sors d'un nid de socialistes bien rouges du côté de ma grand-mère paternelle. Elle ne devait pas en penser grand-chose, mais ses gènes m'ont été fidèlement transmis.

De la même terre que les ceps de vigne de mes ancêtres, je revendique « l'exception culturelle ». Bourguignonne je suis, issue de Bourguignons qui n'avaient pas oublié leur histoire.

Perplexes, ils s'interrogèrent sur l'opportunité

de mon mariage quand je leur présentai François, venu de l'Ouest, un « Armina »... Interloqués : « Tu épouses un Armina ? »

Il a fallu que j'interroge mon père pour me rendre compte de ma trahison envers les miens. François était un Armagnac. J'avais oublié la guerre de Cent Ans. Pas eux.

Pour en finir avec ces guerres ancestrales, François et nos enfants entrèrent dans la famille par la grande porte de l'affection.

2

Le rétablissement de la République

Née en 1866, Jeanne Gouze née Lavigne est contemporaine du rétablissement de la République. Si elle ne s'en soucie guère, son entourage « très à gauche » doit être éminemment concerné.

Même si le sujet toujours récurrent des conséquences du phylloxéra anime leurs conversations, encore empreintes de colère, les discussions ne manquent pas d'ambiance à l'occasion des élections municipales ou des législatives qui donnèrent une majorité républicaine à la France

Comme ils ont dû attendre la nouvelle du décompte des voix qui détermina le sort de la République ! Car, notre République, elle a senti le vent du boulet passer près, lorsqu'elle a failli ne pas voir le jour. Elle ne doit d'exister que grâce à « l'amendement Wallon », adopté à une seule voix de majorité, un certain 30 janvier 1875. Il instaura le régime républicain par l'élection du président de la République.

Adolphe Thiers fut le premier chef d'un gouvernement provisoire d'une République sortie de la défaite de Napoléon III, à Sedan, le 4 septembre 1870.

Bien sûr, il est opposé au rétablissement de l'Empire. Même s'il devait être entaché du massacre des communards, il n'aurait pas vu d'un mauvais œil l'instauration d'un gouvernement réactionnaire conservateur, à l'image de l'Assemblée réunie à Versailles qui valut à ses membres le qualificatif de versaillais. Elle fut lourde à porter sur les fonts baptismaux, cette IIIe République qui veillera sur le destin des Français jusqu'à la Deuxième Guerre mondiale.

Les coups de boutoir du nazisme glorieux eurent raison de ses valeurs fondamentales qui furent balayées par l'État français.

N'anticipons pas. La IIIe trace son sillon, forte de sa bannière : « Liberté, Égalité, Fraternité ». Elle entame son parcours semé d'entraves. Les échos de la Commune, première révolution « socialiste » ou « dernière révolution du XIXe siècle », selon le point de vue des historiens, se répercutent au plus profond des départements, soit comme repoussoir absolu, soit comme espoir. Les préjugés sont têtus et tout dépend du milieu social et de l'importance accordée localement à la religion. Chez nous, en Saône-et-Loire, de tradition républicaine ancienne, les centres ouvriers du Creusot et d'Autun lui furent favorables, ce qui ne fut pas sans influencer les campagnes. Tout près de là, Lyon avait même connu une brève insurrection. La majorité réactionnaire de cette époque réunissait les bonapartistes, les orléanistes et les légitimistes. Mais pourquoi diable les « ruraux » ? L'Assemblée nationale de Versailles, élue en 1870, disparut avec les premières élections au suffrage universel. C'est là que se constitua le fondement de la droite française pour plusieurs décennies. Et la droite parlementaire d'aujourd'hui, ne se nourrit-elle pas encore de ces racines bien ancrées ?

En vieillissant, je me suis efforcée d'avoir une idée claire d'un parcours semé d'événements déterminants. Les évoquer assure une continuité de la pensée qui construit ma conviction.

« Toute l'Histoire démontre que les véritables oppositions que nous appelons "droite" "gauche" ont recouvert et recouvrent encore le clan des "républicains", citoyens responsables, contre les "monarchistes" asservis au pouvoir personnel parce qu'ils cherchent un maître. Les premiers se recrutent majoritairement parmi les gens simples, dit Umberto Eco, ils sont de la chair à bouchers à utiliser quand ils servent à mettre en crise le pouvoir adverse, et à sacrifier quand ils ne servent plus. » (*Le Nom de la rose*.)

Il semble pourtant que de nos jours les moyens de s'informer sont accessibles au plus grand nombre d'entre nous. Faut-il encore accepter l'information telle qu'elle est publiée !

Pour moi, apprendre a souvent été un jeu. Maman savait raconter et lire à haute voix. Elle captait l'attention de son entourage. Ah ! découvrir la géographie comme un terrain de surprises ; rencontrer les habitants d'une terre lointaine ; entendre l'Histoire comme une affaire de famille, une histoire à suspens, l'ambition des uns, le laxisme des autres, les traîtres et les convaincus ; s'enrichir enfin des récits les plus intimistes qui concernent les aïeux déjà disparus.

« Maman, était-elle si méchante, l'arrière-grand-mère qui te forçait à manger la cancoillotte qu'elle fabriquait avec les restes de fromages ? Et le bon grand-père, préposé à "passer" à sa façon les légumes de la soupe qui mijotait sur le côté du fourneau pendant des heures ? Raconte encore... »

Et, sans transition : « — L'as-tu connu, Monsieur Thiers ? — Non, je suis née treize ans après sa mort, en 1877. — À l'école, le prof nous a dit qu'il avait demandé à tous les Français de vider les bas de laine de leurs économies pour assumer l'engagement pris devant les Prussiens : paiement de l'indemnité exigée après la défaite de 1870. Alors, ta vilaine grand-mère Roussote, que tu dis tellement avare, a-t-elle donné son or pour répondre au sens du devoir et du sacrifice que ses compatriotes ont honoré si largement ? Et ton père, t'a-t-il expliqué pourquoi des députés monarchistes d'extrême droite empêchèrent la mise en place de certaines des réformes de Monsieur Thiers et sabrèrent ses initiatives qui n'avaient pas l'heur de leur plaire ? Fallait-il qu'ils soient puissants pour le mettre en minorité et l'obliger à se retirer. En est-il mort de dépit, si peu de temps après ? »

Bof ! je ne vais pas pleurer sur son sort... D'autant qu'il m'a fait rater mon bac, parce que je n'en savais pas grand-chose en ce jour d'épreuves. Et pour cause, dans le maquis, mes livres de classe n'étaient pas souvent ouverts. De plus, j'étais amoureuse de François.

« — Mais, dis-moi encore, quand ce premier président est parti, ton père, lui, a connu le deuxième Président ? — Ce n'était pas le deuxième car Adolphe Thiers n'était pas président de la République, mais chef du gouvernement provisoire qui a préparé la IIIe République. — Alors, le premier Président ? Ce fut un militaire, et pas n'importe quel militaire, mais un maréchal, le maréchal de Mac-Mahon, soldat du Second Empire, chef de l'armée des versaillais, massacreur sans pitié des communards. »

Le voilà élu président de la République... Pour sept ans ! Il semblerait qu'il soit bien difficile de s'extraire d'une civilisation qui met au premier plan des hommes au torse bardé de médailles.

Mac-Mahon ! Les communards ont dû se retourner dans leurs tombes. Les royalistes, eux, jubilent. Ils ont cru pouvoir retrouver leur chère monarchie. À défaut, ils auront droit à un « Ordre moral » qui les rassure.

Malgré tout, j'étais loin de me figurer que nous avions bien failli perdre notre drapeau tricolore. C'est au bénéfice d'une querelle de préséance entre les monarchistes légitimistes et les monarchistes louis-philippards, que nous devons d'avoir échappé au rétablissement du drapeau blanc des monarchistes. Nous, les enfants de 1789, derrière le drapeau blanc de la revanche, vous n'y pensez pas !

Est-ce maman ou mes lectures plus tardives qui me firent découvrir le chemin périlleux sur lequel s'engagea la République ?

Et quand les élus républicains, devenus majoritaires, appelèrent le Maréchal-Président à battre en retraite, fut-il impressionné par la célèbre intervention de Gambetta qui, depuis la tribune de l'Hémicycle, lança : « Le Président doit se soumettre ou se démettre ! »

Treize présidents ont suivi Mac-Mahon. On peut s'amuser à les énumérer avec leurs dates de naissance et de mort. Bon exercice de mémoire, certes, mais je n'en ai pas envie. Ce qui m'importe, c'est de relever, au fil des ans, jusqu'à la Deuxième Guerre mondiale, les bienfaits ou les tares dont celles et ceux de ma génération ont hérité.

Malgré tout, pour la « petite histoire », un nom me vient à l'esprit : Félix Faure (le sixième), victime d'amours trop violentes pour son âge. Lorsque je descendais à la cuisine privée de l'Élysée, il y a quelque vingt ans, j'avais une petite pensée pour lui et sa « connaissance » qui l'avait quitté si précipitamment... en dévalant ce petit escalier dérobé.

Qu'ai-je retenu de cette période de notre Histoire qui ait présidé aux événements de mon quotidien ? L'idée de République est alors bien ancrée dans les esprits. Je suis républicaine. La Chose Publique m'importe, et le Pouvoir du Peuple, basé sur le bon sens, pour moi veut dire quelque chose. Et encore, à mon âge, je lui prête ma voix quand je pense être utile à sa cause.

On peut espérer que la démocratie, hélas plus
ou moins bien comprise, ne nous échappera plus.
Certes, pour s'en assurer, il vaut mieux rester très
vigilant.

Émile Loubet, le septième, et Armand Fallières,
le huitième, jugulèrent à peu près le nationalisme
offensif, qui cessa d'être un danger immédiat, et
ils firent triompher la laïcité.

Bon an, mal an, la gauche s'organise en France.
Élections après élections, la majorité républicaine
se renforce, au gré des événements et des intérêts,
autour des « républicains de gouvernement » et
d'hommes plus intransigeants — il en faut. Je
pense à Clemenceau, ce laïc pur et dur, ce « Père
la Victoire » qui se rappelle au souvenir des Parisiens chaque fois qu'ils traversent les jardins du
bas des Champs-Élysées. La guerre de 1914-1918
occupa tout le « règne » de Raymond Poincaré.
Et... en 1924, quand j'entre dans la danse, le Cartel des gauches triomphe. Alexandre Millerand, le
dixième, furtif Président, doit démissionner, dépassé par la gauche...

Il y aura, en tout, quatorze présidents de la République pour soixante-dix ans d'Histoire.

Tout ce temps, la droite réactionnaire plus ou
moins audible, mais toujours présente, n'a pas
désarmé. Elle profite de toutes les fausses notes
de la République pour lancer de violentes campagnes. Les élus du peuple n'imposent pas les aspirations de leurs électeurs. Et l'opinion, attisée par
un antiparlementarisme méprisant où un certain
populisme plonge ses racines, s'inscrit dans une

logique qui conduit à plusieurs tentatives de coup d'État avant la Grande Guerre.

Ensuite, la semence de l'idéologie fasciste et nazie fut propice à l'éclosion de moult ligues et mouvements réactionnaires. Les républicains pouvaient s'inquiéter de voir, après la victoire, le triomphe de la Chambre « bleu horizon » donner de l'assurance à une droite cocardière et forte de ses certitudes.

Du cousin Lucien, maman parlait du bout des lèvres. Elle l'aimait pourtant bien, ce cousin, mutilé d'un bras au combat sur le front. Mais quelle idée le poussa à s'inscrire dans le camp des Croix-de-Feu du colonel de La Rocque ? De ce fait, la conversation, lors des rares rencontres pendant les vacances à Dinard, se bornait à commenter les paysages marins et les hortensias peints de la main gauche par ce talentueux artiste de notre famille...

De leur côté, les ultra-catholiques ne désarment pas. Comme en 1905, leur influence sur l'opinion et la formation de la jeunesse inquiète les laïcs. Il est urgent de prendre des mesures contre les « congrégations » revenues et de faire appliquer la loi de « séparation des Églises et de l'État ». Ah ! la loi de 1905 ! référence « biblique » de tout mon entourage enseignant. Cet ensemble de lois et de mesures qui fondent la laïcité...

Laïcité ! ma foi et mes tourments de petite fille...

À cet instant de l'écriture de ce livre, avant de faire avec vous le parcours de la IVᵉ et de la Vᵉ République, dont je vais témoigner, je me de-

mande si les humains vont pouvoir continuer à
écrire et réécrire indéfiniment une Histoire qui pié-
tine, se répète, met en scène des individus dont les
visages se superposent, changent de costumes et
de mode, tout en produisant les mêmes effets aux
mêmes causes.

Les républicains, impatients d'en finir avec des
états d'âme qui ne les concernent pas, s'organisent et s'appuient sur un réseau construit en
France, de l'est à l'ouest et du nord au sud, à partir de comités électoraux. De la plus petite des
communes au plus grand des départements, en
passant par les cantons, les républicains, quand ils
se retrouvent, s'organisent, réagissent. Ce sont les
loges maçonniques, les sociétés de « libre pensée »,
les sociétés de lecture, les sections de la Ligue des
droits de l'homme (fondée en 1898), et, en réponse aux « patronages » cléricaux, les amis de
l'école laïque font florès. Se dressent aussi les sociétés de gymnastique et de loisirs pour jouer aux
boules, tirer à l'arc, aligner des dominos, etc.

Les socialistes sont là, en ordre dispersé, au
moins quatre tendances — on a vu pire. C'est une
maladie chronique, endémique, qui s'avère ingué-
rissable et les dévore. Mais après tout, qu'importe
les stratégies qui divisent, si l'objectif commun ne
s'éloignait au gré des dispersions.

Soixante ans plus tard, le contre-pouvoir sou-
haité par François avait déjà ses racines bien im-
plantées. Et la conscience civique s'éveille. La
critique s'argumente, tout est en place pour la
confrontation. Les conflits sont latents dans les
couloirs des Assemblées et dans les officines.

Jules Ferry par-ci, Jules Ferry par-là... où veut-il en venir avec sa politique coloniale ? Elle focalise les diverses opinions, à droite comme à gauche. Les esprits s'échauffent.

Fallait-il croire aux beaux discours de son Comité colonial, formé plutôt de commerçants, d'armateurs et d'hommes d'affaires des grands ports, quand il présentait la colonisation comme un apport de la civilisation à des peuplades « primitives » ? Combien des grandes fortunes actuelles se sont bâties sur les désastres perpétrés par notre civilisation ? N'y voyait-on pas plutôt un champ de richesses à exploiter ? Pour une fois, il semblerait que les banquiers se soient mis en retard en prenant leur temps pour faire leurs comptes sur des investissements qu'ils pensaient aléatoires et peut-être illusoires.

N'allait-on pas détruire, en réalité, des équilibres ancestraux ? Plus personne aujourd'hui ne doute que l'appât du gain pour les uns et la perspective de gloire et d'avancement pour des militaires d'origine souvent modeste allaient faire le reste.

Je me souviens que François, ministre de la France d'outre-mer, en 1950, avait fait le projet d'écrire sur la mission Voulet-Chanoine. Il m'avait chargée de quelques recherches de documents. J'avais lu tout ce que j'avais trouvé relatant l'intrusion de ces deux militaires pour apporter le goût de la civilisation française aux Africains riverains du fleuve Niger et du lac Tchad.

Quelques récits découverts récemment, me hantent :

« À l'aube [...] alors que les coqs chantaient et que les hommes s'apprêtaient, la houe sur l'épaule, à partir travailler dans leurs *lougans*, les sujets de la reine Sarraouina, souveraine de Tougou et de Lougana, découvrirent soudain la civilisation. Les deux villages avaient été établis par les ancêtres dans un cirque rocheux dont le fond, au pied de falaises abruptes, pouvait servir de refuge aux gens et aux troupeaux. Ce matin-là, le cirque protecteur se transforma en nasse. Les baïonnettes et les fusils à tir rapide des tirailleurs fermèrent la seule issue.

Au tam-tam des tambours, les hommes avaient jeté les outils et s'étaient saisis de leurs armes. Quelques jeunes gens avaient sauté à cheval. Les femmes, les vieillards et les enfants, les bœufs, les vaches et les chèvres avaient couru se cacher dans les épines par des chemins secrets. Depuis que ce peuple avait une mémoire, on avait toujours procédé ainsi.

Sous le soleil montant, les deux lignes se faisaient face à trois cents mètres de distance. Celle commandée par [l'officier blanc], immobile à cheval près du canon [...], celle des guerriers de Sarraouina que marquaient les grands boucliers à la mode touarègue hérissés de lances. Un espace de silence, que les volailles et les chiens avaient fui, établissait comme une zone de défense. Les guerriers savaient que s'ils avançaient pour faire usage de leurs armes, ils rencontreraient la mort. Si les flèches frappaient à cent mètres, les balles des fusils avaient une portée double. Les tirailleurs attendaient le mouvement de leurs adversaires, sûrs de leurs machines et de leur efficacité.

Il fallait se décider : les Temps modernes contre le Moyen Âge[1]... »

Allons donc, soyons modernes, cela va de soi. Quelle belle avancée que de mettre à sac les maisons encore debout, de piller les réserves de la population, de passer au peigne fin la brousse, de déloger les fuyards de leur cachette et de brûler les buissons protecteurs... Et pendant que la troupe se restaure en contemplant les flammes, les hurlements des femmes et des enfants prisonniers du brasier ne contrarient en aucun cas la digestion de ces voyous.

Scène d'horreur qu'aucun esprit sain ne saurait imaginer mais que des fous de pouvoir ont su réaliser. Cet épisode, du fait de deux forcenés sanguinaires, est bien sûr l'exception.

Mais où commence l'inacceptable quand un gouvernement, une politique, une « civilisation », à l'étroit sur son continent, lorgnent vers des grands espaces pour satisfaire leurs ambitions ?

L'humanité est ainsi faite. C'est vite dit. Pourtant dans les pires situations, le chant de l'oiseau s'élève et, sur les champs de mort, on voit encore pousser la plus frêle et la plus tendre des fleurs. Alors, des écoles se construisent, souvent grâce à des religieux qui osent s'aventurer dans le bled.

1. Gérard Guicheteau et Jean-Claude Simoën, *Histoires vraies du XXe siècle*, Fayard, 2005.

Tandis que dans les capitales et grandes villes prospère l'Administration.

Bon, je ne referai pas l'Histoire. J'essaie à ma façon d'y inscrire le chapitre concernant ma génération, vu par la petite fille qui attendait son tour. Mais il m'a fallu refaire le parcours du XXᵉ siècle à l'envers pour comprendre pourquoi je suis ce que je suis.

Car, croyez-moi, nous en vivons encore les séquelles. Et les Africains que nous avons identifiés à notre guise se reconnaissent-ils à l'intérieur des frontières tracées au mépris des peuples sédentaires ou nomades, mais au gré d'arbitraires partages des richesses d'un continent habité par d'autres que nous allions d'abord terroriser en voulant de bonne foi les civiliser à notre image ?

Avez-vous remarqué la longue ligne droite qui sépare l'Algérie de la Mauritanie ? Regardez attentivement. Vous découvrirez un petit décrochement inexplicable. Est-ce le lieu d'un puits ou d'une oasis ? Non, non ! c'est la trace du bout de l'index qui tenait la règle utilisée pour dessiner une frontière bien nette. Il m'arrive de penser à ceux qui peut-être ont posé leurs tentes à cet endroit et qui ne se sont pas demandé pourquoi ils étaient Algériens.

L'Église ne traîne pas les pieds. Le beau chantier que voilà ! un vivier d'âmes à convertir ! Qu'importe s'ils adorent d'autres dieux qui les ont accompagnés depuis la nuit des temps !

Vous n'avez d'aïeux autres que les Gaulois, et votre Dieu est le Dieu tout-puissant des chrétiens.

C'est ainsi que des enfants maliens ou sénégalais répétaient à haute voix les leçons : « Nos ancêtres les Gaulois, aux yeux bleus et cheveux blonds... »

Qu'en pensaient-ils nos députés, sur les bancs de l'Assemblée ?

À droite : « Bien que l'on n'oublie pas l'Alsace et la Lorraine, coloniser l'Afrique fera notre affaire. Partons à la conquête de terres inconnues puisque les Prussiens cherchent à nous éloigner des "provinces perdues". »

À gauche, on est un peu perplexe aussi. Les dépenses inconsidérées que coûte la constitution d'un « empire » allaient-elles répondre aux ambitions de pouvoir et enrichir la République ? En tout cas, le seul argument que j'aurais aimé voir opposer ne fut jamais abordé : celui de la violence faite aux « indigènes ».

Il ne m'est pas agréable de rappeler ces pages de notre Histoire, mais ceci explique cela et ce que nous vivons aujourd'hui. Ce n'est pas attiser les rancunes que de savoir que nous devons assumer notre passé. Et si les descendants ne sont pas responsables, ils doivent en tirer des enseignements.

Plus d'un siècle après, au cours d'un voyage en Guyane, invitée à remonter le fleuve Maroni, je suis pilotée par un indigène, un autochtone, bref par Félix. Sur son quant-à-soi, il m'observe pendant de longues heures avant de livrer son bagage de méfiance et de réticences. « Savez-vous, madame Mitterrand, qu'en 1900, pour l'Exposition universelle, mes ancêtres ont été exhibés, nus, des chaînes aux pieds dans une cage ? Quelle humiliation ! Ma si douce arrière-grand-mère qui ensei-

gnait à ma mère les mystères de la forêt, le chant
des oiseaux et la mettait en garde contre la peur
qui fragilise la raison et le bon sens ! Ce sont vos
aînés, madame Mitterrand, qui ont commis ce
crime. Les contemporains de vos propres grands-
parents. »

Un flash m'aveugle : mon grand-père aurait-il
pu, en passant nonchalamment dans les allées du
parc de l'Exposition, croiser le regard de l'arrière-
grand-mère de Félix ?

Voilà, c'est dit.

« — Alors, Félix, ce projet que vous nourrissez
et pour lequel vous m'avez invitée, on en parle ?

— Nous contestons la construction d'un bar-
rage énorme qui devrait alimenter une usine électrique. Des dizaines de nos villages devront être
inondés et la population déplacée. La pêche en
aval ne nourrira plus les riverains car les poissons
ne survivront pas au bouleversement écologique
perpétré. C'est la terre que nos ancêtres nous ont
laissée. Or il y a une autre solution pour un même
résultat : une série de petites retenues, qui ne
coupent pas le courant du fleuve, seraient suffi-
santes pour apporter l'électricité dans toute la région, dans chacun de nos villages. »

Ce devait être une des premières démarches
abordées dans le domaine de l'eau, avec la Fondation avant d'avoir compris que la cause de l'eau
potable deviendrait notre préoccupation première, quelques années plus tard. Aujourd'hui,
notre mission se borne à faire entendre la voix de
Félix et de son peuple.

3

Le racisme et l'antisémitisme

Où commence et quand finira ce fléau, cette maladie honteuse que l'humanité véhicule avec elle ? Le mépris, quand ce n'est pas le racisme. À la fin du XIXe siècle, il trouve son point d'orgue avec « l'affaire Dreyfus ».

Les antisémites, on les trouve aussi bien à droite, plus glorieux, qu'à gauche, un peu honteux. Des hordes de manifestants violents s'en prennent aux boutiques et aux individus sous le regard plutôt satisfait des badauds qui n'ont pas à endosser ces vilenies.

Je n'ai jamais compris ce phénomène de l'esprit qui classe en catégories des populations désirables ou pas.

La formule consacrée : « Moi ! Je n'ai rien contre les juifs... mais... », ou alors : « D'ailleurs, je compte des juifs parmi mes amis, mais... » Ah ! ce « mais » que j'ai fini par exécrer dans certaines circonstances de ma vie. Au point de ne plus accepter de l'entendre et de rompre des amitiés que le vent de l'expectative a emportées.

Il vaut mieux vous taire, messieurs les racistes, et cacher votre gêne dans le silence.

Pour vous qui n'apprenez sans doute plus à lire sur le *J'accuse* de Zola, je vous dirai comment une machination, savamment ourdie, peut déshonorer un homme jusqu'à le détruire s'il est abandonné et ne trouve pas en lui la force de résister, de chercher, de démêler l'écheveau et de trouver le fil conducteur.

Soyez assurés, je sais de quoi je parle.

Revenons à ce temps-là, à la fin du XIXᵉ siècle, où une « Ligue antisémitique de France » réunissait des patriotes de tout poil et des aventuriers de toute nature. Du beau monde ! le marquis de Morès, allons donc ! et ses amis. Fallait-il que Jules Guérin se sente protégé pour diriger une organisation distillant sa haine contre la franc-maçonnerie et diffusant des mots d'ordre contre les juifs !

Et cette femme, Séverine, illustre féministe, comment s'est-elle laissée aller à de si vils sentiments ? Peut-on imaginer que les délicates sanguines de Degas, que nous ne nous lassons pas d'admirer, sont de la même main, du même esprit et du même cœur que les injures proférées dans les manifestations antisémites ? Et tant d'autres parmi les bons écrivains qui se sont entachés de cette réputation d'antisémites notoires.

Passée dans l'Histoire sous la sinistre dénomination d'« Affaire Dreyfus », la toile d'araignée se tisse autour de ce modeste capitaine d'état-major.

Accusé d'espionnage, il aurait donné des renseignements aux attachés militaires de l'ambassade d'Allemagne, notre « ennemi héréditaire ». C'est ainsi que certaines familles françaises bien patriotes éduquaient leurs enfants.

Juif, il était tout désigné pour être un traître, à la mesure de la haine qu'il allait susciter. La France allait se diviser en deux camps. Les antidreyfusards gagnèrent une première manche.

Condamné à la dégradation et à la déportation sur l'île du Diable, en Guyane, dégradé, ses épaulettes arrachées, de même que les boutons de sa vareuse, on brise son épée. L'instant reproduit sur la toile d'un célèbre peintre immortalise l'infamie, la scène qui décrit les gestes de l'humiliation suprême.

L'Histoire devait aussi s'écrire avec ceux qui ne pouvaient admettre une telle persécution. Ils purent compter sur quelques consciences tourmentées qui ont fini par parler.

Malgré l'épisode de l'accusation d'un lieutenant assez flambard, Esterhazy, qui aurait dû éloigner les soupçons dirigés vers le haut état-major mis en cause, ainsi que la justice à son service, l'esquive s'est fourvoyée et Esterhazy fut acquitté. La découverte de l'auteur du faux brouillon qui avait déclenché l'Affaire désigna le capitaine Henry. Il se suicida.

Une affaire terminée, pensez-vous ? Avez-vous déjà entendu dire que des juges abusés reviennent sur leurs erreurs ? Moi, non... En toute circonstance, la haine est coriace et la justice, trop orgueilleuse pour se déjuger, refuse la révision du procès.

Il régna, alors, un climat de guerre civile entre les « intellectuels », la gauche républicaine et les antimilitaristes, bref, les « révisionnistes » favorables à un non-lieu, d'un côté, et la vieille droite réactionnaire et cléricale, les antidreyfusards, dont la lecture de *La Croix* attisait la vindicte.

Personne ne désarmait. Par un deuxième procès au tribunal de Rennes, Dreyfus fut condamné avec de « bizarres » circonstances atténuantes pour un crime qu'il n'avait pas commis. Ramené en Guyane, il dut attendre la décision du président de la République, Émile Loubet, pour être gracié, réhabilité, et retrouver son grade, son rang et son honneur.

4

De la lampe à pétrole à la lune…

On invente, on invente, on invente à en perdre la tête. De la lampe à pétrole qui éclairait la table-bureau sur laquelle, petite fille, maman faisait ses devoirs d'écolière, au simple interrupteur qu'il n'est plus nécessaire de toucher pour commander la lumière, quelques décennies ont suffi.

De l'attelage qui tirait la calèche à l'auto, au TGV, puis à l'avion, jusqu'à la fusée qui mène à la Lune, il a suffi de quelques décennies.

De la plume « Sergent-Major » au stylo, de la machine à écrire à l'ordinateur, le temps de prendre quelques rides.

Ma mère a assumé tout cela, à peine étonnée. Sa première auto roulait à 20 à l'heure, la dernière aurait pu atteindre les 200, elle ne m'a pas semblé affolée.

Nous avons ensemble regardé, sur l'écran de la télévision, l'homme marcher sur la Lune en saluant la performance sans paraître époustouflées.

Et le cerveau de l'Homme, mécanique suprême, ne cesse d'inventer, même l'inimaginable. Faire le tour de la Terre, à la vitesse du son, voyager sous les océans, communiquer sans se déplacer, tout est possible. On sait tout en temps et en heure, et même à la seconde. Quelle merveille ! Dans ce domaine, que faudrait-il aujourd'hui pour nous surprendre ?

L'autre cerveau, celui qui préside à l'intelligence, à la raison, semble sérieusement sclérosé. Aveuglé, étouffé par les avancées techniques les plus faramineuses, qui construisent sa puissance et sa force, l'Homme avance en méconnaissant le privilège qui lui est dévolu, celui du bon sens, de l'anticipation, de l'échange par la parole dont il est seul bénéficiaire.

Les mêmes effets aux causes perdues se renouvellent. Et un siècle plus tard on recommence.

Les guerres se succèdent alors qu'il est évident pour tout le monde qu'elles n'ont jamais apporté la paix.

Les racistes continuent à expulser. Les faiseurs d'argent continuent à polluer, les partisans du nucléaire ne maîtrisent pas grand-chose. Les océans de plus en plus invivables rejettent les espèces les plus prestigieuses. Le soleil nous brûle et le pétrole nous empoisonne, mais la nomenklatura ne veut rien admettre, elle s'entête, oublie de faire appel au simple raisonnement. Ni le bon sens ni l'intelligence évolutive de l'Homme ne le détournent de ses penchants destructeurs...

5

Les anarchistes

Le Parti socialiste, comme les autres, continuait à cultiver les « courants » dévastateurs. Affligeant.

Et les anarchistes ? eux aussi, ils se reproduisent à l'identique. On voudrait leur dire qu'ils ont déjà joué la scène. Par la violence, ils n'ont convaincu personne. Déjà et encore, alors que ma mère ouvre les yeux sur le monde, à Paris et dans les grandes villes françaises, ils allument les mèches des bombes. Ils tuent et blessent des passants et des innocents. Ils terrorisent les esprits jusqu'au fin fond des départements.

Des dizaines d'années plus tard, ils sèmeront la terreur dans les quartiers les plus animés de Paris. On tremblera dans les campagnes. On en appellera à l'ordre, et on connaît la suite. Ils sont toujours prêts, les faiseurs d'ordre. On arrête, on expulse, on fait disparaître, on efface les bavures. On n'est pas regardant. Les innocents n'avaient qu'à ne pas être là. « Dieu reconnaîtra les siens », peut-être, mais la Justice, hélas, est trop souvent aveugle.

Qui sont-ils et que veulent-ils, ces anarchistes ?

Se distinguer par la violence, la terreur, les casses et les assassinats ? La méthode n'est pas concluante. Les assassinats de personnalités, symbole d'un pouvoir, les explosions dans les lieux publics, la bombe d'Auguste Vaillant à la Chambre des députés, les attentats de Ravachol, anarchiste-cambrioleur qui tue des vieilles dames et des rentiers, la bombe d'Émile Henry, au café Terminus de Saint-Lazare, celle qui, déposée dans le hall de la Société des mines de Carmaux, explose au commissariat des Bons-Enfants et cette autre au café Foyot, place de l'Odéon, où Laurent Tailhade perd un œil mais pas ses convictions. Cette forme de terrorisme les grise jusqu'à se traduire par un : « Qu'importent les victimes si le geste est beau ! » Le beau geste, en effet, qui désigne une victime de choix, le président de la République, Sadi Carnot, tué à Lyon par Caserio, dont vous oublierez le nom comme je l'avais moi-même effacé de ma mémoire.

Quand ils se réfèrent à Proudhon, ont-ils le sentiment qu'ils font avancer l'idée que la propriété des biens publics confisqués par celui qui détient un capital doit revenir à la communauté ?

« La propriété, c'est le vol. » Cela peut se défendre. C'est un discours que j'entends aujourd'hui lorsque Ayton Krenak mime le « saucissonnage » de la terre à la manière des hommes.

Mais pourquoi une telle agressivité ?

Violence, désordre, terreur, non vraiment, ce n'est pas pour moi.

L'équilibre repose sur le principe du tout et son contraire. C'est aussi valable chez les anarchistes qui comptaient parmi eux des compagnons peu convaincus par les « actes héroïques individuels ». Un vieux fond pacifiste demeurait efficace, renouvelé par le souvenir des massacres de la Commune et par un antimilitarisme ostentatoire.

« Exciter la férocité de la gouvernance » n'était finalement pas de leur intérêt. Les actes de violence « font plus de tort à l'évolution anarchiste qu'ils ne la favorisent », estime Jean Grave, pour rassurer le « bon peuple ». D'accord, mais laissez-nous encore jouer un peu ! Accordez-nous quelques attaques de banque et de transports de fonds, quelques vols de sacoches que nous signerons, pour attirer vers nous la curiosité populaire.

En ce début du XXe siècle, les « grandes gueules » persistent et Laurent Tailhade publie dans son journal *Le Libertaire* :

« Bientôt viendra le soir de la Justice, irrésistible comme le printemps. Et vous paierez alors, en une fois, l'arriéré de vos dettes. Ô bourgeois capitalistes ! Ô bétail infâme des honnêtes gens ! Vous rendrez cet or qu'une sordide peur vous fait mettre sous la garde plus ou moins efficace du premier despote venu. Alors vos prétoriens, vos prêtres, vos juges si sinistres et vos soldats bestiaux resteront impuissants, ne pourront plus défendre l'idole rebutante et cruelle que vous serez encore. Vous tomberez au pourrissoir, dispersés par un vent de tempête, qui emportera vos demeures, vos trésors, vos jouissances, comme un tas de fumier qui souillait la pureté du ciel et dont l'orage seul des révoltes en marche peut laver la sournoise, la féroce, la ténébreuse puanteur. »

On parlait comme ça en 1900... Que de haine distillée.

Bien sûr, le ton n'est pas pour plaire à ma famille.

Républicaine, ma famille affiche la couleur.

Ah ! ce n'était pas de tout repos que de résister aux coups de boutoir dont la « Gueuse », ainsi désignée par les ennemis ultra-nationalistes, les cléricaux, les monarchistes de *L'Action française,* subissait les attaques.

6

Antoine Gouze

Je suppose que ma grand-mère Jeanne quitta l'école, sachant tout juste lire, écrire et pratiquer les quatre opérations. Placée dans une maison de maître à Château (canton de Cluny), à quelques kilomètres de la demeure familiale, elle ne devait revenir chez elle que très rarement, mais à coup sûr pour les vendanges, où elle aurait pu trouver un fiancé. Cependant, c'est à Cluny, où elle accompagnait ses patrons les samedis, jours de marché, que son destin se joua. Elle avait dix-huit ans... il en avait vingt-quatre. Il fabriquait et vendait des parapluies et des ombrelles à l'enseigne du « Petit Robinson ». Les yeux rieurs, l'air malicieux, les pommettes hautes, il suffit à Jeanne d'un regard furtif et on peut imaginer ce qu'il advint.

Que savait-elle d'Antoine Gouze, né à Louhans en 1859 ? Orphelin, il est confié, à peine adolescent, à un oncle qui vend des parapluies. Marchand forain, le parent ne roulait pas sur l'or. Une bouche de plus à nourrir lui coûtait. Ou plutôt, on raconte, de génération en génération, que,

célibataire, peu disposé à élever un enfant qui lui
tombait des nues, le grand-oncle Duvert — à l'accent auvergnat prononcé et près de ses sous —
mit le jeune Antoine sur les routes dès l'âge de
quinze ans. Il le chargeait de quelques articles de
sa production avec mission d'en rapporter quelque argent.

De ferme en ferme, de marché en marché, devenu adulte, le jeune Antoine se fixe à Cluny, au
pied de la tour des Fromages, vestiges de la grande
abbaye ruinée bien davantage par les marchands
de pierres que par la Révolution : ses murs et ses
chapiteaux ont servi de carrière à moellons sous
Louis-Philippe.

Antoine habitait une bien modeste échoppe,
surmontée d'un étage et d'un grenier. Beau garçon
célibataire, élégant et distingué, il faisait preuve
d'une grande habileté dans l'art de fabriquer et de
réparer ces accessoires indispensables aux dames
de la ville et de la campagne. Je ne sais pas ce qui
le retint dans cette vallée de la Grosne que je me
plais à qualifier d'« inspirée ». Où que le regard se
pose, l'harmonie commande la sérénité. La nature généreuse promet protection et prospérité.
Être « fille de Cluny », quel privilège !

Jeanne et Antoine se marièrent en octobre 1884,
à Château, et c'est à l'étage au-dessus de la boutique qu'elle mit au monde des jumeaux pré-
maturés. Ils étaient si fragiles que le médecin du
quartier les avait condamnés « à rejoindre les
anges du paradis ». Car ma grand-mère croyait en
Dieu. Elle pria beaucoup pour les accompagner
sur le chemin céleste.

« Donnez-leur une petite cuillerée d'eau sucrée toutes les heures : cela apaisera leurs souffrances », lui conseilla le médecin.

Les heures s'écoulent, les jours s'ajoutent aux jours. Blottis l'un contre l'autre dans une panière, les deux petits garçons, reflets l'un de l'autre, prennent de la force et grandissent sous le regard attendri de leurs parents et des voisins, lesquels leur accordent toutes les facéties que la ressemblance absolue leur inspire.

Antoine sera mon père et Claudius mon oncle. En quelques années, leurs sœurs, mes tantes, sont arrivées : Jeanne, l'artiste, qui mourut tuberculeuse ; Marie, la commerçante, qui pleura toute sa vie le fiancé tué à la guerre ; Clothilde, la mal mariée, battue par un grossier personnage, morte d'une chute dans l'escalier de leur maison alors qu'elle était enceinte. Mon grand-père a porté comme une croix la disparition de ses filles. Il n'en parlait pas et assumait sa douleur avec une grande dignité. Ainsi, les Gouze sont d'une lignée de commerçants, de père en filles et fils.

Lorsque j'évoque mon grand-père paternel, je le vois vêtu dès le matin d'une redingote et d'un pantalon rayé. Prêt à recevoir les clients avec courtoisie. Il présente toute marchandise comme un objet unique confectionné exclusivement pour celle ou celui qui souhaite l'acquérir. Avec délicatesse, il l'offre au regard, le tend avec précaution. C'est un cérémonial qui incite au respect de l'acte commercial, de l'échange nécessaire qui valorise la qualité des rapports sociaux. Mes grands-parents ont élevé leurs cinq enfants dans une petite boutique située dans une rue étroite du vieux Chalon-sur-Saône. Quand deux des filles se furent mariées, Marie, la troisième, célibataire, ouvrit un commerce de maroquinerie, rue de l'Obélisque. Pour ne pas perdre la main, le grand-père y avait adjoint un atelier et s'adonnait à sa passion de fabriquer des parapluies aux manches harmonieusement travaillés et aux pommeaux artistiquement contournés. Alors que je savais à peine compter, il m'initiait au prix d'achat auquel il fallait ajouter 33 % pour obtenir le prix de vente. C'était la loi, il n'y dérogeait pas d'un centime. Mon grand-père n'était pas atteint par le délire du profit qui enfièvre le monde d'aujourd'hui et va jusqu'à détruire toute morale, tout scrupule.

Lorsque je jouais à la marchande dans le beau magasin de ma tante Marie, la famille Gouze avait quitté Cluny depuis longtemps déjà.

Claudius vendra des chaussures à Romans dans la Drôme. Et Antoine ? Se distingue-t-il ? À l'école communale, très fort en calcul, les pourcentages n'ont pas de secrets pour lui, mais l'Histoire, la Géographie, la Littérature, et l'Instruction civique le passionnent davantage que les marges des bénéfices et des achalandages.

« Je veux préparer l'École Normale d'Instituteurs et enseigner. »

« Il veut entrer dans l'enseignement ! Instituteur ! Il nous trahit ! »

Un grain de sable s'installe dans l'harmonie marchande. Que vient faire en notre sein un fonctionnaire qui verra tomber tous les mois un salaire payé par nos impôts et se prélassera en vacances pendant des mois alors que nous, nous travaillerons du 1er janvier à la Saint-Sylvestre ? Ah ! il n'a pas fini de nous contrarier, quand il nous présente la jeune fille qu'il veut épouser. Une institutrice dont le père travaille pour la Compagnie des chemins de fer !

Le grand frère déjà instituteur se propose de donner des conseils à cette jolie Renée de cinq ans sa cadette venue rendre visite à son amie Jeanne Gouze. Camarade de sa sœur, alors qu'elles finissent le premier cycle, l'une en restera là, l'autre sera tentée par le concours de l'École normale d'institutrices. Voilà, ils se sont trouvés. Ils vont fonder une famille et j'en serai.

Heureusement, pour vous raconter ce que j'ai vu, entendu, déploré, applaudi, j'essaie d'écrire mon histoire tissée par les événements qui trament notre temps.

Du côté de Renée, ma maman, la tradition des transporteurs ne se dément pas. Les ancêtres étaient bateliers sur la Saône ou cochers de diligence. Ils acheminaient personnes et marchandises tout au long de l'année. Leur berceau est à Auxonne, en Côte-d'Or, la capitale du Val de Saône. Situez-vous bien Auxonne ? Un gros bourg qui fait le lien entre la Bourgogne et la Franche-Comté.

Renée y a vu le jour, rue Marin, mais n'y grandit pas. Elle était encore une toute petite fille lorsque Louis Flachot, mon grand-père, porté par la modernité, tourne le dos aux transports traditionnels et abandonne calèches et diligences. Il opte pour le chemin de fer et travaille au « PLM », le réseau Paris-Lyon-Méditerranée.

Chalon est sa gare de référence. Sa famille s'y installe. Il y prendra sa retraite. Pour s'occuper et arrondir les fins de mois, il relèvera les compteurs à gaz. Sa femme meurt, j'avais à peine onze ans. C'est alors que le grand-père Flachot habitera chez nous jusqu'à la fin de ses jours. Il ne parlait pas beaucoup mais, tradition très ancienne, il disait « Fille ! » en s'adressant à sa fille, ma mère, comme il disait « Dame ! » à sa femme. Quand il touchait sa pension, il lui arrivait de faire discrètement le tour des commerçants où maman avait ses habitudes et réglait sans rien dire les factures au nom de la famille...

L'image persistante que j'en garde le représente assis dans un fauteuil en osier, lisant le journal auquel il était abonné (*Le Progrès de Saône-et-Loire*). À Dinan, quand il nous rejoindra après la mort de sa femme, ma grand-mère, mes parents maintiendront l'abonnement.

Grand-père lisait le journal de la première à la dernière ligne, l'hiver devant la fenêtre de la salle à manger donnant sur le jardin, l'été sous le noisetier où j'allais le rejoindre quand je n'étais pas à l'école. Parfois, en se mettant à table, il demandait à ma mère si elle avait lu telle ou telle nouvelle... ce à quoi ma mère répondait invariablement oui. Alors, il insistait sur des détails que, bien entendu, ma mère n'avait pas vus. « Et tu dis que tu as lu le journal ! »

7

Au temps de Verdun,
ma ville natale

Les cris joyeux des élèves des établissements que mon père a dirigés au cours de sa carrière président à mes réveils depuis ma naissance. Cette cadence me rassure. Que ce soit à Verdun, à Dinan ou à Villefranche-sur-Saône, ma vie a été rythmée par les tintements des cloches ou des sonneries marquant le début et la fin des cours. Quand je me suis mariée, le hasard a voulu que nous nous installions à Paris dans un appartement dont les fenêtres donnaient sur le collège Bossuet, rue Guynemer. J'y appréciais les bruits rassurants de la cour qui scandaient mes journées.

Je garde de l'appartement de fonction du collège Buvignier, à Verdun, un souvenir assez vague. Est-ce ma trop jeune mémoire ou les récits de mes aînés qui réveillent mon angoisse quand, à la fin de leurs cours, mon frère et ma sœur faisaient une salle de jeux du long couloir qui dessert toutes les pièces ? Leur imagination donnait lieu à des courses-poursuites effrénées mais aussi à des exercices de lancer dont j'étais le projectile.

Leurs rires couvraient mes pleurs et leurs baisers repoussaient mes frayeurs.

Et lorsque je dormais dans ma chambre d'enfant, de quoi parlaient-ils, mes parents ? Pour écrire ces quelques lignes, c'est un jeu pour moi de dévider le fil des événements qui ont marqué cette année de ma naissance. Reconstituer leurs sujets d'intérêt.

Commentaient-ils les nouvelles du quotidien local, *L'Est républicain* ? Parlaient-ils de l'affaire Seznec ou de la mort de Lénine ? de *La Ruée vers l'or* de Chaplin ? Peut-être, sûrement de la dure grève des femmes de Douarnenez. De tout cela sans doute, plus que des potins verdunois auxquels, nouveaux venus, ils restaient foncièrement étrangers.

Ah ! la grève des « sardinières » de Douarnenez ! Un haut fait d'armes de la résistance ouvrière, qui prouve que la justesse d'une cause et l'acharnement à la défendre peuvent venir à bout de l'intransigeance patronale. Ville ouvrière, Douarnenez pouvait s'enorgueillir d'avoir élu à sa tête le premier maire communiste de France, Sébastien Velly. C'était en 1921. En 1923, le préfet voulut le démettre de ses fonctions pour avoir donné le nom de Louise Michel à une rue de la ville ! L'année suivante, Sébastien Velly mourait subitement. Le patronat local se crut les mains libres et refusa l'augmentation de salaire que réclamaient les sardinières payées une misère pour un labeur harassant. Les ouvrières déclenchèrent alors la grève. Elles furent soutenues par le nouveau maire, Daniel Le Flanchec, lui aussi communiste, tout

fraîchement élu en remplacement de son prédécesseur. Il fut suspendu pour « entrave à la liberté
du travail » ! Mais les sardinières, confortées par
un élan de solidarité nationale, tinrent bon et fini-
rent, après six semaines de grève dure, par triompher d'un patronat finalement désavoué par ses
propres défenseurs politiques.

Cette histoire exemplaire montre bien que le
destin des exploités passe par la volonté des
peuples à rétablir l'équilibre entre les richesses.
Qu'auraient-elles pu attendre, ces sardinières, du
Cartel des gauches, pourtant porté au pouvoir
quelques mois plus tôt, mais trop soucieux de ju-
guler la crise financière ? Qui se souvient encore
de Joséphine Pencalet, héroïne de la grève des
sardinières, qui se présenta au conseil municipal,
l'année suivante, en 1925, au côté de Daniel Le
Flanchec ? Une femme ! La première élue de
France alors qu'aucune n'avait encore le droit de
vote ! Le scrutin fut « évidemment » invalidé...
Sébastien Velly et Daniel Le Flanchec ont tous
les deux leur rue à Douarnenez. Mais pas Joséphine Pencalet. Dommage... Et le féminisme l'a
oubliée.

C'est qu'elles sont déterminées, ces femmes,
pour s'opposer à des patrons peu scrupuleux. Elles
démontrent à quel point, fortes du bien-fondé de
leur cause, elles font partager leur conviction par
l'opinion publique informée. Victorieuses dans
leur résistance à l'exploitation outrancière de leur
travail, elles sont soutenues par leur élu local, le
maire, et par la solidarité nationale ; elles ont dé-

joué les provocations des mercenaires-tueurs. Elles avaient vite compris, les grévistes, qu'elles ne trouveraient pas leur salut dans les décisions du gouvernement, plus enclin à régler le problème par le retour à l'ordre avec les moyens que nous connaissons bien, encore au début du XXIe siècle.

Qu'en pensait-il, ce « tout nouveau papa » subjugué par les mimiques de sa fille adorée, sa « cocotte d'amour » ? Le tenait-elle éloigné du reste du monde ? Je ne saurais l'imaginer ainsi. Je ne doute pas qu'il se soit passionné pour le transfert des cendres de Jean Jaurès au Panthéon, dix ans après son assassinat par ce nationaliste qui coulait désormais des jours tranquilles à Ibiza, « ce fou du port » déclaré « non coupable » à l'issue d'un incroyable verdict de 1919, qui, de plus, contraignit la famille Jaurès à payer les « frais du procès ».

Il ne put qu'être indigné, comme je le suis en relatant cet affront de la justice.

Avait-il pu consacrer du temps au débat politique entre une droite revancharde, heureuse d'avoir retrouvé le pouvoir après des années d'impuissance, et le Cartel des gauches, coalition qui allait nuancer son triomphe ? Il était certainement de ces hommes de gauche influents qui encourageaient les radicaux à s'allier aux socialistes, malgré les réticences des amis du radical Édouard Herriot, nouveau président du Conseil après le 11 mai 1924. Car ceux-ci préféraient l'entente avec des hommes « réalistes », tel Poincaré — « restaurateur du franc » —, aux « utopies socialistes » de Léon Blum.

Peut-être mon père allait-il être plus réservé que nombre de ses amis devant les discours extrémistes d'un jeune militant prometteur, un ardent socialiste d'Auxerre, ce « gauchiste » de Marceau Pivert ? J'en déduis tout cela, aujourd'hui, d'une querelle qui, dix ans plus tard, allait violemment l'opposer à son fils, mon frère Roger, professeur et « socialiste de gauche ».

Le 11 mai 1924, j'en suis certaine, il vota socialiste, renforcé dans son opinion par la tragédie que fut, pour lui, la séparation d'avec les communistes, la scission de Tours en 1920.

Cette séparation signifiait à ses yeux une fracture préjudiciable dans la tradition de la gauche française, ce long combat pour la justice sociale, la libre pensée et l'humanisme hérité des Lumières. Cela venait d'être scellé, en 1922, par Lénine et Trotski interdisant aux « vrais communistes » d'appartenir à la franc-maçonnerie et même à la Ligue des droits de l'homme.

Est-ce le déclic qui l'a déterminé à marquer son camp en rejoignant le Grand Orient, en 1930 ? C'est en effet le 28 juillet qu'il fut initié à la loge « Union de Belleville ».

De Verdun, je garde un lointain souvenir des promenades sur les bords de la Meuse qui, pour moi, devint le nom générique de tous les cours d'eau. C'est ainsi que plus tard, me promenant le long de la Saône, à Chalon, je demandai à mon grand-père Gouze pourquoi cette « meuse » s'appelait Saône.

Les visites des champs de bataille et des ruines toujours obsédantes faisaient partie des circuits touristiques parcourus avec les amis de passage.

À l'occasion d'une commémoration quelconque, les invitations chez le préfet réunissaient, autour d'un déjeuner prestigieux, le principal du collège et son épouse, le recteur, l'inspecteur d'académie et l'inspecteur primaire, le maire et quelques personnalités de la ville. On y remarquait Mgr Ginisty, l'évêque de Verdun. Son attitude au temps de la guerre et maintenant de la paix lui valait de grandes attentions. Très affable, le prélat s'inquiète de ma santé et interroge ma mère : « Alors, madame Gouze, à quand le baptême de votre petite fille ? »

Ce n'était pas une réelle préoccupation pour ma famille, d'autant plus que ma sœur venait d'être renvoyée du catéchisme pour avoir troublé les esprits bien-pensants et disciplinés en déclarant que toutes ces « belles histoires » n'étaient que des légendes. Toutefois le monseigneur exerçait un charme certain. Et puis… baptisée par l'évêque de Verdun, les portes du paradis me seront ouvertes. Enfin ! Quatre-vingts ans après, il me faut attendre encore pour m'en assurer… mais je ne suis pas pressée de savoir.

Et Louisa ? Jeune Alsacienne orpheline, elle veillait sur moi et guidait mes premiers pas. Nos sorties quotidiennes nous conduisaient devant le monument aux morts, lieu de rassemblement des Verdunois. Assoupie et suçant mon pouce dans un landau douillet, ou, plus tard, les yeux grands ouverts, depuis ma poussette, je découvrais le

monde. Je crois bien, lorsque je commençai à
goûter des joies du b.a.-ba, que Louisa m'a appris
les lettres de l'alphabet en épelant les noms des
martyrs. Sur le chemin du retour à la maison,
nous passions rue Mazel et ne manquions pas de
pousser la porte du renommé chocolatier-confi-
seur Braquier, célèbre pour sa spécialité un peu
scabreuse : une bombe en chocolat qui livrait sa
« mitraille » de bonbons et de dragées quand on
allumait la mèche.

C'est Louisa qui m'a initiée au mystère du point
à l'endroit puis du point à l'envers. Elle suscita
ainsi un goût pour la laine et les jeux d'aiguilles
qui ne me quitta jamais. Mes poupées ne manquèrent pas de layette et de vêtements confectionnés par mes soins.

La Deuxième Guerre mondiale déclarée, les
restrictions ayant fermé tous les magasins de
laine, j'avais quelques réserves. Elles m'ont permis de satisfaire mon plaisir de tricoter ce que j'ai
dû détricoter quand il a fallu habiller mon premier bébé, Pascal, né en 1945.

Lorsque, pour des raisons administratives, mon
père était convoqué au rectorat, que ce soit à
Rennes ou à Lyon, nous allions avec ma mère satisfaire notre envie de laine d'un magasin à l'autre.
Nous remplissions la voiture des écheveaux qui
allaient nous faire rêver aux chandails présentés
dans les catalogues que nous ne manquions pas
d'adjoindre à nos achats.

Louisa était à peine plus âgée que ma sœur Madeleine. Leur complicité rassurait leurs perplexités

amoureuses. Toutes deux n'avaient d'yeux que
pour le fils du pharmacien, élève au collège de
garçons. En 1930, mon père muté à Dinan, toute
la famille suivit.

À cinq ans, je quitte ainsi mon seul univers : Verdun, la cité nimbée d'histoires de guerre, le collège Buvignier et la Meuse. Sans liens familiaux, Louisa vint avec nous. Mais son cœur contrarié l'incite à rejoindre l'objet de ses amours qu'elle épousera quelques années plus tard. Timide et réservée, un soir après dîner, elle est partie sans rien dire. Elle a préféré disparaître, laissant mes parents dans le plus grand désarroi et imaginant le pire. Quelques jours plus tard, une lettre expliquant son geste les rassurera.

Bien que je sois lorraine de naissance, les racines de ma souche sont plantées dans la terre du canton de Cluny. Je sais calculer strictement au centime près les prix de vente des marchandises. J'ai hérité du goût des voyages, des rencontres et des échanges. Et j'étais destinée à devenir institutrice, à l'exemple de mes parents que je vénérais. « Un sacerdoce », disaient-ils. Conduire des enfants à la citoyenneté, il n'est pas de plus noble mission.

Tel est le bagage de Danielle Gouze qui avance sur son chemin dans une jupe plissée, un pullover et des chaussettes blanches dans ses chaussures d'enfant sage. Dans mon petit univers, je suis privilégiée et je ne vais pas m'en plaindre. Héritière de ma famille, j'hérite aussi de l'histoire de mon pays, de sa politique nationale conditionnée par celle qui mène le monde.

8

Alors, qui suis-je ?

Si je suis sûre d'être la fille de l'un des jumeaux nés Gouze, ce peut être de celui baptisé Antoine, mais pourquoi pas de Claudius... si ma grand-mère, un peu étourdie, a interverti les bracelets de couleur différente qui lui permettaient de les distinguer tant ils étaient semblables ? Une seule certitude, je suis la fille du mari de ma mère !

Sur les photos, personne ne pouvait les identifier, ces frères, même pas leurs filles respectives ; cela provoquait des disputes retentissantes devant le portrait de l'un d'eux exposé à la tête du lit de la chambre de mes grands-parents : « C'est mon papa ! » affirme Madeleine, ma sœur. « Non, c'est mon papa ! » rétorque Marie-Jeanne, notre cousine. Et la bagarre commence jusqu'à l'arrivée de la grand-mère, elle-même incapable de les départager.

Adultes, mon père et mon oncle ne font rien pour éclaircir la situation. Mêmes moustaches, mêmes lorgnons, même coupe de cheveux, même démarche. Leur seule différence : l'un est fonctionnaire, l'autre est commerçant. Ils ne fréquentent pas les mêmes milieux.

Et les quiproquos se multiplient.

« Bonjour, monsieur Gouze.

— Bonjour, monsieur l'Inspecteur.

— Eh bien ! vous êtes plus aimable que la semaine dernière, à Besançon, sur le quai de la gare, où vous avez fait semblant de ne pas me reconnaître.

— Mais je ne suis pas allé à Besançon depuis plus d'un mois.

— Allons, allons, monsieur le directeur, vous n'allez pas me jouer la comédie comique du sosie ou du jumeau.

— Et pourtant, c'est assurément mon frère qui, ne vous connaissant pas, n'a pas répondu à votre salut. »

Seule une photo des deux garçons l'un à côté de l'autre a pu convaincre de sa méprise un inspecteur d'académie fort courroucé de l'indélicatesse du principal du collège de Mouchard, son obligé.

« Raconte, papa, quand ton frère et toi faisiez des farces aux voisins en jouant de votre ressemblance. »

À cette évocation, j'esquisse encore le rire qui présidait à ces soirées familiales. De toute façon, je suis la fille de mon père.

« Mais qu'es-tu devenue ? » selon la formule consacrée lorsque des chemins s'écartent et finissent par se rejoindre.

Me suis-je, une fois, posé la question, en ce qui me concerne ?

« Que suis-je devenue depuis 1924 ? »

Les années se succèdent. Aujourd'hui, pour moi, elles sont nombreuses. J'ai accumulé tant d'expériences, de témoignages, de joies, de déceptions, de révoltes, d'enthousiasmes, d'encouragements et de réprobations exprimés par les uns, par les autres, quelquefois par les mêmes… Ce bagage de connaissances, d'impressions et de matières à réflexion m'a-t-il conduite à penser et agir en adulte, consciente de ma responsabilité citoyenne ou indifférente à mon entourage ?

À quel moment l'insouciance, la naïveté, l'inconscience de l'enfance, s'est-elle aiguisée pour se transformer en gravité devant ma personnalité naissante, prenant conscience de la société à laquelle j'appartiens ? Est-ce à Dinan, à l'âge de six ans, révoltée par l'injustice ? Ou quelques années plus tard, souffrant du mal causé à mon père pour ses opinions ? À quel moment la jeune adolescente s'est-elle reconnue partie prenante d'un tout qui la concerne, qui compte sur elle, et dont elle ne peut se détacher ? Est-ce le poids du regard interrogateur, bienveillant ou réprobateur, se posant sur moi qui me met en garde ? Cette liberté d'être que je revendique, trouverai-je ses limites pour la respecter chez autrui ?

Toutes les questions que je ne me suis pas posées, à ce moment-là, ont trouvé leur réponse, ou pas, dans ma façon de vivre. Et ce n'est qu'aujourd'hui, à quatre-vingt-deux ans passés, que je peux l'écrire.

À n'en pas douter, mes parents vivaient l'un pour l'autre et la venue de cette petite fille en porte témoignage. En ouvrant les yeux sur le monde, je prends le train de l'amour ; je suis aimée et je vais apprendre à aimer ; je suis en confiance. Quel privilège ! Oui, privilège !

Si, tout au long de ma vie, j'ai rencontré des petites filles comme je l'ai été, rassemblant sur elles toute l'attention de leurs parents, combien d'enfants déchirés par des séparations sans précaution et combien douloureuses, les confidences d'adolescents à la recherche d'une filiation coupée dès la naissance ?

Il s'assume au jour le jour ce privilège, et, pour ne pas tomber du train quand il est bousculé par les tempêtes, faire bloc avec ceux que l'on aime s'avère être le plus sûr garde-fou.

Combien il nous a fallu l'entourer, mon père, quand, « hussard de la République », la bourrasque surgie des lois de laïcité l'atteignit en Bretagne, en 1930... Les écoles religieuses voulaient restaurer leur influence perdue vingt-cinq ans plus tôt et ne rien perdre des privilèges retrouvés après la Grande Guerre...

9

Le collège de Dinan

Lorsque le préposé aux mutations des postes d'enseignants du ministère de l'Instruction publique a signé la nomination d'Antoine Gouze au collège de garçons de Dinan, en Bretagne, dans les Côtes-du-Nord d'alors, Côtes-d'Armor aujourd'hui, connaissait-il son parcours intellectuel et culturel, sa formation laïque dans les écoles normales d'instituteurs du début du siècle ?

Dans une France, fille aînée de l'Église, qui comptait dans cette région les pratiquants catholiques parmi les plus intolérants et les plus soumis au clergé omniprésent dans tous les foyers, un fonctionnaire avisé aurait dû savoir qu'un libre penseur, défenseur de la Laïque, ne pouvait que susciter un tremblement de terre chez les bien-pensants. C'étaient apparemment là des considérations de peu d'importance aux yeux des fonctionnaires du ministère — on ne parlait pas encore d'Éducation nationale — qui déplaçaient du nord au sud, de l'ouest à l'est de la France, fonctionnaires ou directeurs de collège, sans se soucier des particularismes ou préjugés locaux.

Comment allait réagir sa pieuse collègue du collège public de filles, quand elle devrait inscrire deux « nouvelles », une en seconde et l'autre en onzième, et émarger « sans » à la mention « religion de l'élève » ?

« C'est le diable qui nous les envoie ! »

Manifestement, le principal du collège des garçons n'est pas le bienvenu. Il va voir ce qu'il lui en coûte de ne pas être conforme aux visées de l'Église, dans la Bretagne de ce temps-là. Oui, en Bretagne, entre les deux guerres, garder le cap de l'école laïque, publique et obligatoire, seul le diable mangeur d'âmes pouvait lancer un tel défi aux traditions bien ancrées.

Ma sœur Madeleine a seize ans. Belle, particulièrement belle, le regard des garçons l'intéresse plus que les études qu'elle poursuit à la « va comme j'te pousse ». Quant à mon frère, brillant super diplômé, déjà dans la vie active, il enseigne à Paris dans un lycée technique, pour ne pas s'éloigner de sa femme, professeur de mathématiques à Dreux. Mon père, ma mère, main dans la main, affrontent l'adversité comme de fiers petits soldats de la Laïque.

Leurs bureaux communiquent au rez-de-chaussée, dans l'aile administrative de l'établissement. Maman assure l'économat pour les pensionnaires. Le principalat, dirigé par mon père, requiert un travail astreignant, sans horaires, qui le tient sur le chantier du matin au soir. Sa fille la plus jeune capte toute sa tendresse. Il lui apprend à regarder autour d'elle avec attention et bienveillance, dans le respect des autres.

Oh, elle a très vite compris, la directrice du collège de filles, que le talon d'Achille de son collègue serait la plus petite de ses filles : Danielle. La blesser, l'humilier, serait le premier acte d'une stratégie de déstabilisation qui mettrait à mal l'adversaire. Alors, se monte la machination des pages arrachées du cahier d'une camarade de classe, la « petite Raymonde », qui comptabilise un nombre de « 10/10 » pouvant concurrencer les performances de l'« élève Gouze »...

J'aimais bien Raymonde, dont les parents tenaient un magasin de vêtements, à l'angle du Champ de Foire, en continuité avec la place Duguesclin. Tous les matins, nous faisions une partie du chemin jusqu'au collège en dévalant au pas de course le « Trou au Chat », que les Dinannais connaissent bien.

Les plus jeunes savent-ils que ce passage fut percé à la fin du XIIIᵉ siècle pour abriter le « chat », machine de guerre, sorte de tour mobile portant une poutre armée d'un harpon, employée lors des sièges ? Ce peut être aussi le nom de ce jeu d'adresse qui se nomme en breton « patigo » : avec une grosse boule, on vise un trou à chat percé dans une planche à trois mètres. Comme moi à l'époque, l'explication d'un passage réservé aux chats qui voulaient sortir de la ville leur plaît sans doute mieux.

J'aurais pu lui en vouloir d'être la « petite Raymonde » de la directrice, appellation sucrée, conte-

nant du venin à l'adresse de « l'élève Gouze ». Mais
nous ne comprenions rien à ces manigances et
nous restâmes de bonnes petites camarades.

Bientôt, plus rien ne va dans mon univers d'écolière.

« J'avais bien travaillé, maman. » La directrice
m'avait remis le tableau d'honneur en se référant
au nombre de « 10 » accumulés et à mes bonnes
notes du mois. « Elle n'a pas pu me le refuser. »
Mais elle se devait, croyait-elle, de marquer son
animosité à mon endroit et de manifester sa haine
pour les laïcs. Je devenais l'otage des convictions
de mon père. En raison de quoi, elle me priva de
la récompense qui revenait aux bonnes élèves :
deux petites framboises acidulées, des bonbons
qui faisaient saliver de gourmandise. Elle voulait
me mortifier.

Je n'acceptai pas cette injustice qui, à mes yeux
de petite fille, était intolérable. Alors je me rebel-
lai. Et je réparai le préjudice à ma façon. Après
les cours, quand tout le monde fut occupé à ses
obligations, je pris tous les risques de l'escalade
pour atteindre l'étagère la plus haute et me servir
moi-même. J'ouvris le bocal, récupérai mon dû,
pour l'obtention du tableau d'honneur : deux
framboises... Pour les dommages et intérêts, ne
soyons pas chiche, j'en pris une poignée supplé-
mentaire, et, pendant que j'y étais, j'en glissai
encore dans la poche de mon tablier pour les dis-
tribuer à mes copines. Je n'éprouvais pas la moindre honte car je réparais une injustice flagrante.
J'avais la conscience d'autant plus tranquille que

j'allais tout raconter à ma maman. Je n'aurais rien à cacher.

La directrice eut vent du larcin et je fus facilement confondue. Son sens du châtiment n'hésita pas une seconde à pousser l'humiliation à l'extrême : elle me mit au pilori en juchant sur une table cette enfant élevée sans Dieu par un père libre penseur. Toutes les élèves du collège défilèrent devant cette païenne voleuse et menteuse.

Les manigances de ma bigote de directrice semèrent le doute dans mon entendement. Je n'arrivais plus à savoir si j'étais une bonne petite fille ou le monstre auquel on voulait m'assimiler. J'en fis une dépression nerveuse, à six ans !

Peut-être avait-elle pensé que je la provoquais, en affirmant que j'étais protestante quand je répondais sans hésitation à la question d'identité : « Quelle religion ? » Cela la rendait perplexe : « Vous êtes sûre, élève Gouze ? Ni votre famille ni votre entourage ne vous prédestinent à embrasser cette religion réformée dont, sans nul doute, vous ne connaissez ni l'austérité des calvinistes ni le rigorisme doctrinal des luthériens. Vos parents ne vous en ont certainement jamais entretenue, pas plus, d'ailleurs, que d'autres confessions dont ils se sont eux-mêmes exclus. »

Protestante : cela me plaisait bien de me rapprocher de cette camarade reléguée au fond de la salle, et qu'on appelait la « parpaillote ». C'était rigolo.

Quelle que soit la raison de son isolement — il était peut-être le fruit du hasard —, son appartenance à une minorité montrée du doigt dans la

Bretagne de l'entre-deux-guerres peut donner à penser. Ma camarade « parpaillote » souffrait-elle de l'ostracisme social que lui valait la religion de ses parents ? Je ne saurais le dire.

Je recevais douloureusement ces outrages dans l'incompréhension la plus naïve. Et pourtant c'est ainsi que s'écrit la grande Histoire pour qui la vit au quotidien.

Je quittai mes amies du collège des filles et me reconstituai une santé auprès de mes parents à l'école des garçons.

Le nom de « Pierre Marie René Waldeck-Rousseau (1846-1904) » m'est familier pour l'avoir lu sur la plaque d'une rue empruntée chaque fois que je sortais par la porte du jardin. M'avait-on dit alors qu'il avait été président du Conseil des ministres d'un gouvernement de Défense républicaine ? Les défenseurs de la République me cernent. Comment aurais-je pu savoir que c'était lui qui prit les mesures nécessaires contre les forcenés du nationalisme, mais surtout prépara les lois contre les congrégations, ouvrant la voie à la loi de 1905 ?... La Séparation des Églises et de l'État ! Cette loi qui n'a pas su protéger une petite fille de six ans contre les conflits d'opinion opposant la directrice du collège laïc de filles, mon collège, au principal du collège laïc de garçons, mon père.

Certes, elle vient de loin l'idée de séparer les Églises de l'État ! Quand le sentiment d'un privilège ou l'instauration de l'arbitraire effleurent certains esprits éclairés, ils n'auront de cesse de convaincre que c'est inacceptable.

Et ça dure, et nous n'en voyons pas la fin ! C'est une très vieille histoire ! Et va-t-on nous lanterner encore longtemps avec ces querelles Église-État, ou Église-Église, qu'elle soit protestante, catholique, ou autre ? Ou, mieux encore, État-État quand les uns prennent le parti de l'une ou de l'autre ?

Des propositions de lois ? nous n'en comptons plus la fréquence tant cela devient un véritable serpent qui se mord la queue. Pensez donc, rien qu'entre juin 1902 et juillet 1904, neuf propositions de loi font tonner la coupole de la Chambre des députés.

Pour arriver à quoi ? Au sein de l'École laïque, une directrice bigote et un principal franc-maçon se déchirent et perturbent l'entendement d'une innocente.

La ville de Dinan compte les coups, entre un surveillant général clérical et son principal libre penseur, sous le regard goguenard des institutions catholiques gagnantes dans l'affaire.

Toutes les propositions de lois commencent par l'abrogation du Concordat signé entre Bonaparte et Pie VII, en 1801. Et pour cause : d'un côté, comment accepter que l'État fonctionnarise les serviteurs de l'Église en créant un prétendu « service public des cultes », alors qu'il compte ses sous pour embaucher ses propres enseignants ?

Chacun suit son chemin, semant les cailloux de la discorde dont on connaît les expressions et les manifestations. Le futur empereur, lui, avait vu midi à sa porte en adossant son pouvoir à celui de l'Église catholique. Mais ce mariage insolite n'aspirait qu'au divorce.

Le refrain de l'abrogation du Concordat aurait pu être mis en musique par un chansonnier humoriste. Si l'idée est reprise dans le programme du gouvernement de Gambetta, le Concordat continue à s'appliquer. En 1879, Clemenceau en propose toujours et encore l'abrogation.

Une date à retenir par tous nos étudiants : 11 décembre 1905 ! publication au *Journal officiel* de « la Séparation des Églises et de l'État ». Au gré d'un festin, la pilule passera mieux : un grand banquet de la Séparation cèle la discussion. La loi est promulguée et entre en vigueur le 1er janvier 1906.

Et tout continue... Et depuis quand ?

On pourrait dire que cela remonte encore bien plus avant dans notre Histoire. La signature du Concordat par Bonaparte, qui ne sera sacré empereur Napoléon Ier que trois ans plus tard, se substituait au concordat de Bologne de 1516. On ne pouvait oublier que deux siècles encore plus tôt, le 7 septembre 1303, la gifle assénée au pape Boniface VIII, à Anagni, en Italie, par Guillaume de Nogaret, du temps de Philippe le Bel, signifiait déjà un désaccord frappant entre les parties.

Certes, les épreuves de force entre la papauté, les rois successifs, en passant par l'Assemblée extraordinaire du clergé de France et les Assemblées de la République à son heure, ont pris différentes formes plus ou moins protectrices. Tantôt favora-

bles au camp des cléricaux, tantôt donnant satis-
faction aux libertins puis plus tard aux républicains
de gauche, du plus radical au moins déterminé.

On a compris que les relations entre les rois de
France et la papauté n'étaient pas toujours au
beau fixe. Et l'empereur d'Allemagne ne se trouvait pas mieux loti.

Tout compte fait, aujourd'hui encore, je pourrais dire à ceux qui soutiennent furieusement la
position de l'Église, ceux que je vois sortir tous
les dimanches de Saint-Nicolas-du-Chardonnet,
qu'ils semblent avoir perdu le sens de l'Histoire.
On ne peut pas être à la fois catholiques, foncièrement nationalistes, protégés par nos frontières,
maîtres chez nous, et en même temps ne pas reconnaître ce qui s'est passé au temps des rois et
de nos républiques. Ces gens se montrent incon-
séquents avec eux-mêmes.

Seulement ne perdons pas de vue que l'Église
sait ne pas broncher lorsqu'elle est minoritaire,
mais se montre autoritaire, intransigeante et into-
lérante quand elle a la force avec elle.

Bref, pour écrire ce chapitre tellement important pour la compréhension de ma vie, j'ai révisé
mes connaissances un peu embrumées d'une page
d'Histoire qui inspire encore notre quotidien.

J'aurais pu m'endormir en suivant le fil conducteur des récurrences survenues par manque de
volonté politique ou par soumission à celui qui
faisait le plus de bruit pour faire peur.

Je n'ai pas compté le nombre des propositions de lois demandant l'abrogation du Concordat. À partir du gouvernement d'Émile Combes le tir des propositions s'intensifie.

Quoi qu'elles demandent, que ce soit l'interdiction de l'enseignement aux congrégations ou la suppression du budget des cultes et le retour à la nation des biens appartenant aux congrégations, en les lisant, je sais que je ne dois plus y croire.

Les dates s'égrainent : juin 1902, octobre 1902, avril, mai 1903, quatre fois en juin de la même année.

Ah bon ? Les congrégations, quel que soit leur but, vont être soumises à autorisation ? Et les chartreux, par exemple, à cause de la liqueur qu'ils fabriquent, vont être classés en « congrégation commerçante » ? La belle avancée que voilà.

Le public est excédé. Mars, mai, septembre, novembre 1904, même tir groupé jusqu'au fichage d'officiers catholiques par le ministre de la Guerre, ce qui entraîne la chute du cabinet Combes.

En décembre 1905, la séparation des Églises et de l'État est votée. 1906 en voit les conséquences : l'État et les communes, qui doivent gérer les biens des congrégations dissoutes — et assurer une digne retraite aux membres du clergé et aux religieux — décident de procéder aux inventaires des biens « nationalisés ». Cela donne lieu à de vifs affrontements. Quatre ans plus tard (1910), quatre gros cabinets d'administrateurs judiciaires ayant monopolisé la « liquidation » de ces biens pour réaliser leur valeur estimée (par Waldeck-

Rousseau) à un « milliard » de francs 1900... un énorme scandale éclate. L'État ne récoltera que quelques centaines de milliers de francs. Les « liquidateurs » se seront effrontément enrichis. Une enquête est ouverte par une commission du Sénat placée sous la présidence d'Émile Combes... Certains sont « inquiétés », mais la guerre met fin aux investigations et aux interpellations, dont celles très pertinentes de Jaurès à la Chambre des députés.

Faut-il être empreint d'une force intérieure puissante, elle-même mue par le souci de s'opposer aux privilèges d'une autre force intérieure sans limites inspirée par la foi ! Assez des grignotages insidieux d'une Église dont l'État devra perpétuellement se protéger.

Je ne vois qu'un remède, le bon sens et la maîtrise du « petit malin » qui habite chacun de nous. S'il veut en découdre, à quoi bon ! foin de la violence. S'il est engourdi par l'indifférence, réveille-le, refuse le sectarisme, la discrimination, l'humiliation, l'exclusion, autant de sentiments déshonorants pour l'humanité.

Il a fallu quatre siècles pour ne pas être arrivé raisonnablement à bout de la séparation des Églises et de l'État, puisque à Dinan en Bretagne, en 1930, une enfant en a essuyé les avanies. Et quatre ans plus tard, le tourment la taraude encore, lorsqu'elle comprend que son univers protecteur est menacé par une tentative d'incendie allumé pour atteindre la vie et l'honneur de son père adoré.

10

L'incendie du collège

Tout est là dans ma tête, comme je l'ai entendu raconter par les témoins et au cours des interrogatoires auxquels j'ai dû participer.

C'était le dimanche 7 janvier 1934. Mes parents avaient convié leurs collègues amis à partager la galette des Rois. Autour de la table, la nouvelle directrice du collège de filles, Mademoiselle Vidal, à l'accent fort prononcé de son Midi natal, Madame et Monsieur Clémens, inspecteur primaire du département des Côtes-du-Nord.

Stupeur de mes parents et de leurs convives, lorsque le moment de sérénité qu'ils partageaient fut brusquement interrompu par la silhouette du surveillant général s'inscrivant dans le cadre de la porte ouverte.

« Monsieur le Principal, il y a le feu dans le premier dortoir.

— Le feu ? »

Et les présents racontent.

Monsieur Clémens, sur papier à en-tête de l'Inspection primaire de Dinan :

J'ai l'honneur de porter à votre connaissance les faits suivants, survenus au collège des garçons hier, 7 janvier, dans l'après-midi.

Vers 16 heures, alors que nous étions dans la salle à manger de Monsieur Gouze (sa famille, madame la directrice du collège et sa cousine, ma femme et moi), on est venu prévenir Monsieur Gouze qu'il y avait le feu dans l'un des dortoirs. En effet un lit était en train de brûler lentement. À peine le nécessaire était-il fait de ce côté, que l'alerte était donnée également pour deux autres dortoirs, où, dans une épaisse fumée, plusieurs lits se consumaient. Dans l'un des dortoirs, le plancher était déjà entamé.

Les élèves qui rentraient de promenade à ce moment-là, vers 16 h 30, ont participé à l'extinction. Les dégâts se réduisent à 8 ou 9 lits détruits ou grandement détériorés ; mais il était temps !

En présence de ces faits, Monsieur Gouze a fait prévenir Monsieur Mousson qui est arrivé vers 17 h 30, accompagné de Monsieur Geistdoerfer et du commissaire de police. Celui-ci a commencé immédiatement son enquête.

Pour ma part, j'ai été frappé par les deux circonstances suivantes :

— le feu a pris à peu près simultanément dans les trois dortoirs ;

— les lits qui avaient été faits le matin par les élèves étaient défaits ;

— les draps, couvertures, matelas étaient renversés par-dessus les pieds de lit de manière à se rejoindre dans l'allée centrale et former un tunnel continu où le feu pouvait se propager et se généraliser.

Signé : J. CLÉMENS

Dans un deuxième témoignage, Monsieur Clémens précise que ma sœur et moi-même étions parties au cinéma dès le déjeuner terminé.

Le film projeté au Celtic, ce dimanche-là ? *Roger la honte*. La sombre histoire d'un industriel victime d'une machination ourdie par sa maîtresse. Je ne compris évidemment rien aux manigances d'une femme qui envoie au bagne un homme qu'elle dit aimer...

Je suppose que ma présence auprès de ma « grande sœur » un peu volage, il est vrai, se justifiait dans un rôle de chaperon inconscient, particulièrement aveuglé par l'admiration qu'il vouait à son aînée.

Au moment de la découverte des incendies, nous n'étions pas à la maison et sommes arrivées au beau milieu du branle-bas de combat, dans une agitation bien compréhensible. Tous les témoins décrivirent la même mise en scène.

Ce sont les commentaires sur les personnes concernées par l'événement qui donnèrent le ton à la malveillance et caricaturèrent le climat entretenu par les plus mal intentionnés et par une presse peu soucieuse d'impartialité.

Dans cette Bretagne encore très influencée par l'Église et qui pourtant à Dinan, justement, avait élu un maire alsacien socialiste, l'ambiance était surchauffée.

Le collège était dans l'œil du cyclone depuis que le maire, Monsieur Geisdorfer, avait décidé de désaffecter la chapelle de l'établissement pour en faire une salle de gymnastique. Malgré les mises en garde de mon père qui s'attendait à une réponse du berger à la bergère, il était loin d'imaginer un tel scénario à double détente. D'abord mettre le collège hors d'état de fonctionner et, si la première étape n'était pas atteinte, déshonorer ce principal malvenu, et s'en débarrasser.

À titre indicatif, un article signé René Pierre dans *Le Dinan républicain* : « Il y a un criminel ; qu'il soit clérical ou franc-maçon, peu importe ; je demande qu'on le trouve. MAIS ON NE VEUT PAS LE TROUVER [les majuscules ne sont pas de mon fait, mais employées par le signataire du texte]. Si c'était un clérical, écrit-il, il y a longtemps qu'il serait sous les verrous. » Et justice est faite par Monsieur René Pierre.

Toute ma famille fut entraînée dans une machination des plus pernicieuses qui devait convaincre mon père de pyromanie. Il aurait mis le feu à ce collège, objet de tous ses soins, par vice sans doute, car le motif semblait impossible à démontrer. Ou alors c'était la vengeance de sa fille aînée qu'il maintenait, disait-on, dans la misère à Paris. Les motifs inventés se révélaient tellement invraisemblables qu'il a fallu chercher un coupable ailleurs. Une semaine seulement pour qu'un enquêteur perspicace venu de Rennes fasse aboutir l'enquête.

Laquelle, menée par Monsieur Primborgne, inspecteur de la 13ᵉ brigade mobile de Rennes, et Monsieur Peyrut, commissaire de police de Dinan, leur permit d'annoncer dans la presse qu'ils étaient en mesure de « donner au public la conclusion si impatiemment attendue ».

C'était un vendredi. Monsieur Primborgne fut appelé à Paris pour enquêter sur la mort de Prince, conseiller dans l'affaire Stavisky. Les révélations prirent le train, elles aussi.

L'affaire de l'incendie s'est perdue dans les brumes bretonnes ; le nom du coupable repéré par le juge d'instruction venu d'ailleurs n'a jamais été révélé.

Je pourrais retourner le compliment à Monsieur René Pierre sous un autre angle de vue.

Pour écrire cette histoire, je me suis mise en demeure de consulter les archives départementales des Côtes-d'Armor, pour ne pas donner prise à mes sentiments de petite fille blessée[1].

Il m'a suffi de lire une première lettre de Monsieur Clémens, pour reconstituer la journée de l'incendie dont j'ai gardé un souvenir très clair. Combien ce témoignage fut important pour déjouer les procédés pratiqués par une droite intouchable protégée par une religiosité particulièrement permissive quand elle a en face d'elle un « mécréant ».

Accuser l'ennemi en le mettant en situation de se défausser de son présumé crime sur « une pauvre victime innocente ». Ensuite, utiliser ce stratagème aux dépens de celui que l'on veut abattre. Une stratégie privilégiée par la droite quand elle

---

1. Je tiens à remercier ici Madame le Directeur des Archives départementales des Côtes-du-Nord et le personnel pour leur aide efficace dans mes recherches.

se sent menacée. J'aurai l'occasion d'en apporter le témoignage des années plus tard.

En compulsant les archives de Dinan, c'est le cœur serré que je parcourus cette très longue lettre où chaque mot compte, lorsque mon père déclare que « les termes de la présente ne lui sont dictés que par sa dignité et imposés par sa conscience ». Il relate combien il lui est « pénible de s'entendre attribuer l'accusation de culpabilité portée contre le Surveillant général, à propos de l'incident du 7 janvier 1934 ».

Jamais je n'ai porté contre lui la moindre accusation d'incendie, Monsieur l'Inspecteur. Rien dans nos conversations et dans mes dépositions à la Justice n'autorise qui que ce soit à me faire ce reproche.

Vous m'avez répliqué que je ne pouvais pas vous empêcher de lire à travers mes pensées.

Je ne vous crois pas en droit d'interpréter mes déclarations.

Vous reconnaîtrez, Monsieur l'Inspecteur, la gravité de l'accusation dont vous chargez gratuitement ma conscience et dont vous entachez mon honneur et ma dignité.

En parcourant ce courrier dactylographié par maman sous la dictée de papa, j'imagine aisément leur indignation. Mais je sens la rage monter quand je prends connaissance des commentaires du destinataire qui communique cette lettre à son supérieur hiérarchique, le recteur d'académie.

*L'affirmation de Monsieur Gouze qu'il n'a porté
contre Monsieur Lefèvre aucune accusation d'incendie
est peut-être vraie s'il s'en tient à une accusation officielle, orale ou écrite ! elle est fausse et à quel point ! si
l'on tient compte des insinuations, des questions posées
dont on attend la réponse [...]*

*Quant à moi, je ne me sens nullement atteint par
les propos désobligeants de Monsieur le Principal à
mon égard, et me considère comme au-dessus des ap-
préciations d'un homme dont j'ai dû, à maintes reprises, signaler la médiocrité — c'est le moins que je
puisse dire — de caractère.*

*Mais, ou Monsieur Gouze est de bonne foi, et alors
son cas m'apparaît relever de la maladie mentale. Ou
il est de mauvaise foi, et je me demande à quel mobile
de lâcheté il obéit.*

*Quoi qu'il en soit, il apparaît que la nécessité de
son déplacement s'impose.*

Visiblement, l'inspecteur d'académie, lui aussi,
détestait mon père, jusqu'à se ranger ouvertement
du côté où il penchait naturellement.

Je n'ai même plus envie d'argumenter tant les
cartes sont biseautées. Quand les dénigreurs de la
Laïque se trouvent en son sein, entretenus par des
gouvernements laxistes, d'autres Antoine Gouze
devront chercher en eux, en leur conscience, la
raison du bien-fondé de leur noble conviction que
l'enseignement laïc doit résister à la mauvaise foi
(c'est le cas de le dire) et aux entreprises de déstabilisation.

Merci papa, à bon entendeur, salut !

Néanmoins, loin de moi l'idée que mon père, montré comme un suppôt de la République impie, la « Gueuse », serait un repoussoir dans un pays où la droite catholique bien-pensante espérait encore le retour sur le trône de l'ancienne dynastie et aurait volontiers remis à l'honneur les dragonnades d'antan.

Il aurait bien pu être terrassé, le principal du collège de garçons, et brûlé vif dans cet incendie qui faisait partie d'une machination des plus sordides.

Et savez-vous qu'avec le feu, la famille Gouze n'en avait pas terminé ?

Leur camion de déménagement brûla entièrement deux ans plus tard, lorsqu'à sa demande, mon père obtint sa mutation pour Villefranche-sur-Saône.

Tout ! tous nos souvenirs, tous les meubles, tous les livres et les photos de famille. Tout ! tous les appareils photo et la caméra qui donnaient à mon père les joies de l'échange par l'image. Il n'était jamais plus heureux que lorsqu'il allait d'école en école pour projeter des petits films documentaires à la demande de collègues avec lesquels il entretenait des relations amicales.

Plus rien. Dans les décombres fumants, on ne retrouvera rien. Ni l'argenterie fondue, ni le socle en fonte du projecteur de cinéma. Ni le linge de maison calciné, pas plus que les vêtements. Seules des factures de l'administration de l'internat jonchaient les champs alentour.

L'assurance commença une enquête. Tant de questions sans réponse laissèrent un goût amer de fumée qui rappelait trop les odeurs nauséabondes de l'incendie du collège.

À Villefranche mes parents sont arrivés tout nus, sans bagage. Avec leur fille pour laquelle ils trouveront toutes les énergies qui contribueront à reconstruire son bonheur.

11

Un fabuleux jardin

Je crois que toutes ces épreuves ne m'avaient pas éloignée de mes amours, de mes amies, de ma passion pour mon jardin et ses recoins mystérieux.

Je laissais derrière moi la tortue et la chatte que j'aimais. Les mystères du jardin et sa rotonde bordée d'œillets mignardises de toutes les couleurs, de lupins et de pavots. Un noisetier et un houx en fixaient les limites. La plate-bande de roses anciennes, au pied de l'appartement, se terminait par un énorme mimosa qui occultait la fenêtre de la cuisine. Mon émotion se concentre sur le petit carré de terre que je cultivais moi-même, sur les conseils de Monsieur Jean.

À cet instant, il me suffit d'écrire « jardin du collège de Dinan » pour qu'un petit frisson rappelle à mes sens un peu engourdis la toute-puissance des découvertes, des sensations de la prime adolescence.

Les pierres moussues assez disjointes du haut mur retiennent les racines de giroflées jaunes et pourpres dont les senteurs parfument les soirées d'été. Le poulailler, le clapier et pendant quelque temps la porcherie favorisèrent mon apprentissage des rapports que l'homme entretient avec les animaux dits « domestiques ». Les nourrir, se réjouir de leurs formes dodues, accueillir leurs petits si attendrissants et… les tuer pour les manger.

Hé ! c'est la vie ! me disait-on.

C'est la vie aussi pour la Minette un peu sauvage qui partageait avec moi quelques-uns des recoins de « mon fabuleux jardin », que de noyer ses chatons ?

Recroquevillée entre deux rangées de framboisiers, je regarde la scène. En colère et désespérée à la fois, j'en veux à Monsieur Jean d'exécuter les ordres de ma mère.

Au fond du jardin, un énorme bassin en pierre servait de lavoir pour le linge des pensionnaires. Profond, toujours rempli d'eau, ce lieu m'était interdit. Mais j'ai très bien vu le jardinier en sortir, tenant en ses mains les petits corps inanimés des chatons de la Minette. Oui, je l'ai vu, à travers mes larmes, les déposer dans le trou et les recouvrir délicatement de terre. Puis s'en aller.

Je m'avance doucement, j'écarte la terre, je prends le dernier petit chat déposé, je le nettoie, je le réchauffe dans mes mains : « Minette, Minette, viens voir, ton petit respire »… Bref ! je ne veux pas m'appesantir, plus de soixante-dix ans après, sur des événements qui vous font sans doute sourire.

Minette, clandestinement installée dans une cachette que je lui ai aménagée dans la cave, je la nourris des restes de nos repas et couvre son petit de toutes les caresses, expression d'un bonheur encore inconnu. Ce bonheur que j'ai redécouvert beaucoup plus tard pour avoir participé à sauver la vie de prisonniers et prisonnières et contribué à l'alphabétisation d'enfants qu'une dictature maintenait dans l'ignorance. Le bonheur d'une fillette d'avoir gagné l'amour d'une petite chatte sauvage dont le regard valait tous les ors du monde. Mais aussi le bonheur d'une femme appelée « maman » par les Kurdes ou « marraine des mouvements sociaux » par les peuples sud-américains. Un tout simple bonheur qui éclaire les moments de doute.

Ah, monsieur Jean, saviez-vous ce qui allait se passer lorsque vos gestes empreints de tant de douceur espéraient peut-être encore donner une chance à la vie ?

Je l'aimais bien, Monsieur Jean.

Les employés de la maison l'appelaient le « Russe blanc ».

Il était grand, distingué, élégant, de beaux cheveux gris, Monsieur Jean. Il jardinait avec des gants, et parlait à la troisième personne : « Mademoiselle Danielle veut-elle que je lui cueille quelques noisettes avant de partir à l'école ? » ou bien, s'agissant de mon petit neveu, élevé par mes parents : « Monsieur Alain a fait pipi dans sa culotte. »

D'où venait-il ? Je ne le sais, mais je peux très bien imaginer le parcours, depuis la Russie du temps des tsars que Monsieur Jean avait sans doute servis. Il ne parlait jamais de son passé. Avait-il une famille ? Avait-elle disparu ? Avait-il

au fond des yeux des images d'horreur insoute-
nables ?

Un soir d'automne, Monsieur Jean ne se présente pas à la table du dîner. Maman, les employés,
le couple des concierges l'appellent. Son nom,
« Monsieur Jean », résonne dans les cours et les
couloirs du collège... mais c'est au fond du jardin
qu'il est découvert. Il s'est noyé dans le lavoir.

La cloche du collège vient de sonner la fin des
cours. Il est quatre heures. Pour le goûter, une
tartine de confiture à la main, deux fillettes de la
maison, désœuvrées, se dirigent vers le jardin propice aux confidences.

« Viens-tu avec moi sur la tombe de Clebs, près
de la décharge à côté du lavoir ? me dit Juliette, la
fille de la lingère.

— Que dis-tu ? Clebs n'est pas mort, tu inventes !

— Tu ne le savais pas ? Le jour où il a mordu
le chauffagiste, ta maman a décidé sa mort et personne ne voulait le tuer. Tout le monde l'aimait
bien, Clebs, et c'est Monsieur Beaussang, le con-
cierge, qui s'est dévoué.

— Tu dis n'importe quoi. Maman m'a dit
qu'elle l'avait donné au marchand de pommes de
terre qui livrait ce jour-là. Il l'a emmené dans sa
ferme parce qu'elle ne voulait pas courir le risque
d'une nouvelle morsure dans un établissement
qui réunit beaucoup d'élèves. D'ailleurs elle m'a
promis que nous irions le voir un jour. Je ne te
crois pas et tu serais bien incapable de me montrer sa tombe. »

Et pourtant, c'est vrai. Mon compagnon de tous les instants, mon accompagnateur à l'école, témoin de mes aventures hasardeuses, de mes colères et apaisements, Clebs, dort pour toujours au fond du jardin. Si j'ai pu comprendre toutes les explications de ma mère, soucieuse de protéger les enfants qui lui étaient confiés, elle m'a menti et je ne peux l'admettre.

Mon rempart inexpugnable, fondé sur la confiance, se délitait malencontreusement. Je devrais désormais construire ma propre carapace.

J'allais confier ma tristesse à l'if, mon refuge, ma citadelle, où se cachaient mes sentiments les plus intimes, mais aussi les larmes, les chagrins. Curieusement agencé, à un mètre du sol, il avait développé trois grosses branches qui ont servi de base pour construire ma cabane. À l'abri des regards, j'étais bien dans mon if. Il fut le témoin des confidences que j'adressais à un personnage de mon invention, nimbé des senteurs de résineux que je retrouve encore aujourd'hui, au cours des promenades, dans la forêt de pins des Landes.

Je vous imagine, lecteur ou lectrice, à cet instant même de votre lecture, évoquer la cachette, ou le recoin de votre enfance, et réveiller votre « petit malin ».

12

Tous de gauche...

Dans ma famille, loin des folles ambitions, nous nous entendons bien. Tous de gauche, mes aînés abordent les problèmes du temps sous un même angle, plus ou moins ouvert, plus ou moins radical. La stratégie se discute, mais la convergence vers l'objectif est sans ambiguïté.

Que s'est-il donc passé ce 29 octobre 1934, le jour de mon dixième anniversaire ?

La table de la salle à manger est dressée selon l'usage des jours de fête. Papa, maman, mon frère et mon grand-père maternel en sont les convives.

Cher grand-père, il avait tenté de mettre fin à ses jours à la mort de sa femme, Léonie, en 1932. Maintenant, il vit avec nous, près de sa fille unique qu'il chérit de toute son âme. La discrétion même, la tendresse et la générosité sont les mots qui me viennent à l'esprit quand je l'évoque. Droit comme un *i*, sec comme un coup de trique, quelques faiblesses dans les jambes, il passe ses journées assis dans son fauteuil qu'il déplace au jardin en été et près de la fenêtre en hiver. Confident des petits problèmes des uns et des autres, il a toujours une solution pour faire disparaître les soucis.

Ce 29 octobre, il prend place à la table familiale ; la conversation s'engage entre mon père et Roger, mon frère, mon aîné de douze ans. La discussion sur les événements de l'année est particulièrement animée. Peu m'importe, les bougies sur le gâteau et les cadeaux qui sortiront du placard à la fin du déjeuner, captent toute mon attention.

Comment aurais-je pu savoir qu'entre un socialiste bon teint et un socialiste plus radical la notion de grève générale interprétée par l'un ou par l'autre allumerait la mèche d'une bombe qui éclaterait au beau milieu de mon bonheur ? Deux forcenés dressés l'un contre l'autre s'invectivent, jaillissent de leur chaise, bousculent le grand-père et, dans mon incompréhension, mes pleurs et le piaillement des perruches troublées dans leur quiétude, le charme d'une journée de fête est rompu.

Même si le calme se rétablit, les cadeaux seront découverts dans un sanglot réprimé. Le souvenir d'une fête manquée restera gravé dans ma mémoire si profondément qu'il me blesse encore au moment où je l'évoque en écrivant.

Beaucoup plus tard, adulte, au cours d'une conversation à bâtons rompus avec ma mère, je lui demandai quel avait été le motif d'un tel ouragan emportant la joie d'une famille paisible, réunie autour d'un gâteau d'anniversaire pour un instant de bonheur : « Oh ! une histoire de grève politique, me dit-elle, une grève qui se voulait générale et révolutionnaire chez l'un, et, pour l'autre, une grève économique qui réglerait quelques problèmes pendants, mais ne changerait rien sur le fond. Enseignants l'un et l'autre, ton père s'était interdit de suivre le mouvement, considérant que la mission de l'éducateur devait être prise comme un sacerdoce au-dessus de toutes contingences politiques ou économiques, alors que ton frère s'était engagé à aller jusqu'au bout pour destituer le capitalisme et amener le prolétariat au pouvoir. »

Quelle aurait-été la sagesse ? Que j'appelle « au secours » ?

Si je comprends bien, Antoine, mon père, et Roger, mon frère, n'étaient pas d'accord sur la nécessité de faire grève ou pas. Mais il me semble qu'il serait plus judicieux de reconnaître que leur mal d'exister, comme pour chacun de nous, se manifestait en cherchant l'affrontement. N'est-ce pas le propre de la jeunesse que de s'opposer à ses aînés ? Et quel que soit l'âge ?

Figurez-vous un vieux monsieur de quatre-vingt-treize ans, impotent certes, mais la tête bien faite, et les idées claires, sur son lit d'hôpital. Sa petite sœur, quatre-vingt-un ans, lui rend visite. Une conversation s'engage sur l'Europe et le vote pour le référendum sur le « traité pour la Constitution ». Et le ton monte, monte, atteint un taux de décibels tel que tous les résidents du couloir des Invalides savent que Monsieur Gouze et sa sœur ne sont pas d'accord sur le destin de l'Europe. Eh oui, le sage grand frère joue le rôle du maintien d'un système qui, bon an mal an, perpétue des

avantages acquis, et espère convaincre « la petite »
de renoncer à ses rêves de construction d'un
« autre monde possible ».

« Mais, Roger, tu ne veux pas de cette politique
néo-libérale ? Ce n'est pas l'Europe que tu souhai-
tes, soumise ainsi à la dictature économique, à la
pensée unique ! Alors, aie le courage de dire non !

— Ce n'est pas en cassant la baraque que tu
feras avancer le changement. »

Bref, l'heure tourne, un éclat de rire ponctue la
tempête et les petits problèmes familiaux abordés
s'échangent sur le ton de la confidence. Le baiser
du départ nous remet sur le chemin de la concorde.

Bien sûr qu'ils sont d'accord sur l'objectif à atteindre. Et, à leur façon, ils souhaitent les uns et
les autres « tauréer le Léviathan », comme l'écrivit
Roger en évoquant les combats de l'homme libre.
Ils déjouent chacun de leur côté les contraintes
qui limitent leur espace. Ils veulent rendre plus
juste la société et éviter la guerre. Avec surtout
cet objectif fondamental : mettre l'argent au service de l'homme, et non l'inverse. Pourtant, ils
n'ont rien de plus pressé à faire que d'opposer
chacun leur stratégie, tout en voulant imposer à
l'autre le point de vue de son « courant ». Au nom
de la plus grande efficacité, disent-ils, l'un par la
réforme, l'autre par la révolution.

On reste campé sur sa position...

Et voilà, ni les uns, ni les autres ne semblent se
rendre compte que, concrètement, ils s'acharnent
d'une manière obsessionnelle à diviser les forces
qu'ils rêvent de rassembler. Cela va parfois jusqu'à

la caricature : plus le courant se veut unitaire, moins il l'est, et plus il exige des autres l'unité.

Soyez assurés que mon père et mon frère Roger sont de vrais et bons socialistes. Ils reflètent une même réalité : celle de la gauche depuis la nuit des temps, celle qui perdure encore et se perpétuera. La même que celle qui professe que le suprême degré de la sagesse pour les partisans du socialisme est de « nourrir des rêves assez grands pour ne pas les perdre de vue en les poursuivant », comme disait William Faulkner.

Les chamailleries internes, relevées au cours de mes recherches, existeraient-elles depuis que l'humanité est consciente d'elle-même ? Je ne remonterai pas au-delà de la fin du XIXe et du début du XXe, depuis que se sont forgés, en Europe, au sein du mouvement ouvrier, les partis sociaux-démocrates qui ont préparé les événements de ma génération.

Je situe les prémices de ma destinée à l'année 1864, quand se crée la Ire Internationale ouvrière... Cela aurait pu être une belle tentative de rassemblement, sans tout le sang versé, les emprisonnements, les exils. Organiser la lutte suffisait à engager la bataille contre le capitalisme en mettant au pas son cheval de bataille, le profit, maître d'œuvre de toute politique particulièrement arbitraire. L'argent du capital favorise, certes, les progrès techniques qui contribueront à la productivité, mais il enrichit assurément quelques privilégiés. Il est finalement dévastateur pour l'esprit du commun des mortels.

Tout rassemblement contenant son germe de destruction, les marxistes rejettent les anarchistes, et... quelque vingt-cinq ans plus tard, la IIe Internationale ouvrière trouve et prouve son efficacité en contrant la violence du courant anarchiste. Elle démontre que par la négociation bien conduite, une organisation puissante, massive, unie et déterminée obtient les avancées souhaitées. Aux salariés les augmentations, la diminution du temps de travail, de meilleures conditions de vie... autant d'avantages acquis toujours à préserver.

S'étaient-ils interdit, les ancêtres, d'envisager ouvertement un bouleversement des rapports sociaux ? Et de faire le choix d'une nouvelle société où les travailleurs ne seraient plus assujettis aux tenants du capital ? Prendre le pouvoir, était-ce impensable ? La question qui divisait : comment le faire ?

Les plus intransigeants ne voient de solution que par les armes, puisque le capitalisme ne cède rien de bon gré. Les modérés, au souvenir des tueries que l'affrontement violent entraîne, penchent plutôt pour une lutte démocratique. Toujours hantés par les massacres de la Commune et par la terreur versaillaise qui gronde encore sous quelques crânes, ils ne sont pas prêts au combat. Tout compte fait, avec un syndicalisme sans zone d'ombre et des partis bien structurés, un bon argumentaire pour convaincre les foules, d'élections en élections, « on » finira bien par s'emparer de l'État.

Il est facile d'imaginer les discussions, à la sortie des réunions de l'époque. Mille occasions de conversations animées, d'invectives et de polémiques permettront d'écrire la longue histoire du « mouvement ouvrier » qui, en France, oscille entre les deux options éternellement opposées : on en découd ou on négocie.

Parce qu'il s'agit de « nuances » portées par des « courants », on évoque tel ou tel du moment. Peu importe le personnage, ce sera le même scénario tout au long du siècle — ce dont je peux témoigner. Et si je ne mettais pas toute ma confiance en l'instinct de conservation de la vie qui nourrit mes espérances, j'aurais baissé les bras depuis bien longtemps. Union, scission, union, scission, union…

Jusqu'en 1904, une flopée de groupuscules élèvent la voix en discordance : POF, PSR, PSDF, FTS, POSR, PSF et tant d'autres autour de ces mêmes lettres. Le O signifiant « Ouvrier », le S, « Socialiste », le R, « Révolutionnaire ». P voulant dire « Parti » et F, « Français »… sinon « Fédération », le T, « Travailleur », et le D, « Démocratie ».

Est-ce la pression exprimée par quelques phrases sans ambiguïté qui a conduit à réagir ? Celle, par exemple, venant d'au-delà des frontières, lancée impérative par Kautsky : « Il est indispensable qu'il n'y ait qu'un parti socialiste comme il n'y a qu'un prolétariat. » Ou ces quelques quolibets acidulés sur la « maladie gauloise » moquée durement par l'abominable Schopenhauer : « Les autres parties du monde ont des singes, l'Europe a les Français. Cela fait compensation. »

On en sourit. Évidemment personne ne se reconnaît.

Un pas est franchi, fin novembre 1904 : une
« commission d'unification » est créée, non sans
peine, chacun cherchant à tirer la couverture à
soi...

Mais nécessité fait loi. Enfin, cela peut arriver !
Les antagonistes, en l'occurrence, Jaurès, l'humaniste, et Guesde, le rigide doctrinaire, se fédèrent
et entraînent l'ensemble des groupuscules à accepter de se fondre dans une « Section française
de l'Internationale ouvrière », la SFIO. Cela se
passe à Paris, boulevard de Strasbourg, salle du
Globe, les 23 et 24 avril 1905.

Étaient-ils contents ? Ont-ils fait la ronde en se
tenant par la main et en chantant... Qu'auraient-
ils pu chanter en 1905 ? *L'Internationale*, bien sûr.
Oh, elle a vécu longtemps, la SFIO ! soixante-six
ans, jusqu'à un certain mois de septembre 1971,
où... mais, n'anticipons pas.

La question du moment était : doit-on participer ou pas aux gouvernements républicains...
plutôt « bourgeois » ?

Alors, c'est la foire d'empoigne. Et pour finir,
les uns seront ministres, les autres les vilipende-
ront. Un fait est avéré : dès la naissance de ce
grand parti, ce n'est pas l'harmonie.

Mon père avait vingt ans lorsque l'édifice SFIO
s'éleva et fit partie de son horizon. Élève à l'École
Normale des Instituteurs, a-t-il adhéré alors ? Je
ne saurais le dire...

Comme un coup de tonnerre, la Première Guerre
mondiale les distrait de leurs états d'âme et les in-

cite à l'Union sacrée pour s'engager et sauver la Patrie.

Pas tellement sacrée, l'Union. Qu'aurait fait Jean Jaurès, le pacifiste qui n'avait pas voté le budget pour la guerre ? Moi, j'aime bien ce qu'il prétendait en écrivant que « la révolution n'a nul besoin de la terreur pour réaliser ses objectifs... [qu']elle ne combat pas des individus, mais des institutions ». Il est assassiné par un nationaliste, Raoul Villain, trois jours avant la déclaration de la guerre. C'est ainsi qu'il est, en fait, le premier mort du conflit.

Et savez-vous pourquoi son assassin fut libéré en 1919 par des jurés ? Ils ont estimé qu'il avait rendu service à sa patrie : « Si l'adversaire de la guerre, Jaurès, s'était imposé, la France n'aurait pas pu la gagner. » Marche-t-on sur la tête pour accepter de tels arguments ? Est-ce rendre service à sa patrie que d'engager la mort d'un million quatre cent mille Français ?

Et Jules Guesde ?... il entre au gouvernement !

Qu'advint-il de la SFIO pendant ces années d'horreurs ? Il arriva ce qui était inscrit dans ses gènes. Il semble qu'il fut beaucoup plus important de savoir qui se rangerait du côté des « réformistes » ou de celui des « révolutionnaires », pour amener les adhérents sur les valeurs du socialisme. Les militants de gauche, qu'en pensaient-ils ?

Se posaient-ils la question de savoir s'ils allaient rejoindre Léon Blum et les socialistes, ou adhérer à la nouvelle Internationale (communiste) qui allait naître ?

Oh, mais il m'agace, mon « petit malin » qui sans cesse me ramène à nos jours. Attends donc, j'y viendrai dans un autre chapitre. Pour le moment j'essaie de suivre le processus qui explique cela.

Et ceux qui sont de ma famille ? Maman, institutrice, apprend à lire et à compter aux petits.

Réformé pour insuffisance cardiaque, papa passa les quatre années de guerre dans son école dont il assura la direction en remplacement du titulaire enrôlé sur le champ de bataille. Aux plus grands, il enseignera la morale, le respect d'autrui, l'histoire de leur pays dans un monde qu'ils découvrent en même temps que sa géographie. Il leur dira que l'Homme est doué d'intelligence, de parole, ce qui l'élève et le distingue du brut animal réduit à se défendre de ses prédateurs par la force. Il leur apprendra à être fiers de leur condition.

Nous sommes à la fin de la guerre victorieuse.

Combats terminés, le « Bloc national » vient au pouvoir. La Chambre des députés est la plus à droite depuis 1871, ai-je lu quelque part. Bien cocardière, « bleu horizon » la nomme-t-on ; c'est la couleur de l'uniforme de nos Poilus, pour leur rendre hommage.

Sur les bancs des élus est arrivé un grand nombre d'anciens combattants en mal de politique, dont l'obsession est d'anéantir la « menace rouge » inspirée par la révolution d'Octobre...

Le nationalisme forcené des « bons patriotes » les oppose à l'internationalisme de la gauche accusée de ne compter que de « mauvais citoyens ».

On commémore beaucoup. Il nous en reste dans chaque village de France un monument aux morts, « œuvre d'art » ô combien respectée.

À ce propos, moi, je préfère le monument de Gentioux, dans la Creuse, sur le plateau de Mille-vaches, représentant une veuve et son fils en sabots, maudissant la guerre.

La plupart des dirigeants socialistes, eux, l'œil fixé sur l'objectif de la conquête de l'État, ne voient pas monter les aspirations révolutionnaires qui s'incarnent dans le nouveau syndicalisme.

En 1917, pendant que les tranchées se remplissaient de cadavres et que l'économie de guerre occupait les esprits de nos dirigeants, un choc énorme, déterminant pour réveiller les consciences, se produisit en Russie.

Et pourtant ils étaient quelques-uns, à Paris, qui n'avaient pas attendu la « révolution d'Octobre » pour comprendre que le mouvement ouvrier international se constituerait à partir de Lénine et de ses amis.

Ils voient bien que, détruit par les coups de boutoir de l'Allemagne et de l'Autriche-Hongrie, l'Empire russe s'effondre, et que le tsar Nicolas II abdique en mars. Peut-être se réjouissent-ils de l'instauration de la République, d'abord par des modérés, finalement doublée par les bolcheviks ? Lénine et Trotski au pouvoir, ce ne fut pas pour leur déplaire...

Nos chers futurs communistes français ne veulent pas reconnaître ce qui s'annonce : le régime des soviets conduira aux procès de Moscou, aux purges, aux camps de concentration et aux bagnes ! Ils n'y croient pas. Pensez donc, une si belle idée, si généreuse !

Mais rien ne va plus chez les socialistes français. Et la future scission est programmée.

Et quelle scission ! celle du congrès de Tours ! Une page de l'histoire du socialisme dont les socialistes aujourd'hui encore ne se remettent pas...

« Congrès de Tours », « congrès de Tours », comme une litanie construite autour de morceaux de phrases fantômes qui tournent autour de ma tête de petite fille depuis que mes oreilles ont pu capter quelques mots forts des conversations feutrées au long des soirées familiales. Les analyses, les réflexions et les débats entretenus au cours des réunions amicales à la maison s'en nourrissent et provoquent des éclats. En tout cas, la nouvelle Internationale qui a vu le jour et qui concurrence la précédente, c'est l'Internationale communiste, dite « IIIᵉ Internationale ». Dans un langage convenu entre initiés on dira « Komintern ».

Au fil de mes recherches, je reconstitue le processus. J'y suis... L'enjeu du débat qui se tient à Tours : on adhère ou on n'adhère pas ?

Le fruit de la scission : un nouveau parti qui prend le nom de Section Française de l'Internationale Communiste (SFIC), alias « Parti communiste ». Il deviendra le « PCF » en 1943 seulement. Les gardiens de la « Vieille Maison » regardent partir ces agités — « instrumentalisés », comme

certains voudraient le faire croire à tort ou à raison.

Et à l'Est, l'URSS, Union des Républiques Socialistes Soviétiques, se profile. Pour réussir leur
entreprise, Lénine, Trotski et leurs camarades
songent moins à propager leur révolution à l'ensemble des continents qu'à utiliser le mouvement
ouvrier de chaque pays. Ils focalisent leur propagande sur la Russie... en pervertissant la belle
idée des « soviets » — ces conseils d'ouvriers dont
Staline aura finalement détourné le sens pour en-
treprendre ses basses œuvres.

Mon propos n'est pas de hurler avec les forcenés de l'anticommunisme. D'autres le font
beaucoup mieux que moi et je leur en laisse la signature.

Je voudrais terminer ce chapitre sur l'embryon
d'espoir qui a trouvé son chemin jusqu'à nos
jours sans qu'aucun politique ne l'ait remarqué.

Alors que j'ouvrais les yeux sur le monde, un
professeur au Collège de France, l'économiste
Charles Gide, publiait déjà un ouvrage sur le « coo-
pératisme ».

Bien que les socialistes émules de M. Guesde
aient qualifié ce mouvement de « blague bour-
geoise » — comme aujourd'hui les altermondialistes sont considérés par les mêmes comme des
zozos —, d'autres socialistes, dont Jaurès et son
courant, lui sont favorables. Jusqu'à proposer à la
Verrerie de Carmaux de s'inspirer de ces enseignements.

Suivant le théoricien, un petit nombre d'hommes politiques et militants de gauche voient la coopération comme une « émancipation », « une structure d'apprentissage de la démocratie et de l'efficacité économique »… comme « une mise à distance du libéralisme et de l'étatisme ».

Qu'est-il devenu ce « pacte d'unité » des mouvements qui, en juin 1912, déjà, proposait de substituer « au régime compétitif et capitaliste » un régime nouveau où la production serait organisée « en vue de la collectivité des consommateurs et non en vue du profit » ? Que penser d'un mouvement qui envisageait sérieusement « l'appropriation collective et graduelle des moyens d'échange et de production par les consommateurs associés, ceux-ci gardant pour eux les richesses créées » ?

Une idée plus précise ? La coopération ne se borne pas au commerce et à la production.

Charles Gide y voyait « douze vertus ».

Un beau programme que voilà ! Mon « petit malin » le commente et retient ce qui lui plaît de Charles Gide.

MIEUX VIVRE.

« Avant toute chose, il faut bien commencer par vivre, et s'il se peut, par bien vivre. »

PAYER COMPTANT.

« L'achat à crédit, pour le pauvre, c'est la servitude. À fuir comme le feu. »

ÉPARGNER SANS PEINE.

« Grâce à la coopération, plus on dépense, chose merveilleuse, plus on se trouve avoir économisé… » On vous racontera.

SUPPRIMER LES PARASITES.

« Les organes de transmission sont réduits au minimum car, par le frottement, ils absorbent inutilement la force vive. C'est un principe de mécanique, c'est également un principe économique. »

COMBATTRE LES DÉBITS DE BOISSON.

C'est trop long à vous expliquer. Un peu de jugeote vous fera trouver l'argumentaire.

GAGNER LES FEMMES AUX QUESTIONS SOCIALES.

Elles ont compris toutes seules, depuis bien longtemps, car il ne faut pas oublier que la première association coopérative qui ait existé dans le monde, ce fut « le ménage ».

FAIRE L'ÉDUCATION ÉCONOMIQUE DU PEUPLE.

Je dois admettre qu'il n'est pas un bon élève. Il se laisse trop facilement abuser par le chant des sirènes.

FACILITER À TOUS L'ACCÈS DE LA PROPRIÉTÉ.

Une petite maison « ça m'suffit », un petit carré de terre, le bonheur quoi ! et pensez donc, ils sont copropriétaires de leur entreprise. Qui dit mieux ?

Et puis, RECONSTITUER UNE PROPRIÉTÉ COLLECTIVE. ÉTABLIR LE JUSTE PRIX, et encore, ÉLIMINER LE PROFIT. Mais l'apothéose : ABOLIR LES CONFLITS.

Le rêve ! regardez autour de vous, « le patron et l'ouvrier, le créancier et le débiteur, le propriétaire et le locataire, le marchand et le client, autant de couples liés de façon si cruelle qu'ils passent leur temps à s'entredéchirer sans pouvoir se séparer. Mais voici la coopération qui prend chacun de ces couples et fait de ces duels autant de mariages ».

Je me suis fait plaisir en m'étendant sur les douze vertus de la coopération mais il me vient deux citations de François :

« Personne ne passe du jour au lendemain des semailles à la récolte et l'échelle de l'Histoire n'est pas celle des gazettes… Mais après la patience arrive le Printemps. »

« Le fleuve ne va à la mer que dans la mesure où il est fidèle à sa source. »

Et la coopération ? Il faut remonter à la nuit des temps pour trouver sa source. Encore un peu de patience, j'aurai l'occasion en avançant en âge de vous en reparler.

Deuxième partie

UNE ADOLESCENCE
À L'AVENIR INCERTAIN

13

« *Un si vilain monsieur* »

Jeudi, jour sans classe. Papa ira à Lyon, au rectorat, pour des règlements administratifs. Et si nous en profitions, maman et moi, pour faire des courses et flâner sur le trottoir rue « de la Ré[1] », comme disent les Lyonnais « branchés » ? Un petit saut vers sa parallèle, la rue de l'Hôtel-de-Ville, où nous avons repéré deux ou trois marchands d'écheveaux de laines multicolores à faire rêver. Nous retrouverons la voiture au parking de la place Bellecour, y déposerons nos précieux paquets et rejoindrons papa à la librairie Flammarion, ralliement des intellectuels de la région. Des dizaines, des centaines de mètres de rayonnages offraient à mon regard fugace les éditions les plus prestigieuses dont les ouvrages auraient pu m'inciter à la découverte d'un monde inconnu. Mais le monde, alors, se bornait pour moi à un entourage de copains de mon âge. Entre douze et quatorze ans, les clins d'œil entre garçons et filles de la classe justifiaient les longs échanges de confi-

---

1. Rue de la République.

dences sous les platanes de la cour du collège. Et
que dire de la découverte des petits mots passés
dans les livres partagés ! Instants d'extase que les
professeurs interrompaient sans délicatesse :

« Mademoiselle Gouze, pouvez-vous me dire où
se trouve la Zambie ? » ou bien : « Énoncez cor-
rectement, pour vos camarades, le théorème de
Pythagore... si toutefois vous consentez à revenir
parmi nous ! » Les projets de promenades à vélo
et les pique-niques dans le parc de la propriété
des petites-filles du sénateur Godard prévalaient
sur toutes les considérations d'avenir de la politique franco-allemande, sujet du jour.

Me suis-je demandé, en passant devant les vi-
trines où figurait *Mein Kampf*, s'il était le « best-
seller » du moment ? Qui pouvait s'intéresser à ce
pavé que les critiques présentaient comme indi-
geste, gavé d'idées brouillonnes, sulfureuses et
provocatrices ?

Bien qu'il ait le même âge que ma douce maman, à quelques mois près, celui-là fait peur. Et
le monde entier s'interroge. Il est pourtant plutôt
vilain. Quand il hurle du haut de sa tribune, ges-
ticule sous sa casquette qui lui mange la moitié
du visage, tout le monde autour de lui se met au
garde-à-vous selon une mise en scène si impres-
sionnante qu'elle en inspire l'admiration et la terreur à la fois. Moi, je le trouve ridicule et m'exerce
à le caricaturer devant mes camarades lors de la
récréation, entre deux cours.

À cet instant, je lève la plume car, pour témoigner de cette période de ma vie d'adolescente,
j'aurais aimé faire parler mes aînés. M'auraient-ils

avoué humblement que les performances économiques de ce fou les impressionnaient, même s'ils étaient horrifiés par les traitements infligés aux opposants, par son antisémitisme, par ses parjures aux engagements entre États ? Et ses camps de concentration et ses menaces d'invasions ? Pour sûr, cela dépassait l'admissible, le supportable. Élu très légalement chancelier, Führer autoproclamé, ce dictateur prétend décider de ce que sera l'Allemagne pour les prochains mille ans.

Certes, il va bien falloir la regarder sérieusement, cette Allemagne qui grossit à vue d'œil, en violation de toutes les dispositions d'un traité de Versailles élaboré par des grandes puissances certainement animées d'esprit de revanche. C'est à contrecœur qu'on l'observe, peut-être même dans l'indifférence, et même pourquoi pas avec une certaine compréhension, tant ce traité, inspiré par la haine, méprise les souffrances du peuple allemand. Comment pourra-t-il se remettre des blessures de la guerre et de la défaite et recréer une vie sociale acceptable sous le poids des « réparations » exigées ? À quoi pensaient-ils, ces diplomates, ainsi raillés par Alexandre Woolcott : « Des bébés en chapeau de soie jouant avec de la dynamite » ?

De mon point de vue, si la séparation des Églises et de l'État a créé des dissensions entre des adultes qui n'ont pas su me protéger de l'injustice, le traité de Versailles, lui, a déterminé une grande part des positions que j'ai été amenée à tenir dans ma vie de citoyenne du Monde. À quoi pensiez-vous, messieurs Clemenceau et homologues italien et anglais, pour ne pas vous être souvenus du « droit des peuples à disposer d'eux-mêmes » ?

Non, vous avez préféré donner libre cours à vos rancœurs. Avez-vous jubilé en fixant le lieu de la signature du traité dans la galerie des Glaces qui avait vu, en 1871, la proclamation de l'Empire allemand (désormais si mal en point) ? Était-il indispensable d'humilier d'avantage encore ce peuple ? Bon, vous en avez ainsi décidé, passons !

Mais quel acharnement à dépecer le vaincu ! L'Alsace-Lorraine revient à la France ; quelques cantons à la Belgique ; pendant que nous y sommes, pensons un peu au Danemark qui pourtant n'a pas combattu ; la Pologne aura son compte — au risque de compromettre la paix, dans le futur, avec l'ouverture sur la mer Baltique qui coupera la Prusse en deux ; sur la lancée, l'empire colonial allemand sera réparti entre les vainqueurs... sans omettre le Japon venu à la curée. La Sarre sera placée sous administration internationale et une zone démilitarisée rassurera les plus proches voisins.

L'Anschluss, c'est-à-dire l'union avec l'Autriche, est « interdit »... à tout jamais. La Rhénanie est déclarée zone neutre et l'Allemagne n'a plus d'armée. Le point d'orgue ? les « réparations »... destinées à la reconstruction de la France et de la Belgique où les dégâts sont estimés à 132 milliards de marks-or. Le peuple allemand — et combien de générations à venir — sera dans l'incapacité de relever la tête et de penser à un avenir possible.

Et pourtant... on se souvient comment, victimes d'une monstrueuse inflation, les Allemands prirent des initiatives appelées à faire souche, comme ces monnaies alternatives qui, en dépit de tout, permettent des échanges salutaires. Seriez-vous surpris si j'ose prétendre que la Deuxième Guerre mondiale était programmée dès le 28 juin 1919 ? La Société des Nations (la SDN), créée à l'initiative du président Wilson, n'y put rien. Elle disparut avant d'avoir su éviter le conflit.

La souffrance et la misère, organisées par la diplomatie victorieuse, excitèrent la hargne. Il aura suffi d'un seul homme, encore plus haineux, pour entraîner toute une population à le suivre sur le chemin d'une sanglante revanche, au prix de privations sévères. Avec des slogans comme celui-ci, inimaginable alors de ce côté-ci du Rhin : « Des canons plutôt que du beurre ! » Hitler sut exalter le courage, l'endurance et l'espérance de toute une jeunesse que les auteurs du traité de Versailles avaient voulu terrasser.

Ces Allemands-là sont *tous derrière Hitler* quand il réoccupe la Rhénanie... Qu'en ont pensé mes aînés en lisant leurs journaux ? Puisqu'il s'est donné les pleins pouvoirs, il se libère de la SDN qui lui refuse le principe d'égalité des droits en matière d'armement. Il efface de ses préoccupations les injonctions de Versailles sur le désarmement. Il entame sans vergogne la reconstitution progressive et clandestine d'un potentiel militaire à la mesure de ses objectifs.

Clandestine ! vous voulez rire. Comme s'il était possible de construire en cachette, dans une arrière-cour camouflée, un croiseur, des *panzers* et quelques sous-marins ! Se contentent-ils de constater et d'entériner, ceux qui savent ?

En marge de la conférence de Rapallo, en 1922, huit mois avant qu'existe officiellement l'URSS, la Russie bolchevique de Lénine s'était engagée à aider l'Allemagne à reconstituer l'encadrement et à reprendre l'entraînement d'une armée moderne. C'était pourtant l'Allemagne de Stresemann, l'ami de Briand, tous deux précurseurs de la réconciliation entre les peuples européens. Et puis, même en fermant les yeux sur ces mauvaises manières, peut-on ignorer que des Américains ont contribué, eux aussi, à la production de 90 % des pièces nécessaires à la fabrication d'autos blindées ? Je ne sais si les comptes bancaires des usines Ford en ont gardé quelques traces.

Allez ! J'en conclus que tout le monde voulait la guerre et la préparait savamment avec de belles paroles : « Qui veut la paix prépare la guerre ! » « Monsieur Hitler », vous pouvez recruter les jeunes hommes pour le service militaire obligatoire pourtant récusé par notre traité de Versailles. Les cent mille soldats autorisés deviendront vite cinq cent mille organisés en douze corps d'armée, trente-six divisions protégés par la Luftwaffe. Bravo, « monsieur Hitler », il suffit que vous décidiez et le monde entier, sidéré par votre toupet, en reste coi. Qui dit mieux ? Encore une loi permettant aux entreprises de se concentrer sous le contrôle de grands patrons... nazis évidemment, et vous les mettrez tous au service de vos intentions.

Les diplomates s'interrogent. Ils ont une réponse, une stratégie bien connue, hélas ! « On va réfléchir et... parapher des traités. »

Alors on signe avec les Soviétiques un pacte d'assistance mutuelle. Cette initiative de Pierre Laval n'a pas l'heur de plaire aux Britanniques, si bien que ces derniers s'empressent de renforcer leurs relations économiques avec l'Allemagne. Cette stratégie du double jeu entre les alliés rend bien service au Führer omniprésent. N'eût-il pas été plus judicieux d'exiger, dès la première incartade, le respect du traité de Versailles, contestable certes, mais existant ?

Pourtant un militaire s'inquiète en France, un certain de Gaulle, qui propose une modernisation de la Défense française sur la base de l'utilisation de l'arme blindée. Il n'obtiendra rien de son gouvernement, tandis que Hitler se donne tous les moyens dont il a besoin.

Et la réoccupation de la Rhénanie ? Les Sarrois ont manifesté, par 90 % des voix à un référendum, leur volonté de rejoindre l'Allemagne. Mais sans attendre les résultats, trois bataillons allemands sont déjà sur place... C'était le 7 mars 1936 : un week-end, en pleine campagne électorale en France. Vous pensez bien que le moment était mal venu pour engager une riposte militaire. Alors on tergiverse, on ne réagit pas. Après tout, on ne va pas courir le risque d'un conflit pour la Rhénanie. Ç'eût été pourtant une bonne occasion de demander aux Français ce qu'ils en pensaient. Pourtant je ne suis pas sûre qu'ils auraient demandé la stricte exécution du traité. D'autant plus que, de leur côté, les Anglais, par la voix de leur ministre des Affaires étrangères, Anthony Eden, faisaient savoir qu'ils n'étaient « pas convaincus du caractère hostile » de la manœuvre outre-Rhin. Quand un peuple se désintéresse de son propre destin !...

Alors, pourquoi vous arrêter en chemin, « monsieur Hitler » ? Quelle bonne idée que cette ligne Siegfried ! Ainsi, pendant la « drôle de guerre », on pourra chanter à tue-tête : « Nous irons pendre notre linge sur la ligne Siegfried » et s'en gausser — nous-mêmes bien protégés par notre merveilleuse ligne Maginot entreprise dès les années 1920. Nous avons pris de l'avance.

Ah ! les belles années de l'insouciante enfance. Tous ces événements se déroulent pendant que mes parents, mes professeurs, mes aînés continuent leurs activités, préparent leurs cours ou vivent leurs amours. Le plus grand chaos s'annonce et se prépare à l'échelle d'un continent, et il semblerait que nul ne le voie venir — ou que personne ne veuille l'admettre.

Et la guerre d'Espagne ? On peut supposer que les agissements de ce général Franco, en garnison aux Canaries, n'aient pas beaucoup troublé la sérénité des Français lorsqu'il a manifesté son irritation devant l'assassinat du leader monarchiste, Calvo Sotelo.

Mais que cet événement devienne un prétexte pour déclencher en Espagne une guerre civile entre « républicains » et « nationaux » ne semble pas avoir éveillé les esprits sur des intentions belliqueuses alimentées par « le vilain petit monsieur », je ne saurais l'admettre. Comme j'aimerais pouvoir témoigner de l'indignation de mes parents devant la neutralité du gouvernement français du Front populaire ! J'aurais aimé trouver un texte de mon père, débattu au Grand Orient peut-être… il m'aurait rassurée sur le refus du laxisme qui semblait envahir les esprits français.

Il m'arrivait de remarquer le front soucieux de mes aînés à l'annonce des massacres des républicains espagnols. Car ce Franco se sentait une mission, encouragé par ses maîtres à penser, Hitler et Mussolini, désormais liés par un pacte de plus… l'Axe.

Ceux en âge de comprendre ce qui se passait autour d'eux ne peuvent avoir oublié le rapprochement du Duce italien et du Führer allemand pour envoyer hommes et armes en renfort aux franquistes. Ne signifiait-il pas le plus insolent des pieds de nez aux démocraties encore présentes ?

14

« *Le déshonneur et la guerre* »

Plus mes souvenirs concernant l'entre-deux-guer-res se complètent, plus j'avance dans le rappel de l'histoire écrite par Hitler, plus je m'interroge sur l'actuel engouement pour l'ordre, la puissance, au mépris de la vie des autres dans les faits, même si les paroles sont doucereuses. Dans notre vocabulaire, il est des mots qui éveillent les démons les plus terrifiants dans un certain contexte. Alors, je ne peux m'empêcher de frémir lorsque d'aucuns, de nos jours, osent parler d'« Axe » Bush-Sarkozy... Il serait sage que les Américains eux-mêmes, et les Français, c'est-à-dire nous, pareillement concernés, demandent quelques précisions à leurs dirigeants sur leurs intentions respectives. Dans un autre domaine, que vient faire, par exemple, la lecture des gènes et de l'ADN dans notre quotidien ? Quelle est leur véritable vision du Moyen-Orient ? Détruire pour régner ou être solidaire d'une population qui est otage d'une politique insensée ?

Pour ceux d'antan, ces mots évoquent un processus alarmant de recherche de l'hérédité. Un déjà-vu déjà vécu. Pensez-y, ne souriez pas, ne soyez pas comme ceux qui, paralysés par la peur et le doute, entretiennent, à l'exemple de « l'esprit de Munich », un laxisme qui, en d'autres temps, les a fatalement conduits à la Deuxième Guerre mondiale.

Qu'espéraient-ils, les négociateurs de Munich ? Amadouer le méchant en lui laissant le champ libre ? Se protéger de la pluie en se jetant dans la rivière, tel Gribouille ? Et Léon Blum, deux ans plus tôt, alors à la tête du gouvernement mis en place par le Front populaire, n'avait-il que la neutralité en réponse aux renforts de l'Axe venus soutenir Franco contre la République espagnole ? Même s'il donna un petit coup de pouce à la résistance républicaine, ce fut dans une discrétion peu justifiable. N'entendait-il pas le glas qui sonnait pour nous aussi ? Encore une lâcheté qui nous gardait prétendument de la guerre vers laquelle nous marchions les yeux fermés.

Moi, je sais bien que si j'avais été adulte, en 1936, de désespoir j'aurais rejoint les Brigades internationales pour choisir le camp des victimes d'une politique sans vision.

Pourquoi le Front populaire, dans la préparation de mesures sociales pour les Français, dont les congés payés, ne se préoccupait-il pas davantage du sort de ses frères espagnols écrasés sous les bombes déversées par les Stuka et autres Junkers ? Pourquoi n'a-t-il pas vu alors que Guernica et son martyre, dont on commémore solennellement le souvenir, ont été pour Hitler et l'aviation de guerre allemande un « test grandeur nature » destiné à mesurer une force de mort qui terrorisera le monde le moment venu pour ses ambitions ? Normalement, voir la réalité quand elle fait peur inspire une parade courageuse. Ce ne fut pas le cas pour nos dirigeants.

Je ne récrirai pas l'Histoire... et ne ferai pas taper du poing sur la table tous ceux qui se complaisaient dans ce marasme. La période où je pouvais observer ce qui se passait autour de moi et entendre les débats pas toujours amicaux engagés autour de la table familiale est confuse. « La France doit-elle réagir aux extravagances menaçantes du dangereux agité qu'est le Führer ? Ou doit-elle continuer à vouloir le tempérer à coups de négociations qui finalement nous mettent à mal ? »

L'incendie du Reichstag avait déjà fait la une des journaux. Qu'en as-tu pensé, papa ? L'accusation trop rapide de ce Dimitrov... communiste assurément, ne t'a-t-elle inspiré que cette pensée, à l'instar du journal *Le Progrès* : « Ce ne serait pas la première fois qu'une dictature se serait créé à elle-même les moyens de se renforcer en choisissant l'opportunité la plus favorable » ?

Mais alors, avec le temps, on se retrancherait lamentablement derrière la fatalité des provocations qui arrangent bien le pouvoir, avide de rétablir l'ordre. Cela n'empêcherait-il plus personne de dormir ?

Et l'invasion de la Tchécoslovaquie... sera-t-elle la goutte d'eau qui fera déborder le vase ?

Ouf ! dirent les pacifistes. Il vaut mieux entériner toutes les invasions entreprises par Hitler plutôt que de se battre. « 14-18 » et ses boucheries, la hantise du gaz moutarde obstruent les esprits. On peut comprendre ! Hélas, tous nos arguments de refus de la violence seront tournés en dérision, fétus de paille devant sa volonté de s'imposer par la force armée. En découdre... La guerre, il la veut et il l'aura ! Vous pensez bien qu'il n'a pas amené les Allemands à accepter une discipline rigoureuse, ce qui leur rend leur fier honneur pour adhérer aux propositions pacifiques de démocraties peu convaincantes par leur manque de détermination... S'il accepte de discuter encore une fois, ne serait-ce pas pour mieux se préparer ?

En route pour la Bavière ! Au Sommet ! À Munich, quatre signataires : les deux compères de l'Axe, Mussolini et Adolf Hitler, et, en face, l'Anglais, Neville Chamberlain et son parapluie, accompagné d'un Français sans particularité, Édouard Daladier.

C'était les 29 et 30 septembre 1938, veille de la rentrée scolaire. Tout était en place dans mon cartable pour franchir le lendemain la porte de ma classe de troisième. Les pensionnaires prenaient possession des lits et des placards que les surveillants leur désignaient. Terminées les grandes vacances ! Toutes mes pensées voletaient vers les camarades, la rencontre avec les nouveaux professeurs et la reprise avec les anciens — une joute interrompue le temps de l'été. Tout ce petit monde comblera mon univers...

Alors vous pensez bien que les dispositions prises par ces messieurs à six cent cinquante kilomètres de là, à Munich en Bavière, ne troublent guère ma joie des retrouvailles avec les bancs de ma classe. Pourtant, ces deux derniers jours de septembre ont noirci une des pages les plus désavouées de notre histoire. Les commentaires laissent pantois.

Daladier lui-même, ovationné par la foule, traita de « cons » les Français qui le félicitaient d'avoir sauvé la paix... en abandonnant la Tchécoslovaquie, malgré les accords passés pour garantir ses frontières. « Croire que l'on peut obtenir la sécurité en jetant un petit État aux loups est une illusion fatale », dira Churchill. Et plus tard il écrira : « Ils ont eu le choix entre le déshonneur et la guerre ; ils ont choisi le déshonneur, et ils auront la guerre. »

Et mon père ? Je crois bien l'avoir entendu murmurer qu'« enfin, la parole a vaincu la violence ! ». Comme il était intelligent et qu'il avait l'esprit critique aigu, je lui accorde le temps du soupir de l'espérance pour vite comprendre que c'était reculer pour mieux sauter dans l'horreur.

15

*Le pas de l'oie
dans la cour du collège*

Et la jeunesse allemande, celle de mon âge, qui
grandit sous les étendards à croix gammée, celle
dont les regards sont tournés vers cet Autrichien,
ce « caporal de Bohême », se rassure-t-elle en hurlant « Heil Hitler » et en s'en remettant à celui qui
la subjugue ? J'allais la voir à l'œuvre jusque dans
la cour du collège...

Savent-ils, ces jeunes gens, que leur Adolf Hitler, engagé volontaire en 1914, bien que reconnu
bon soldat, s'est vu refuser tout avancement par
ses supérieurs pour manque de qualités de chef ?
Ces jeunes Allemands, élevés en culottes courtes,
la propagande nous les montre maintenant droits,
fiers, guindés dans des uniformes pensés et taillés
pour flatter leur orgueil d'être les soldats de la
Grande Allemagne. On voudrait nous faire croire
que ce ne sont que de merveilleux automates au
regard clair, au jarret bien tendu, criant d'une
seule voix : *Heil Hitler !* Ce n'est pas si sûr.

Moi, je l'ai bien vu ce jeune enrolé — pas plus
de dix-huit ans —, exaspéré par les coups de ba-
dine assénés par un sous-officier chargé de l'en-

traînement à un pas de l'oie impeccable. De la fenêtre de l'appartement que je ne devais pas quitter, un seul clin d'œil furtif en disait long sur la révolte intérieure. Quelle outrecuidance ! Oser envoyer par la fenêtre ouverte de ma chambre, à l'aide d'un lance-pierre, un petit billet : « L'amour n'a pas de frontière ». Signé : « Paul Langer ».

Je me plais à penser que la mécanique « robotique » avait peut-être quelques failles. Et je me demande comment réagissaient nos aînés quand ils commentaient les apparitions du Führer, aux actualités précédant les films que nous allions voir au cinéma. En tout cas, le « vilain petit monsieur » allait bouleverser mon adolescence et mes premiers actes d'adulte...

Pendant que l'Europe tisse son mauvais destin, mon univers enfantin se dégrade. Le grand-père Flachot a rejoint sa chère épouse au cimetière de Chalon-sur-Saône alors que nous étions encore à Dinan ; mon deuxième grand-père a dû nous quitter lui aussi, à peine avions-nous emménagé à Villefranche, département du Rhône. L'incendie du camion qui transportait tout ce qui nous était familier et mon inscription comme pensionnaire au lycée Saint-Just à Lyon eurent raison de ma sérénité. Je tombai gravement malade.

Pourquoi, diable, m'avoir imposé l'internat, alors que je pouvais m'épanouir auprès de mes parents qui dirigeaient un collège mixte ? Maman m'avait expliqué qu'il était délicat pour un chef d'établissement d'avoir sa fille comme élève, ne voulant pas courir le risque d'être accusé de favoritisme. Les recommandations du médecin eurent raison de ces scrupules et, finalement, l'élève Gouze Danielle figura sur les registres du collège Claude-Bernard, à Villefranche-sur-Saône.

Étais-je naturellement rebelle ? Je ne saurais le dire, mais il me fallait en rajouter pour me faire admettre comme camarade complice et me garder de jouer « la fille du patron ». Je dois reconnaître que je ne lui ai pas facilité la tâche, au « patron » : les « colles » pour avoir couru dans les couloirs, les semaines de mise à la porte pour avoir dansé le lambeth-walk dans la classe des grands, entre deux cours, la tache indélébile sur la tapisserie de la salle à manger laissée par l'artichaut qui avait manqué sa cible... tout simplement pour un « Mais, papa, je l'aime ! » qui ponctuait la découverte d'un petit mot doux égaré. Quelquefois, les professeurs prirent ma défense quand je me voyais privée du prix d'excellence que finalement j'allais devoir partager avec un camarade très bon élève lui aussi.

Ah ! cher papa, que de bons souvenirs !

Les amitiés se nouent. Anne-Marie prend ses marques, si profondes que nous avons encore aujourd'hui des sujets de conversation inépuisables. Et Christine, ma sœur, confidente de mes amourettes, devient peu à peu la complice attentive qui m'accompagna tout au long de ma vie. Elle découvre sa petite sœur de treize ans, la regarde évoluer, et l'attachement se conforte au fur et à mesure des événements, des joies et des pleurs, des désespoirs et des espérances.

Le point d'ancrage de cette longue histoire d'amour se situe le jour de l'embarquement de ma belle-sœur et de son fils allant rejoindre mon frère, nommé professeur au lycée français de Sao Paulo, au Brésil.

Il avait accepté ce poste pour rompre avec ses désillusions en politique. Son bel enthousiasme de militant de gauche s'était effiloché au rythme des compromissions qui ruinent les meilleures résolutions. Et le laxisme ambiant, soutenu par un refus borné d'une guerre qui nous serait imposée malgré tout, sans que nous en maîtrisions l'approche, le désespérait.

Il prit le bateau en juin 1939 et sa femme allait le suivre en septembre. À Marseille, toute la famille était sur le quai pour agiter les mouchoirs des adieux. Ma profonde tristesse de voir mon neveu s'éloigner déclencha des flots de larmes que je ne parvenais pas à tarir. Élevé par mes parents, plus proche en âge de moi, sa tante, que je ne l'étais moi-même de mon propre frère, son père, ce petit garçon de cinq ans allait beaucoup me manquer.

Le paquebot juste sorti du port, la nouvelle tomba comme un couperet, lequel allait nous séparer pour sept ans. L'ordre de mobilisation était affiché sur tous les bâtiments publics. La guerre est déclarée. Nous étions le 3 septembre 1939.

Blottie dans les bras de ma sœur, je lui raconte quand même mes vacances à Porquerolles, invitée par les parents d'une amie de pension. Je lui confie mes premiers émois aux compliments d'un garçon un peu trop entreprenant. Aurais-je affronté le regard de ma mère à laquelle pourtant je n'avais jusqu'alors rien caché ? Attention, Danielle, un simple non-dit... et ton « petit malin » agacera ta conscience. Christine me rassure.

Le retour à Villefranche en voiture est un cauchemar. La remontée de la vallée du Rhône, les voitures à la queue leu leu et l'énervement des conducteurs provoquent des accidents jusqu'à mort d'hommes. Nous retrouvons enfin notre appartement au collège, la tête pleine de points d'interrogation. L'afflux des inscriptions d'élèves réfugiés de l'Est pose quelques problèmes à mon père. Mais à la guerre comme à la guerre, nous réduisons nos aises et faisons une place à nos camarades de circonstance. Christine est malheureuse ; l'homme de ses amours est parti au front : il est spahi. Je me mets en devoir de lui tricoter des chaussettes que ma sœur lui portera elle-même. La « drôle de guerre » permet beaucoup de licences. Et l'amour donne des ailes.

16

Les Français perdent leur sang-froid

La débâcle précipite les événements.

Effrayée par les bombardements, et plus encore par les rumeurs, la population se jette sur les routes et crée une pagaille mémorable. L'armée allemande contourne la ligne Maginot et descend jusqu'à Valence sans rattraper une armée française en déroute qui fuit vers le sud, aussi bien à l'ouest qu'à l'est, alors que des pans de cette même armée continuent à se battre sur les côtes de Meuse. Des morts, plus de cent mille, des blessés et des prisonniers témoignent de leur courage. François est l'un d'eux, devant Verdun. À la fameuse « cote 304 », il va être terrassé par les éclats d'un obus fatal pour son camarade de combat.

De son côté, ma sœur, quittant Paris avec le gouvernement Paul Reynaud qui va se réfugier à Bordeaux, se retrouve dans les Landes. Du 10 mai au 16 juin, la nationale 7 qui traverse Villefranche voit passer des voitures de civils surchargées de tout ce que vous pouvez imaginer, une armée française en déroute et, pour fermer la marche, à quelques heures seulement, une armée ennemie triomphante qui prend possession des lieux. La fin du mois de juin 1940 voit tout ce beau monde revenir sur ses pas et retrouver ses foyers. Dès le tracé de la ligne de démarcation défini par l'armistice, l'occupant se replie au nord. La guerre est finie pour la France : les Allemands sont là.

Roger Gouze n'eut pas le temps de revenir pour s'engager. Il avait entamé un processus de retour qui allait mettre si longtemps à aboutir que, débâcle oblige, le gouvernement français avait déjà signé l'armistice.

Cinq semaines ont suffi pour que la République bascule cul par-dessus tête, la population éclatée, les citadins aux champs et les ruraux spectateurs de ce grand chambardement. La plupart pensent que le Maréchal nous a sauvés du chaos et des massacres. Dès la mi-juin, on rentre chez soi et le cours de la vie, pour la majorité, reprend ses habitudes. Ah ça ! on a eu peur. Maintenant on va pouvoir faire le deuil de nos morts et situer nos prisonniers. Ce bon maréchal, si droit, « si beau », comme le virent ses groupies d'Annecy, en 1941, alors qu'élèves au lycée de filles, nous étions convoquées pour grossir la foule « enthousiaste ». Ah ! lui, il va maintenir l'ordre et ses maîtres d'outre-Rhin lui en donneront les moyens.

Où ont-ils la tête, les Français ? N'ont-ils jamais subodoré qu'une stratégie bien articulée préparait le terrain pour que le fascisme et la servitude triomphent ?

Je ne vais pas faire le procès de mes compatriotes. Je voudrais plutôt ouvrir les yeux de ceux qui, à notre époque, se jettent dans la gueule du loup pour se protéger de leur peur, la peur que leurs voisins de quartier leur inspirent, celle d'un avenir incertain... pour se protéger de la précarité savamment organisée.

Je vous livre mon témoignage vécu avant et pendant la guerre. Il me situe dans le camp de la Résistance. Ce n'est pas pour faire valoir mes mérites mais pour donner à réfléchir à ceux qui, la peur au ventre, s'en remettraient au diable pour se rassurer. Car il est fort, il a de grandes dents, il court vite, il parle bien, le loup qui a mangé le Petit Chaperon rouge.

À notre époque, soixante-dix ans plus tard, nous n'en avons pas encore terminé avec les semences du poison de la violence et du racisme que le nazisme a introduites dans les esprits malades de quelques nostalgiques des années tragiques. Elles se répandent comme des OGM malfaisants.

Où se cache-t-il celui qui, parmi nous, soutenu par la puissance de l'argent, sur un programme déjà engagé, veut combattre les altermondialistes, chasser les Arabes et les immigrés d'Europe, cibler les porteurs de gènes prétendument déterminants ?

Il se donnera les moyens d'imposer sa conception de l'ordre entre nous, nous qui sommes bien de chez nous. Il enflammera les foules misérables en leur offrant des boucs émissaires et des rêves de puissance. Il prétendra mettre fin aux années de crise économique, de chômage, de pauvreté et de SDF. Chacun chez soi, la mythologie du « bon national » diffusée méthodiquement est un formidable levier schizophrénique qui permet d'enivrer tout un peuple. Toutes les supercheries et tous les moyens traditionnels d'information pour les diffuser sont à sa disposition. Il saura en user !

Et pourtant il en sera empêché.

Parce que entre temps, eh oui ! le temps de ma vie a suffi pour que nous changions d'ère. Et il sait, le « vilain petit monsieur » en puissance, qu'il trouvera ses limites devant le front des opinions publiques dans le monde et de l'esprit critique alimenté par un savoir puisé dans les messages de l'informatique. Certes, celle-ci existe pour le meilleur et pour le pire, mais elle est ouverte au plus grand nombre. « Tout progrès de la science et de la technique précède l'avènement de nouvelles structures politiques et les progrès de notre temps annoncent l'avènement de la démocratie directe », disait François.

De même que Gutenberg avait révolutionné la transmission du savoir et préparé le siècle des Lumières, l'informatique annonce le temps des démocraties participatives.

Aurais-je voulu vous faire peur en agitant la silhouette d'un dictateur en puissance ? Je ne pense pas que ce soit aujourd'hui possible, parce que les peuples sont désormais plus avisés.

Toutefois, pour inciter à la vigilance, il n'est peut-être pas inutile de faire en sorte qu'ils n'oublient pas leur passé. « Un peuple sans mémoire n'est

pas un peuple libre », ai-je entendu, à l'occasion
d'un discours au Jeu de paume, en juin 1989, alors
que nous fêtions le bicentenaire de la Grande Révolution. « Les dictatures commencent à effacer
de l'histoire les faits qui les gênent pour barrer
l'accès au passé et se croyant maîtresses des voies
de l'avenir, elles musellent toute pensée, toutes
paroles rebelles. »

Restons sur nos gardes, car un assoiffé de pouvoir a d'autres méthodes pour vous entraîner dans
sa folie gourmande. Campé dans ses discours, il
voudra étendre son champ d'action à tout l'univers. Il est le serviteur zélé de la puissance suprême dont vous devrez vous méfier, parce que
toute-puissante et immensément riche. Voyez
comme ils avancent sous leur costume de Zorro.

17

Deux soldats prisonniers

« François était l'un d'eux », ai-je avancé un peu avant.

Qui est François ? Je ne savais rien de son existence alors. Son chemin partait d'une région de France que je ne connaissais pas. Il était issu d'une famille, certes honorable, que je n'aurais jamais eu l'heur de rencontrer si les circonstances de la guerre n'avaient levé le mouvement de la Résistance qui nous a réunis. Parce que nos cultures se tournaient diamétralement le dos, nous ne fréquentions pas les mêmes milieux. Il était de huit ans mon aîné, les bancs de l'université n'auraient en rien pu nous rapprocher.

De plus, sa famille, catholique très pratiquante, ne le prédestinait pas à poser un regard sur une jeune fille élevée sans Dieu... Éducation religieuse pour les huit enfants. Quatre garçons voués — très doués, j'en conviens — aux brillantes carrières, d'ingénieur sorti de Polytechnique, de militaire issu de Saint-Cyr, pour deux de ses frères. En le préparant à la prêtrise, le troisième aurait comblé les vœux de sa très pieuse maman qui le voyait au moins évêque, pour ne pas se montrer trop ambitieuse. Elle est morte trop jeune pour admettre qu'il avait mal tourné en devenant président de la République... socialiste, après avoir épousé une jeune fille qu'il présentait : « laïque, démocratique et sociale », fille de libre penseur.

Elle m'aurait pourtant bien accueillie comme toute la famille Mitterrand a aimé ce petit canard rouge que François leur a amené.

C'est la faute à la guerre.

Mais je répugne à parler de François avant que je ne le connaisse. Trop de récits ont été diffusés au gré des personnalités les plus diverses qui souvent l'ont montré comme ils auraient voulu qu'il fût. D'autant plus qu'ils n'appuyaient pas leurs arguments sur des actes, mais plutôt sur des impressions, des suppositions ou, de toute façon, des interprétations. C'est un témoin d'alors qui va raconter.

Quand je regarde Jean Munier, quand je l'écoute, je me pose souvent la question de savoir comment une telle amitié a pu se développer entre ces deux êtres. Et me vient l'adage : « Dis-moi qui sont tes amis, je te dirai qui tu es. »

« François a été fait prisonnier en juin 1940, raconte Jean[1], son camarade de camp. Le sergent Mitterrand, d'une section du 23e régiment d'infanterie coloniale, avait défendu une position de combat sur la Meuse, au nord de Verdun, près du Mort-Homme, à la cote 304 (de haute mémoire). Il y a été blessé le 14 juin 1940, au flanc droit (un

---

1. Entretien avec Jean Munier (pages 134 à 138).

éclat d'obus lui restera dans le corps). Évacué sur Bruyères, capturé le 18 juin, il fut conduit à Lunéville où il est soigné. En septembre, trois mois après, il est embarqué pour l'Allemagne et dirigé sur le Stalag IX A, ouvert à Ziegenhain, en Hesse, près de Cassel, où sont entassés 30 000 hommes. Là, dans la promiscuité, sous le règne des "bandes", il découvre "la mêlée sociale". Cependant, des "audacieux", dont il est, s'élèvent contre la loi du plus fort et imposent un ordre plus juste — une singulière alchimie fait passer la société de la jungle à la civilisation. "Cette expérience, dira François, m'a appris que la hiérarchie des valeurs dans la difficulté ou le malheur ne correspondait en rien à celle que j'avais connue auparavant. C'est en captivité que j'ai commencé à remettre fondamentalement en cause les critères sur lesquels j'avais vécu jusqu'alors."

En octobre 1940, poursuit Jean, François est transféré au Stalag IX C, en Thuringe, près de Rudolstadt. De là, il est "expédié" dans un kommando de 250 prisonniers de guerre, le kommando 1515, logé dans une faïencerie à Schaala. Il règne, dans la chambrée, une entente presque parfaite... Même si, à cette époque (1940), dans les camps de prisonniers comme en France, la "cote" du Maréchal était au plus haut, François y était farouchement opposé. »

Au sujet de la captivité de François à Schaala, Jean Munier qui avait été désigné « chef de chambrée » précise : « C'est là, dans ce kommando de Thuringe, que j'ai eu mon premier contact avec François Mitterrand. Je l'ai vite repéré, ainsi que

Bernard Finifter qui faisait fonction d'interprète. François Mitterrand nous dit, cet automne de 1940 [à propos de l'attaque prévue contre les côtes anglaises qui venait d'être annulée], "la situation n'est pas perdue puisque Hitler ne pousse pas son attaque contre l'Angleterre... Il va perdre la guerre". Nous n'avions pas capté l'appel du 18 juin, lancé de Londres, mais nous avions entendu François, quelque part du côté de Cassel. »

Je ne connais pas les mystères qui poussent les affinités à réunir des hommes si différents qui ne se connaissaient pas la veille et deviendront des amis à la vie à la mort pour le reste de leurs jours. Ce fut le cas. Bernard Finifter, boxeur russe, petit, trapu, roublard, excelle pour tirer parti de toutes les situations. De lui, je peux parler car je l'ai vu à l'œuvre plus tard, dans des situations périlleuses, au sein du mouvement de Résistance des prisonniers évadés.

« François manifesta tout de suite un refus de la captivité, dit encore Jean Munier. Un soir, alors que nous rentrions dans la faïencerie où nous étions logés, il me dit : "Je m'évade demain. J'ai besoin de toi." Il me demanda de transporter les vêtements civils qu'il avait préparés et de les cacher... S'il y avait fouille, il devait être intact. Au kommando, chef de corvée, je garde la baraque. Il fait sombre en ce début d'après-midi de mars 1941. La neige menace. Avec un temps pareil, il ne peut y avoir d'évasion, se disent sans doute les Allemands. François entre, se déshabille, met des vêtements civils : des pantalons de golf,

un long imperméable. Il est rejoint par l'abbé Leclerc [curé de Saint-Pourçain-sur-Sioule] qui a
choisi de s'évader lui aussi et s'habille en civil. Je
les accompagne chacun leur tour jusqu'à la clôture de barbelés qu'ils vont passer pour sauter sur
une voie ferrée en contrebas. Je les couvre en tenant une grande houppelande au-dessus de ma
tête comme pour me protéger de la neige qui s'est
mise à tomber. François part le premier, passe les
barbelés et disparaît au bas du talus. C'est le tour
de l'abbé Leclerc... mais nous faisons demi-tour
car l'abbé a "oublié ses papiers". Je recommence
avec la houppelande et l'abbé disparaît à son tour.
En rentrant dans la baraque, je ramasse leurs effets
et je les cache dans les balles de foin.

Il faut dissimuler le départ de nos deux camarades le plus longtemps possible. Quand le kommando rentre à la faïencerie, pour perturber le
contrôle des sentinelles qui comptent les rangées
de trois, je fais un croche-pied à un grand gaillard
du nom de Thévenaud qui s'affale au milieu des
rangs. Les sentinelles s'esclaffent et oublient de
compter. Dans la chambrée, nous déposons la
tranche de pain et le saucisson, ration du soir, sur
les lits de François et de l'abbé Leclerc. L'appel a
lieu à 9 heures. La sentinelle remarque alors seulement les deux absences et déclenche le branle-
bas... Mais les évadés ont huit heures d'avance.

Je dois dire que je me suis fait copieusement
engueuler... Pour me punir on m'a condamné à
vider le fond d'une fosse septique avec un seau et
une pelle, pieds nus dans la merde...

Vingt à vingt-cinq jours plus tard, on apprend que les deux évadés ont été repris. Et moi je suis mis sur le marché aux "esclaves", où chaque jour les villageois de Thuringe viennent chercher de la main-d'œuvre gratuite. Ce matin-là, je suis choisi par un *Bauerführer* qui, en m'emmenant vers sa ferme, m'explique que notre esclavage "durera mille ans"...

Le paysan nazi a femme et enfant, une petite fille répondant au diminutif en patois de "Margothia". Comme j'évite un accident à celle-ci, j'ai bientôt droit à la reconnaissance de la mère — une jolie femme, bien plus jeune que son vilain mari. Celui-ci est une brute qui maltraite ses animaux. Pour avoir défendu l'un d'eux en arrachant la trique des mains de l'homme qui s'apprête à frapper, je suis renvoyé au camp de Rudolstadt et mis en cellule.

Le 14 juillet 1941, les Allemands organisent un match de football. Deux prisonniers s'écartent pour uriner et dépassent la ligne blanche au-delà de laquelle commence la zone de clôture. Ils sont abattus par les sentinelles depuis les tours d'angle. Nous arrêtons le match et nous portons au secours de celui des deux qui semble vivre encore. Un prisonnier m'a précédé et je le vois, de dos, soutenant le blessé. À mon approche, il se retourne : c'est François Mitterrand. Il est revenu à Rudolstadt, au Stalag IX C. »

Les destins de François et Jean Munier vont provisoirement se séparer. Auparavant, ils vont ensemble essayer de se procurer des papiers « sa-

nitaires » afin de se faire rapatrier tout à fait officiellement. Pour cela, ils se portent volontaires au
nettoyage de l'infirmerie du camp d'où ils espèrent avoir accès au bureau du médecin-chef. « Que
ne faut-il faire ? » remarque François en passant la
serpillière... Un jour, il réussit à dérober quelques
documents mais ceux-ci s'avèrent inutiles. Ils re-
noncent à ce moyen d'évasion.

Jean Munier vise le statut de « travailleur volontaire » et espère se faire muter à Cassel car de
cette ville, dit-il, il y a un train direct pour Paris...
François refuse totalement de travailler pour l'ennemi. Récalcitrant, il est renvoyé au Stalag IX A,
près de Cassel, d'où il avait été détaché. Jean Munier demeure encore un temps à Rudolstadt avant
de partir à son tour pour Cassel, comme il le souhaitait, où il est engagé dans une teinturerie.

François s'évade une deuxième fois, le dimanche 28 novembre 1941, avec deux camarades. L'un
est repris tout de suite, l'autre se perd. François
réussit à atteindre Metz où il est arrêté alors qu'il
croit avoir trouvé refuge dans un hôtel (le Céci-
lia). Interné à la forteresse Charles-III puis au
camp de transit de Boulay, en attente d'un
transfert en Allemagne ou en Pologne occupée, il
s'évade une troisième fois, le 10 décembre 1941
et, cette fois, réussit. Il échappe à ses poursui-
vants en se glissant sous le rideau de fer d'une li-
brairie-papeterie-journaux que la propriétaire,
Maya Baron, était en train de fermer...

Deux cartes-lettres, que deux mois séparent, témoignent de son obstination à refuser la captivité
et la résignation. Elles contredisent définitivement

la malveillante légende sur la « passivité » première de François : l'une, carte spéciale « prisonnier de guerre », est envoyée d'Allemagne, une semaine avant la deuxième tentative d'évasion... l'autre, carte « interzone », est expédiée de Vichy, hôtel de Séville. Toutes deux sont adressées aux mêmes personnes : les parents de Jean Munier qui, lui-même, me les a confiées.

Voici la première :

François Mitterrand, GFG « 21 716 » à M. et Mme Munier, Dijon, 36 rue du Faubourg-de-Raines, Côte-d'Or (France).

Le 21/11/41. Je vous envoie cette carte : il y a si longtemps que je n'ai eu de vos nouvelles ! Ici la vie ne change guère. Il commence à faire froid et nous nous préparons à subir l'hiver. Je serais heureux d'avoir quelques nouvelles de Jean. Il devait partir en tournée, lors de son dernier mot. Est-il passé vous voir ? ou est-il encore chez ses patrons ? J'espère bien qu'il ne tardera pas à m'écrire. Par les lettres que nous avons de France il semble que la vie soit soumise à bien des restrictions. Je souhaite qu'à Dijon tout soit bien. Recevez, chère Madame et cher Monsieur, mon respectueux souvenir. François Mitterrand.

Et voici la seconde :

François Mitterrand, Hôtel de Séville, boulevard de Russie, Vichy, Allier, à M. et Mme Munier, 36 rue du Faubourg-de-Raines, Dijon, Côte-d'Or.

Le 17 janvier 42. Chère Madame, cher Monsieur. Je vous avais écrit il y a quelque temps pour vous de-

mander des nouvelles de Jean. J'espère toujours que vous pourrez m'en donner de récentes et de bonnes. Seulement j'ai changé d'adresse ! Me voici maintenant à Vichy après avoir réussi à mon examen. Si Jean est toujours chez ses anciens patrons, je serais très heureux de lui écrire. Pourrez-vous m'en donner le moyen ? J'ai d'intéressantes explications à lui faire. Je vous en remercie d'avance. Et je vous prie d'agréer mes sentiments respectueux. François Mitterrand.

Vous avez compris que « patrons » désignent les Allemands et, bien sûr, « en tournée » quand il est question d'évasion. La réussite à l'« examen » est, bien entendu, celle de l'évasion.

18

Les débuts de la Résistance
de François

Prisonnier évadé, pris en charge par un réseau, François passe en zone libre et se cache en Franche-Comté, chez sa cousine, Clairette Sarrazin, où il ne reste que très peu de temps. Démobilisé à Lons-le-Saunier, il reçoit une « prime » puis il gagne Saint-Tropez où l'accueillent des amis de son grand-père Lorrain, les Despas (Jean fut un résistant). Sans ressources, il est à la recherche d'un emploi. Les Despas le recommandent à Vichy où des amis du « 104 » (le foyer mariste de la rue de Vaugirard) lui ont promis de lui « trouver quelque chose... ». François arrive donc, au début de 1942, dans cette très provisoire capitale qu'il qualifie de « pétaudière », mais qui était alors le « centre de gravité » de la France.

Il y retrouve ses amis, évadés comme lui (dont Max Varenne, ancien de Schaala) et est employé quelques semaines comme contractuel chez le commandant Favre de Thierrens[1], un « as », avia-

---

1. Voir sa biographie par Ghislain de Diesbach, parue en 1964 chez Émile Paul Éditeur.

teur de la Grande Guerre, peintre et résistant, qui travaille pour le Deuxième Bureau clandestin de l'Armée d'armistice. Il lui demande « du tout faux ». Une rue de Nîmes porte son nom. Favre de Thierrens est aussi agent du SOE britannique... mais François l'ignorera longtemps.

L'officine est à double usage. La couverture de Favre de Thierrens est un service de documentation pour la Légion française des combattants, l'organisation officielle des anciens combattants, ce qui fera dire aux gens pressés que François a travaillé « pour la Légion française des combattants » — « erreur » qui sera reprise et répandue par les malveillants.

Tout et son contraire auront été dits sur cette période vichyssoise vécue par François. Il a lui-même écrit sur ses activités : « S'entrecroisaient alors à Vichy de multiples ramifications et, tout naturellement, j'ai reformé un petit bloc avec les miens, c'est-à-dire les évadés. Nous avions les mêmes difficultés et, généralement, le même état d'esprit. Nous tirions le diable par la queue. Nous nous donnions rendez-vous dans des bouis-bouis pour les repas. Entre nous régnait la bonne humeur qui caractérise la jeunesse, accentuée par le fait que nous étions des marginaux. » Ce fut la source de leur résistance.

Soucieux lui aussi d'aider ces prisonniers de guerre qui sont rentrés « pour des raisons honorables » et surtout les évadés, François est forcément au cœur des activités des « Centres d'entraide », organismes qui n'avaient rien d'officiel et participaient d'un mouvement spontané de solidarité.

Retrouvant des amis, évadés comme lui, il participe, début 1942, au regroupement de ceux qui constitueront le mouvement de résistance RNPG, fondu ensuite, le 12 mars 1944, avec deux autres mouvements, dans le MNPGD[1].

En mars 1942, François loue une chambre au 20 rue Nationale, chez Jean Renaud, agent d'assurances, qui ouvre sa maison aux amis de ce premier locataire. « Le 20 rue Nationale allait devenir ma base », dira François. Jean Renaud sera arrêté, déporté, et mourra à Bergen-Belsen.

Avec d'autres opposants — au régime, à la politique « maréchaliste » envers les prisonniers de guerre et à la ligne que veut imposer la Légion française des combattants — François participe, à la Pentecôte 1942, à une réunion au château de Montmaur, dans les Hautes-Alpes, près de Gap. C'est au lendemain de celle-ci, le 16 juin, recruté par Jean Roussel qui recherche des gens « pas dans la ligne », que François entre au Commissariat général au reclassement des prisonniers de guerre rapatriés[2] dont un des « objectifs majeurs » était de

1. Sur le RNPG (Rassemblement national des prisonniers de guerre), au lieu de reprendre des sottises, les « chercheurs » devraient se référer au rapport rédigé par le liquidateur du MNPGD, Jacques Bénet, cofondateur et codirecteur national « dans la clandestinité » du RNPG et du MNPGD.

2. Les mots ont leur importance : il s'agit bien de « reclassement » de PG « rapatriés » (évadés compris) et non des services de Scapini, cet « ambassadeur des prisonniers » — aveugle… ce qui est tout un symbole — dont la mission consistait à « veiller sur les camps et à négocier des améliorations au sort des prisonniers », ce qui se traduisit, en réalité, par la création de « cercles Pétain » chez les officiers (en oflags), et par la diffusion d'une

« contrecarrer résolument la politique de la Relève, inventée par Laval. De nouveau au pouvoir
en avril 1942, il avait décidé le retour d'un prisonnier contre l'envoi au travail en Allemagne de
trois ouvriers... ». Le patron du Commissariat est
Maurice Pinot (de Périgord de Villechenon). Sur
la réalisation de ces objectifs, Jacques Bénet précise que « Maurice Pinot et son équipe cherchèrent à recruter, au maximum, des évadés ou des
rapatriés vrais patriotes pour les placer à la tête
des diverses Maisons du prisonnier ou les aiguiller
vers la présidence des Centres d'entraide ».

Le siège du Commissariat national était situé
rue Meyerbeer, à Paris. François devint l'adjoint
au responsable des relations avec la presse, chargé
de la publication d'un bulletin de liaison. Ces
fonctions lui permettaient de beaucoup se déplacer sur tout le territoire.

Jean Védrine, arrivé à Vichy peu après, estime
qu'en ce temps-là, « c'était très complexe ». Il
avait été « rapatrié sanitaire » du camp de Sagan,
Silésie, Stalag VIII C. Grâce à sa connaissance de
la langue allemande, il avait été désigné comme
« homme de confiance », c'est-à-dire qu'il servait
d'intermédiaire entre les gardiens du camp et ses
camarades. Il s'était engagé « dans la défense des
copains ». Au tout début de la captivité, la propa-

---

propagande venue de France en faveur de « l'œuvre du Maréchal » vers les stalags, propagande qui sombra bientôt dans le
plus total discrédit. L'« ambassade Scapini » avait son siège rue
Cortambert...

gande française mettait en avant les gestes de solidarité. À ce titre, Jean Védrine avait été à plusieurs
reprises cité ou nommé à la radio et dans les journaux. Il était connu et son rapatriement n'avait
pas été ignoré. Au tout début de 1942, il se rendit
à Vichy dans l'intention de répondre « aux soucis
des familles » de prisonniers. Par Pierre Chigot
qui n'était pas encore son beau-frère, il fut convié, dès son arrivée, à une réunion de « chefs de
service » du Commissariat général au reclassement
des prisonniers de guerre rapatriés.

« La réunion terminée, dit Jean Védrine, on
s'est levé sans que je fasse davantage connaissance
avec ces types... mais en sortant, un inconnu m'a
mis la main sur l'épaule en me disant : "On dîne
ensemble ce soir." Le soir donc, je me retrouve
dans une salle de bistrot où il y avait des dîneurs
et, parmi eux, je reconnus l'homme qui m'avait
mis la main à l'épaule le matin : c'était François...
Ces jeunes gens étaient très hostiles à la Légion
française des combattants et au monopole qu'elle
souhaitait exercer. Cette opposition nous a conduits
à nous concerter et à songer à la création d'un
mouvement réellement représentatif de notre milieu d'évadés et libre à l'égard du pouvoir. Nous
avons commencé nos activités en réaction contre
la Légion. On contestait, on conspirait et cela prenait forme d'une résistance. »

Et la francisque alors ? C'était une décoration
pour bons et loyaux services à la Patrie, créée et
remise comme des bons points par le Maréchal
lui-même. François s'en est expliqué : « Nous
avions lancé, à l'automne 1942, une collecte de

vêtements chauds. Le jeudi 15 octobre, en fin d'après-midi, nous avons été convoqués, Marcel Barrois, Albert Vazeille et moi, à l'hôtel du Parc par Pétain, en présence du général Campet, chef de son cabinet militaire. Pétain entreprenait une campagne de séduction à l'égard des mouvements de solidarité qu'il savait hostiles ou réticents... »

Celui qui a fait la démarche pour qu'elle soit décernée à François, à ce « petit supplétif sans grade », avait-il une arrière-pensée ? Calamité ou couverture pour détourner les soupçons de quelques fouineurs collabos. C'est Jean Munier qui le dit, lui qui fut libéré *à la demande de Hitler*. « À la demande de Hitler ? » oui, il bénéficia d'un sauf-conduit pour avoir sauvé la femme et l'enfant d'un haut gradé de l'entourage immédiat du Führer après un bombardement sur Cassel.

Et Jean raconte : « Je revois donc Dijon et mes parents et, le 18 décembre, j'appelle, à Paris, Geneviève, la sœur de François Mitterrand. Le hasard fait que François est chez elle. Il me dit que le lendemain il se rend à Lyon et donc qu'il passe par Dijon. Il me donne rendez-vous à l'arrivée du train. Sur le quai, j'ai le plaisir de retrouver François qui me dit : "Jean... je poursuis mon combat contre l'armée allemande. Est-ce que tu viens avec moi ?" D'accord. Il me précise qu'il n'a pas, pour l'heure, les moyens financiers de son projet mais qu'il va s'en procurer [par l'intermédiaire de l'ORA[1]]... Je le rejoins à Vichy. »

1. Organisation de résistance de l'armée.

« Les moyens financiers » seront fournis par Zeller et Pfister (de l'ORA). C'est Ginette (Munier) qui assurera la liaison et ira chercher l'« argent » chez Madame Pfister.

Pendant des années, je les entendrai encore rappeler leurs exploits, de grands moments de Résistance contre la Milice ou la Gestapo : Munier, Védrine, Pol Pilven, Chigot, Ginette Caillard — devenue plus tard Ginette Munier —, tous fonctionnaires ou gratte-papier, sous la direction de Maurice Pinot. Et tant d'autres que je n'ai pas connus.

Un haut fonctionnaire de Vichy, le préfet Jean-Paul Martin, patron de la police de la ville, apporte son aide et fournit au mouvement une pleine valise de cachets, de tampons ainsi que des permis de circuler... Et Bousquet ? — Je ne l'ai jamais vu, François non plus d'ailleurs, dit Jean.

À aucun moment je ne vois se profiler l'ombre de Bousquet qui était le supérieur du « facétieux préfet Martin ». Ce n'est qu'en 1974, lors de la campagne présidentielle contre Giscard d'Estaing, que la rumeur est née à partir d'une photo prise à Latche lors de la visite des dirigeants de *La Dépêche* (de Toulouse) à laquelle participait Bousquet, administrateur du journal et intime des Baylet...

Non, à Vichy, les mauvaises rencontres étaient d'une autre facture.

Jean Munier a donc rejoint Vichy où il est chargé, par François, de la protection du mouvement de

Résistance qui s'est constitué[1] par la volonté d'un petit groupe déterminé à rester libre et solidaire au centre d'un grouillement de collaborateurs, de dénonciateurs et de profiteurs sans foi ni loi.

« Efficace, je le suis, dit Jean Munier. Et voilà qu'un certain matin (le 11 novembre 1943), la Gestapo fait une descente chez les Renaud qui hébergent quelques-uns des nôtres, au 20 rue Nationale, à Vichy. J'occupe une chambre au deuxième étage. François, une pièce au rez-de-chaussée... Souvent absent, son lit, ce jour-là, est occupé par Pol Pilven. Mais c'est François qui est recherché. Pour que le piège ne se referme pas sur lui, il faut le prévenir de ne pas descendre du train qui l'amène de Paris. Alors, je sors par la fenêtre du deuxième étage et je progresse, pendu au bord du toit, par la force des poignets. J'ai quarante mètres à faire mais je dois passer devant la fenêtre de la chambre où la Gestapo est en train d'opérer. La chance fait que je ne suis pas vu. Au bout, le toit surplombe un tas de charbon — des boulets —, sur lequel je me laisse tomber sans trop de bruit. Le temps de secouer la poussière et je cours à la gare.

François arrive au train de midi... Ginette qui m'a précédé monte pour le prévenir qu'il est

---

1. Le mouvement de Résistance PG qui s'appela d'abord Mouvement des prisonniers de guerre (MPG) puis Rassemblement national des prisonniers de guerre (RNPG) a été créé en février 1943. Son directoire national était constitué de sept membres : Maurice Barrois, Jacques Bénet, Antoine Mauduit, François Mitterrand, Jacques de Montjoye, Pol Pilven, Maurice Pinot.

attendu. Alors, il continue jusqu'à Clermont-Ferrand. »

François quittera la France quelques jours plus tard à bord d'un Lyssander qui atterrit dans la prairie de Soucelles, devant le village de Seiches-sur-le-Loir, en Anjou. C'est le soir du 15 novembre 1943. Son départ pour Londres a été réglé par l'ORA (à laquelle le RNPG était lié par divers accords) et le réseau anglais Buckmaster. Il est accompagné du commandant Pierre du Passage, de l'ORA.

19

Vertus d'une éducation laïque

Simultanément, pendant ces débuts de l'Occupation, mon père, fidèle au poste, n'a pas quitté son établissement durant tout l'été 1940. Il a préparé la rentrée scolaire d'octobre pour assurer la continuité...

Le 16 juin, en démissionnant, Paul Reynaud a laissé le soin de former un nouveau gouvernement au maréchal Pétain, lequel « fait don de sa personne à la France pour atténuer son malheur ». Le 22 juin l'armistice est signé. Cet acte se déroulera, selon le vœu du Führer, à Rethondes, en forêt de Compiègne, dans ce même wagon qui enregistra, vingt-deux ans plus tôt, la défaite allemande, par l'armistice du 11 novembre 1918.

Le sinistre Pierre Laval entre en scène en prenant la vice-présidence du gouvernement. La dernière page de la IIIe République se ferme en annonçant la venue de l'« État français ». « Pétain avait été constitutionnellement, régulièrement élu par l'Assemblée nationale le 10 juillet 1940. Mais le 11 et le 12, manquant aux obligations dont était assorti le vote qui l'avait porté au pouvoir, il

avait perpétré un véritable coup d'État sans chercher à déguiser, sous des oripeaux juridiques, le
mépris dans lequel il tenait les principes républicains. Cela lui ôtait, selon moi, l'autorité morale
dont il se prévalait », écrivit François.

Mon père est fonctionnaire pour servir l'Instruction publique.

Penchée sur les déclinaisons latines, les termi-
naisons de l'aoriste dans la conjugaison grecque,
je ne remarque pas son front soucieux au reçu
d'un courrier émanant du rectorat de Lyon. Les
discussions feutrées entre mes parents entourés
de quelques professeurs amis n'éveillent en moi
rien qui ne puisse troubler ma quiétude filiale ou
scolaire. Le boulet qui le vise est pourtant bel et
bien parti et il ne dépend que de son sens de la
discipline de l'esquiver en se référant au devoir
d'obéissance... ou d'opposer un refus à l'injonction qui lui est faite de livrer les enfants et les enseignants juifs de son établissement, pour sceller
son destin.

Bien que sa conscience lui ait déjà dicté sa décision, mon père en parle à des proches, pèse les
conséquences, des plus désastreuses aux simples
sanctions administratives à devoir assumer. Le lourd
silence, durant le trajet jusqu'à Lyon, terrasse mes
parents, toujours unis dans l'adversité.

« Vous refusez d'obtempérer, monsieur Gouze ?
Alors, sachez, assène le recteur, qu'à partir de cet
instant vous êtes relevé de vos fonctions, sans
appointements... De toute façon, vous ne faites
que précipiter votre destin, étant donné que votre

appartenance à la franc-maçonnerie vous aurait éloigné de votre poste très prochainement. Des instructions dans ce sens sont annoncées et ne vont pas tarder à s'appliquer. »

Qui a osé dire que l'Histoire ne serait pas un perpétuel recommencement quand, ce matin du 19 septembre 2007, on apprend qu'un inspecteur d'académie zélé et sans doute trop influencé par le débat conduit par le ministre Hortefeux, a demandé à ses directeurs d'établissement de lui signaler, « par courrier ou par téléphone », la présence, dans les classes, d'enfants « sans papiers » ?

J'attendais le retour de mes parents en arrangeant un bouquet de pivoines sur la table. C'était une belle journée de printemps…

Voilà, c'est ainsi ! La famille Gouze est cataloguée et dans le collimateur. Le successeur, déjà en route avec son déménagement, précipita la mise en caisses de nos affaires et nous n'avions plus qu'à commander le camion qui déposerait le tout dans la cour de notre petite maison familiale de Cluny.

La rentrée des vacances de Pâques à peine entamée, il me fallut dire au revoir à mes camarades, à mes profs. Le dernier trimestre scolaire de ma seconde se passerait au collège de filles, à Mâcon. Ce ne fut qu'un bref, très bref passage, sécurité oblige… mais ce n'était pas pour me déplaire. La hantise du dortoir destructeur d'intimité, les petites complicités déjà établies entre les élèves et les pionnes me tenaient à l'écart. C'est à la maison que je finis le programme du secondaire sous le regard de mon père.

Mes parents durent découvrir le « système débrouille ». Faire vivre une famille sans la moindre rentrée d'argent implique une certaine imagination. Les cours de philo, qui auraient pu être rémunérateurs, n'ont pas trouvé preneur. Mon père n'eut bientôt plus qu'une élève : sa fille.

Cluny comptait beaucoup d'étudiants de l'École des arts et métiers. Les élèves de l'École pratique venus des environs représentaient de nombreux candidats au logement... Comme beaucoup de familles clunysoises, maman organisa la maison pour recevoir des pensionnaires. Le jardin, les poules et les lapins firent notre quotidien. Le prix des pensions et les provisions en provenance des parents fermiers de la région mirent un peu de beurre dans les plats cuisinés pour de grandes tablées.

Dois-je avouer que j'étais heureuse ? Les tentatives d'inscription aux collèges de Mâcon ou d'Annecy, où j'avais retrouvé les affres de l'internat, n'ont pas été concluantes.

Les collines de la vallée de la Grosne, les courses éperdues dans les prés alentour, les haltes près des sources dont le chant de l'eau accompagnait mes rêves, quel bonheur de vivre ! L'odeur des buis au printemps, celle des talus moussus piquetés de violettes et de primevères, exaltaient les sensations les plus subtiles chez l'adolescente avide de découvrir la beauté et l'harmonie des collines, la douceur de l'air et les caresses de l'eau des ruisseaux. Bien ancrée dans ma joie de vivre, toute cette intimité peut expliquer pourquoi aujourd'hui le sort de la nature m'importe au point d'y consacrer l'essentiel de mes activités. Vallée de rêve, enserrée dans une région comptant parmi les plus résistantes, elle ne fut pas indemne des drames perpétrés par la violence de l'occupant.

Très vite, la maison Gouze fut un refuge pour les réseaux de clandestins. Jusqu'au jour où un monsieur accompagné d'une jolie dame se présenta au portail de la cour et demanda à rencontrer les hôtes de ces lieux. C'est ainsi que « Madame et Monsieur Moulin » furent les locataires de l'un des appartements aménagés dans la Maison Grise, ancienne dépendance de ROMADA (ROger, MAdeleine, DAnielle), notre maison d'habitation. Sous leur fausse identité, Henri Frenay et Bertie Albrecht sont entrés dans ma vie, avec le mouvement Combat.

Romada en quelques mois a accueilli les hommes et les femmes qui ont illustré les pages d'une Histoire dont la France est particulièrement fière. Mais je ne vais pas m'attarder à raconter ici ce que j'ai déjà écrit à plusieurs reprises.

Je noterai seulement quelques moments pour que des sons, des voix, des frissons de terreur s'inscrivent dans une mémoire qui les reproduit dans toute leur acuité à la moindre évocation.

20

La Gestapo à la maison

28 mai 1943. Les pneus crissent sur les bas-
côtés de la route de Salornay. Les portes de la Ci-
troën noire, annonciatrice de la Gestapo, claquent
comme un premier coup de feu. Mon père et ma
mère, glacés d'effroi, me poussent vers la porte de
la véranda qui ouvre sur le jardin mitoyen d'une
maison amie. Pour m'enfuir ? Non : « Cours prévenir nos voisins… et qu'ils mettent un dispositif
en place pour assurer les arrières et alertent nos
"locataires" du danger qui les attend s'ils reve-
naient à leur appartement. »

La maison est cernée avant le coup de sonnette
qui précède une entrée des plus violentes. Cris,
bousculades et vociférations, desquelles il ressort
vaguement qu'ils cherchent « les terroristes » que
mes parents hébergeraient.

Les minutes semblent des heures et les heures
une éternité.

Ma mère toujours entre leurs mains, amnésique,
aphone, reste impassible sous les coups. Eux, ils
parlent beaucoup. Et c'est ainsi que la nouvelle
de l'arrestation de Bertie nous parvient.

Nous ne la reverrons jamais plus.

Pourquoi rappeler cet épisode d'une guerre dont nos armes purement défensives sont l'endurance aux coups et le silence ? L'espérance et le souci de ne pas « donner » les autres ? La conviction de défendre son droit de mépriser la violence aveugle qui fait des hommes des brutes invétérées ? Cette référence au droit, bien piètre bouclier, nous poussait à toutes les témérités.

Alors que je suis tapie au fond du jardin, une pensée me traverse l'esprit : la mélasse ! le jus de betteraves que maman a mis à mijoter sur le feu quelques instants avant que l'ouragan gestapiste ébranle la maisonnée. Pourvu qu'elle ne brûle pas !

Il faut que vous sachiez qu'en ces temps où le sucre raffiné n'était plus qu'un souvenir, un carré du jardin était consacré à la culture de la betterave à sucre. Au moment de la récolte, toute la famille, c'est-à-dire maman, papa et moi-même, nous nous attelions à l'éplucher, à la raper le plus finement possible, jusqu'à l'obtention d'une pulpe gluante qu'il fallait faire fondre à petit feu dans un grand chaudron en cuivre normalement destiné aux confitures. Pendant des heures, debout devant le poêle à bois, nous nous relayions pour tourner la mixture avec une énorme cuillère en bois. La mélasse, obtenue à force de patience, de crampes dans les jambes et de courbatures, servirait à sucrer l'ersatz de café, un infâme jus d'orge bien parfumé à la betterave.

Une voix rauque me surprend. « — Que fais-tu ? — Du sucre ! — Ach ! ces Français, ils ne man-

queront jamais d'imagination ! Ça, du sucre ? »,
soulignée d'un rire goguenard qui résonne encore
à mes oreilles.

Maman nous rejoint à la cuisine. Les Allemands discutent entre eux sous la véranda. Puis
ils reprennent le chemin de la sortie sans un mot,
si ce n'est le chuchotement de l'un d'eux en passant
devant ma mère : « Vous avez bien de la chance... »

Lorsque j'essaie de me remémorer le cheminement de mes pensées à cet instant, l'alternative se
présentait sans échappatoire possible : c'était le
peloton d'exécution, là dans notre cour, l'arrestation et les camps... ou la vie. Nous en étions tous
les trois bien conscients et, pourtant, je ne remarquai aucune agitation dans le comportement de
mes parents. Moi aussi, je savais... pour avoir entendu maints récits sur de semblables circonstances. Je ne me souviens pas d'avoir paniqué. Quel
état de grâce nous habitait pour envisager le pire
avec une telle dignité ? Je me refuse à l'assimiler à
toute soumission inspirée par une fatalité morbide. Oui, nous avons eu de la chance.

Et la chance n'a-t-elle pas souri encore une fois,
un certain 14 février de l'année suivante ?

Selon une coutume villageoise, les garçons de
la classe des vingt ans, porteurs de cocardes et de
drapeaux, déposent, à la porte des maisons des
jeunes filles du même âge, des fleurs ou une branche d'arbre. C'est une invitation à une soirée où
filles et garçons se retrouvent.

Rendez-vous est pris pour le 13 février 1944 au soir, dans une dépendance de la grande ferme de la Cras, l'une des collines qui enserrent Cluny. Bien sûr, nous chantons et nous dansons, mais les conversations par petits groupes tournent autour du Service du travail obligatoire (le STO), auquel les garçons devront répondre ; et les commentaires sur les actes de sabotage, perpétrés par les résistants de la région, vont bon train.

À minuit, je rentre à la maison, accompagnée de ma sœur Madeleine, désormais appelée Christine, venue passer quelques jours chez nous. Mes camarades ont prolongé la rencontre jusqu'au petit matin, mais se sont heurtés à l'entrée de la ville aux automitrailleuses qui en ferment l'accès. La Gestapo et ses adjoints de la Milice peuvent commettre leurs arrestations sans être dérangés.

« Mais d'où viennent-ils, ceux-là, avec leurs cocardes bleu-blanc-rouge ? Seraient-ce des provocateurs ? Allez ! Embarquons-les ! »

Et c'est ainsi que mes amis d'un soir de fête se sont retrouvés dans les camions, en route pour les camps de concentration.

Tous les témoignages sur les pires bassesses et les actes de bravoure les plus méritants, les sentiments les plus nobles bousculés par les petitesses les plus dégradantes, les plus grandes frayeurs assumées avant d'affronter les suivantes, les ironies du sort... font des médaillés, des victimes ou des renégats. Et toujours cette question récurrente au soir de ce 14 février 1944 : « Pourquoi lui ou elle ? Pourquoi pas moi ? » De ce tragique événement, le destin fit basculer le cours de ma vie.

Les tournants de la route du Bois-Clair effacent de la vue, un à un, les camions de la terreur. Qu'allaient devenir tous ces Clunysois confrontés à la machine à tuer qui n'en finissait pas de massacrer les espérances d'une vie paisible ?

Le cœur serré, j'accompagnai ma sœur à la gare. La micheline la conduirait à Mâcon où elle prendrait le train pour Paris...

21

Sur les chemins de la Résistance

Et voilà comment le chemin de François finira par croiser le mien.

En choisissant sa place dans le compartiment, Christine pouvait-elle imaginer que l'un des voyageurs serait subjugué par sa beauté, peut-être, mais surtout intrigué par son regard encore embrumé à l'évocation de la scène qu'elle venait de vivre quelques heures plus tôt ?... Il lui parle. Elle se confie. Il est beau garçon, il la rassure. Il lui demande son adresse, ne lui donne pas la sienne — et pour cause — mais reprend très vite contact. Il s'appelle « Patrice ». Ils se découvrent et comprennent très vite qu'ils sont dans le même camp. Un peu imprudent malgré tout, notre ami Patrice, quand il lui confie : « Demain, notre chef de réseau revient d'Angleterre. Je vous le présenterai. Vous verrez, c'est un homme remarquable. »

Les cartes se mettent en place sans que je m'en doute.

Ma photo sur le piano : une soirée au restaurant Beulemans, boulevard Saint-Germain. Ce

sera pendant les vacances de Pâques, le 9 avril...
François est en face de moi.

Il joue de son charme comme il sait si bien le
faire auprès des femmes. Mais je n'étais pas une
femme...

À vrai dire, cela n'a pas tellement bien marché ;
son registre de séduction n'a pas opéré. Je n'étais
pas préparée à ces jeux-là. Il a bien compris que
mon adolescente simplicité dans les relations entre
les êtres s'accordait mal aux exercices de sa séduction caustique.

« Alors qu'en penses-tu, Danielle ? me dit Christine, sur le chemin du retour, rue Campagne-
Première.

— Je ne sais pas...

— Ce n'est pas le coup de foudre ?

— C'est un homme...

— Bien sûr, c'est un homme !

— Je ne suis pas sûre de peser lourd dans ses
préoccupations. Pourtant, il ne m'est pas indifférent... mais je ne vois pas où je me situe dans le
rôle que vous semblez vouloir me faire jouer. »

Avec Patrice, il avait parlé par énigmes. Je re-
tins qu'il revenait d'Alger où il avait rencontré le
général de Gaulle et que l'entrevue ne s'était pas
très bien passée. Beaucoup plus tard, je compris
mieux l'enjeu de cette mission lorsqu'il put en confier le récit à ses amis ou en témoigner devant une
assemblée soucieuse de connaître son parcours de
résistant. Parti pour Londres, un soir de novem-

bre 1943, depuis une prairie angevine, le comité d'accueil lui demande en guise de bienvenue sa signature et son allégeance à la France Libre. Il ne s'y résout pas, ce qui lui vaut d'être « abandonné dans une chambre sans porte ni fenêtre », écrira-t-il, beaucoup plus tard, dans *Ma part de vérité*.

Il doit contacter d'autres complicités pour emprunter un avion anglais qui l'emmène jusqu'à Alger. Contrarié, le général de Gaulle lui en fait la remarque, comme un reproche. Les premiers instants de la convocation sont un peu tendus. Le peu d'enthousiasme de François à fondre en une seule formation, sous l'autorité d'un des neveux du Général, les trois organisations de prisonniers de guerre qui militent dans la Résistance ne favorise pas l'ambiance au cours de ce premier contact. Le Général met froidement fin à l'entrevue.

Encore une fois, il faut que François fasse appel à des amis, sur place, à Alger. Ils l'expédient chez Joséphine Baker, au Maroc, en attendant un avion rentrant en Angleterre. L'appareil transporte un général américain et un bizarre prisonnier allemand.

Déposé quelque part en Grande-Bretagne, ce mal aimé des Forces françaises libres dut rejoindre Londres par ses propres moyens et organiser lui-même son retour en France par une vedette MTB qui l'embarqua en Cornouailles et le lâcha à quelques encablures des côtes du Finistère, non loin de Beg-an-Fry (le « Bout du nez »), entre Locquirec et la pointe de Primel. De nombreuses années après la guerre, un document lui révéla que pendant son séjour à Alger, il avait été proposé à de Gaulle, par un de ses familiers, d'expédier sur le front d'Italie ce voyageur de peu de foi gaulliste qu'on avait sous la main. Et François écrit : « Je ne saurai jamais si j'ai dû d'éviter cette inflexion du destin à la mansuétude du chef de la France Libre ou à la hâte que j'avais mise à rejoindre mes camarades de la Résistance intérieure. [...] Je gardai de l'aventure l'impression que mieux valait se taire lorsqu'à portée des services spéciaux d'Alger, on estimait que résistance et gaullisme ne recouvraient pas exactement la même réalité. »

Mansuétude, rapidité, destin ou pas, François ne devait pas manquer le rendez-vous qu'il avait avec une jeune Bourguignonne qu'il ne connaissait pas encore. Avec elle, il écrira les pages de leur histoire commune.

François nous surprend à Cluny lors du weekend de l'Ascension, le 18 mai 1944. Il arrive à vélo depuis Chalon. Ses amis du Mouvement des prisonniers le rejoignent chez nous, à Romada. Je me souviens de Patrice (Pelat), de Bettencourt, de Bernard Finifter, de Jean Munier... Quand soudain, la nuit tombée, alerte ! des pas dans la cour ! On nous prévient : une colonne de voitures de la Gestapo se dirige vers Cluny. Romada pourrait en être la destination...

Il faut quitter la maison et se disperser pour se réfugier dans la Cadole de la Cras que nous possédions en partage, avec une sœur de papa, sur un petit terrain où nous cultivions des légumes et entretenions un verger. Cette petite cabane, refuge pour y ranger quelques outils, allait abriter nos clandestins pendant l'orage.

Maman, Christine et moi effaçons les traces de toute présence masculine, cachons les rasoirs et les vêtements des visiteurs. Puis nous nous recouchons, la peur au ventre, au sens figuré aussi bien que physique, toutes les trois blotties sous une même couverture, en attendant… constatant l'efficacité de la Gestapo comme laxatif, ce soir-là ! C'est alors que des pas sur le gravier de la cour annoncent une présence qui se rapproche… « N'ayez pas peur ! c'est moi, Jean ! Je viens vous chercher pour vous mettre à l'abri. » Neuf mètres carrés, un toit, quelques couvertures par une belle nuit de printemps, l'aventure et l'amitié pour reconstruire le monde.

Bernard Finifter raconte : « J'ai été arrêté à Digoin en venant. "Déshabille-toi !" m'ordonne le milicien… Je prends mon temps, cherche la parade tout en m'exécutant, déboutonne lentement, très lentement, ma veste… Bref, j'arrive au caleçon. Et m'attends au pire. Quand, agacé et distrait par je ne sais quoi, le milicien me dit : "Après tout ! Va au diable !" Et je suis là ! »

Le jour se lève… Il ne s'est rien passé. Un camarade vient nous prévenir que l'alerte est levée. Nous rentrons à la maison.

Les blessés sont de plus en plus nombreux chaque fois que les convois allemands franchissent le col du Bois-Clair, passage obligé pour aller de la vallée de la Saône à celle de la Loire. Je rejoins le maquis où, aide-infirmière peu qualifiée mais attentive, avec une amie de mon âge, nous établis-

sons notre refuge au flanc de la colline de Butte-
à-Vent et soignons les blessés. Après avoir erré
une nuit entière, fuyant pour échapper à une rafle
qui nous était destinée, nous avons pu nous installer dans une grande maison dominant la vallée
de la Grosne. Jean-Louis Delorme, notre chef de
maquis, a été blessé en faisant sauter le pont de
l'Ave-Maria, à Villefranche. Les éclats d'une gre-
nade lui lardent le dos de plusieurs dizaines d'im-
pacts. Patiemment, avec une pince, l'extraction
de tous ces petits morceaux de métal occupe nos
longues soirées.

C'est lui qui, un matin, m'annonce que je suis
attendue à Romada. « Tu as une visite, me cache-
rais-tu un fiancé inconnu de nous ? Prépare-toi, je
descends à la ville et te déposerai, tu te feras petite entre les sièges. Il ne faut pas que l'on sache
que tu viens d'ici. »

Et c'est une jeune fille tout à fait convenable
qui, le lendemain, se promène en ville au bras
d'un beau monsieur. « Bonjour Mitterrand, que
fais-tu à Cluny ? »... Une tape sur l'épaule, des
retrouvailles, voilà Jean-Louis qui apostrophe un
copain de régiment.

C'est ainsi que je découvre que François s'appelle Mitterrand et non Morland.

Jean-Louis est mort au combat dans un village,
au nord de Cluny. Ai-je besoin de la stèle érigée à
sa mémoire, au lieu-dit Pont-de-Cotte, pour me
rappeler les foules de souvenirs qui font de lui
une partie de moi-même ?

Nous sommes maintenant fin mai. Pentecôte, en cette année 1944, se fêtera le 28. Et cela fait vingt ans que mes vacances sont fixées au rythme des congés scolaires.

Alors ce week-end de Pentecôte, je rêve de « monter à Paris ».

Mes parents y consentent d'autant plus volontiers que la cohabitation, nuit et jour, avec de solides garçons valeureux, dans une grande bâtisse isolée, ne les rassure pas, même s'ils savent que c'est pour la bonne cause. La grange désaffectée qui abrite notre sommeil à même le sol, sous la garde de vigiles qui scrutent l'horizon, ne me met pas à l'abri d'assauts intérieurs. Leur inquiétude sans fondement justifiait le grand respect que nous vouaient ces hommes empreints de la mission qui les rassemblait autour de ces deux jeunes filles dévouées.

Bref, mes parents me donnèrent la permission de rejoindre ma sœur pour quelques jours ; Jean-Louis m'accorda « une perm'» et je pris le train. À la cadence du roulement des roues de fer sur les rails, je fredonnais un air à trois temps dont les paroles évoquaient un héros de légende sous les traits de François.

Sera-t-il à Paris ou en province ? Le verrai-je ?

Patrice a établi un de ses relais rue Campagne-Première, chez Christine. C'est là que François apparaît, repart, revient et se sauve. Entre deux apparitions, je l'aperçois. Où habite-t-il ? Que fait-il ?

« Ne pose pas de questions ! me recommande-t-on. Il vaut mieux ne rien savoir, c'est la règle chez les résistants, pour la sécurité de chacun de nous. »

Le temps des vacances s'étire, et je n'ai pas envie de rentrer. Après tout, rien ne m'y oblige. C'est dit, je reste encore quelques jours...

22

Le temps des cerises...

Le 1er juin 1944, dans l'après-midi, une réunion du MNPGD doit se tenir au 5 rue Dupin, à Paris, dans l'appartement dont le propriétaire est Charles Diethelm et où habite Marie-Louise Antelme, la sœur de Robert, mari de Marguerite Duras. Jean Munier, responsable du service « Action » du mouvement, raconte : « Plusieurs personnes sont déjà présentes lorsque j'arrive et remarque des photos Harcourt "de François, Christine, Danielle et Patrice (Pelat)" étalées sur une table ronde au milieu de la pièce... Et puis une lettre m'intrigue, expédiée par le service des contributions à Charles Diethelm, mais donnant l'adresse d'une petite chambre de la rue Croix-des-Petits-Champs où ma femme et moi avons déposé une machine à écrire et "plusieurs grosses valises de munitions et d'explosifs".

« Je m'inquiète du retard de François et quitte l'appartement et me dirige vers la rue de Sèvres quand, soudain, j'aperçois deux hommes qui viennent de descendre d'une traction avant noire et avancent vers moi. Je marche vers eux. Celui qui est le plus près de moi m'interpelle et me demande de lui montrer mes papiers. "Mais certainement…" et, le poing en avant, je bouscule les deux hommes puis prends en courant la rue Saint-Placide. Au coin de celle-ci et de la rue du Cherche-Midi, Patrice Pelat et Christine Gouze occupent une chambre, au premier étage d'un petit hôtel. J'y pénètre "avec une précipitation très incorrecte", met au courant Patrice et Christine, et demande à celle-ci de téléphoner à l'appartement de la rue Dupin. Une voix d'homme répond : "Ici Charles, qui est à l'appareil ?" Les trois amis n'ont plus de doute : la Gestapo est dans l'appartement et tend une souricière. Je me change, troque mon costume bleu marine contre un de couleur claire emprunté à Patrice, plaque mes cheveux avec de l'eau et reviens vers la rue Dupin. J'intercepte André Bettencourt puis Ferreol de Ferry et les mets au courant. C'est ensuite que j'assiste à la sortie de Robert Antelme et de Paul Philippe, enchaînés, conduits par l'homme que j'ai bousculé peu avant. Ensuite, je m'occupe de déménager la petite chambre de la rue Croix-des-Petits-Champs…

Pendant ce temps, François a pénétré dans le bureau de poste qui se trouve 5 rue Dupin, au-dessous de l'appartement. Il y est entré pour téléphoner à Marie-Louise, comme il est de règle avant d'arriver à un rendez-vous. Une voix féminine lui répond : "Vous faites erreur, monsieur." Alors, il recommence, et la voix, qui est celle de Marie-Louise, crie, exaspérée : "N'insistez pas, monsieur, puisqu'on vous dit que c'est une erreur."

François est désormais certain qu'un piège est tendu. Il prend le temps de téléphoner à Marguerite Duras, qui habite rue Saint-Benoît, et l'avertit qu'"il y a le feu". »

Le filet s'est resserré autour de François. Un certain Delval, agent de la Gestapo, sait que sa proie se déplace fréquemment boulevard Saint-Germain. Alors, il la traque, une photo dans une main, des menottes dans la poche et un revolver à la ceinture, tout le matériel prêt à servir selon les circonstances. À l'évidence, il lui suffit d'être patient et attentif pour capturer son gibier : « Si je le croise, je lui pose la main sur l'épaule et le menotte ; s'il est trop loin, je lui tire une balle qui l'immobilise et je l'arrête. » C'est ainsi qu'il confie sa stratégie à Marguerite Duras, épouse de Robert Antelme, qui, après l'arrestation de la rue Dupin, s'est introduite dans les bureaux de la redoutable police spéciale allemande pour apporter de l'aide à son mari. Depuis, elle rencontre régulièrement ce sinistre Delval.

Bien que je sois persuadée de ses bonnes intentions, je reste encore perplexe sur la stratégie qui consiste, pour sortir Robert des griffes de l'innommable, à jouer la carte de la coquetterie amoureuse pour attendrir le bourreau. Elle en obtient quelques informations sur l'état des connaissances de ce dernier à propos des membres du réseau. Elle apprend ainsi qu'il lui a suffi de se rendre chez le photographe en vogue de l'époque, pour obtenir les portraits de notre petit groupe. Ce cadeau, offert quelques mois plus tôt par un ami talentueux travaillant au studio Harcourt, a failli coûter très cher à notre sécurité.

Alors que, le 6 juin, je passais les épreuves du bac à Lyon, ma jolie photo entre les mains du pisteur me valut d'être enlevée par un agent du réseau de Résistance du MNPGD pour me mettre à l'abri, là où je n'avais aucune raison de me trouver. L'élève Gouze, n'ayant pas remis l'ensemble des copies à la correction, ne sera pas reçue.

Lorsque je rencontre mon ravisseur, au gré des rassemblements amicaux, ce souvenir nous amuse encore et renforce les liens de complicité qui forgent l'amitié.

François doit s'éloigner. Il m'accompagne jusqu'à Cluny d'où il prendra ses dispositions pour l'avenir. En cette année 1944, sous l'Occupation, qui pouvait prétendre être moins exposé ici que là ?

En installant notre petit bagage dans le filet du compartiment où nous allions nous asseoir l'un contre l'autre, tout pouvait arriver. Le danger viendrait-il de cette dame bien silencieuse, ou de ce garçon particulièrement renfrogné, ou plutôt de cet officier allemand qui ne nous quitte pas du regard ? Je pourrais même penser qu'il me fait les yeux doux. Il voit bien pourtant que je suis amoureuse.

Je ne sais plus pourquoi nous passons ce jour-là par Moulins, pour rejoindre la Saône-et-Loire. Sans doute la ligne directe par Chalon est-elle endommagée par l'explosion d'un convoi… Toujours est-il que nous entendons : « Moulins ! préparez vos papiers ! contrôle ! »

Le temps s'éternise. Nous attendons. Il fait très chaud. J'ai soif, la bouche sèche et la gorge serrée. « Vos papiers, mademoiselle ! » Je les tends et... tandis qu'on m'offre un sac de cerises, j'entends une voix ferme dire : « Laissez ! ce couple est avec moi ! »

Nous ne saurons jamais qui était cet officier allemand qui nous a sortis d'un mauvais pas, ce jour de juin 1944.

23

Les combats de la Libération

Je retrouve mon havre, ma maison, mes parents… J'ai toujours pensé que rien ne pourrait m'atteindre dans cette vallée de la Grosne. Mais d'autres blessés m'attendent et le docteur Mazuet, médecin du maquis, me ramène à Butte-à-Vent.

6 juin, le bac à Lyon… Journée historique ! 6 juin 1944, jour du débarquement. Maintenant, tout a été dit, filmé, commenté… Les Alliés arrivent, ils sont en Normandie, nous allons être libérés. Nous allons être libres !

Imprudemment, nous nous sommes découverts et avons investi Cluny. Nous manquons d'armes et de munitions. Les affrontements se multiplient et les convois allemands sont systématiquement pillés au col du Bois-Clair. Le 14 juillet enfin, un jour d'été ensoleillé, un parachutage de conteneurs descend du ciel sous les couleurs bleu, blanc, rouge de la fête nationale. Le spectacle nous emplit les yeux de larmes d'éblouissement. Tous les maquisards des environs sont descendus de

Montceau-les-Mines, d'Autun, de Mazille, de Cormatin.

Comme il m'est doux d'égrainer ces noms familiers !

Et ce petit avion à hélices qui survole la scène... Nous le saluons de notre mépris. Rien ne ternirait notre enthousiasme, et nos cris de joie couvrent les ronflements du petit moteur de l'espion que nous narguons de notre répertoire peu châtié...

Est-ce la description qu'il a faite à ses supérieurs de l'importance de notre butin qui a incité les troupes allemandes à réinvestir les lieux ?

Quelques semaines plus tard, au beau matin du 11 août, les canons tonnent au faîte des collines qui protègent Cluny. Qu'en pense notre voisin au mur mitoyen, chef d'un groupe de résistants ? Nous l'interpellons, mais, alerté, il a déjà pris sa place au combat, dès l'aube. Il y perdra la vie, abattu au bord de la route qui conduit à Saint-Point. Cher Albert Smitt, il se rappelle à notre pensée chaque fois que notre pèlerinage annuel nous amène à visiter le château de Lamartine situé sur cette commune.

Les *stukas* pilonnent la ville et les combattants. Les abords de l'abbaye sont atteints, et la tour des Fromages n'est pas épargnée. J'en suis d'autant plus chagrine que la petite échoppe de mon grand-père exhibe ses entrailles pendant des mois et des mois. La cheminée qui réchauffa les jumeaux à leur naissance livre tous ses secrets à la ville entière, et aux curieux avides de sensations.

Le chaos, la peur, la colère habitent les esprits des Clunysois qui rejoignent les bois, se cachent

dans les fossés, sous les haies d'aubépine et les
futaies. Ma·famille se sépare, papa se dirige vers
la Cras, maman prend la route de Salornay et,
par la porte du jardin, je cours en direction de
Château.

Mais d'où sort-il, ce Jean Munier, accompagné
de Ginette, sa femme ? Pendant une accalmie nous
nous rapprochons de la maison. Les visiteurs sont
là, prêts à enfourcher leurs vélos : « Nous venons
chercher Danielle. » Et les bombardements reprennent. Mais je pédale déjà vers un autre destin...

Une halte dans une grange au bord de la route,
entre Cluny et Chalon. Nous reprenons notre souffle et nous endormons du sommeil du juste. À
Chalon-sur-Saône, des hommes en uniforme, peu
affables, nous arrêtent : « Contrôle. Ouvrez votre
valise ! » Au moment où Jean ouvre ma mallette,
il découvre un pan de chemisier... en toile de pa-
rachute. Il ne perd pas son sang-froid : lentement,
il soulève tous mes vêtements en bloc, et prononce sans émotion : « Vous voyez bien ! Il n'y a
rien ! — Bon, passez ! » répond le policier, l'air
goguenard.

En fait, c'était un contrôle alimentaire...

Enfin, voici Dijon. Nous sommes le 12 août au
soir. Les parents Munier m'accueillent comme
leur fille. Ginette et moi resterons à la Belle Hor-
tense. L'odeur de savon, de linge repassé, fleure
bon et rassure. Jean va rejoindre François. Il
continue sur Paris dont la libération approche...

Le dispositif de la Résistance armée s'est mis en place clandestinement pendant les derniers mois. Les secteurs d'action sont répartis. Les groupes armés du mouvement unifié des prisonniers et déportés, le MNPGD, prennent part au harcèlement contre l'armée d'occupation. Les cachettes se multiplient dans tous les quartiers de Paris et les hommes se préparent. Jean a été chargé d'entreposer les armes et de diriger l'instruction des volontaires. Au cours des mois précédents, il a fait plusieurs navettes entre la Bourgogne et Paris. Par le train, avec des valises, aidé de quelques camarades dont Hubert Revenaz, du Mouvement Libération-Vengeance, il a transporté un important renfort d'armes. Il les a entreposées à Levallois-Perret où son frère, Georges, a trouvé des caches, mais également dans un appartement de la rue du Cherche-Midi, appartenant à la famille de Retz, et prêté par Ferreol de Ferry. En mars 1944, quand le MNPGD est fondé par la fusion des trois organisations évoquées plus haut, Jean s'installe de manière permanente en région parisienne.

Qui se souvient aujourd'hui de la participation à la libération de Paris de ces groupes armés ? Constitués d'anciens PG, la plupart évadés, ils ont joué un rôle déterminant qui a été occulté, une fois encore, par l'histoire officielle écrite par les gaullistes et les communistes.

Jean Munier et Jacques Bénet se souviennent : Plusieurs groupes armés ont été organisés. Le « colonel Patrice » (Pelat) assure la coordination de l'ensemble des groupes francs de la région. Georges Beauchamp a noyauté les services du STO, sis 100 rue de Richelieu, dans les locaux du quotidien *Le Journal*. Un service de faux papiers pour la région parisienne fonctionne rue de l'Odéon, dirigé par Jean Guillaume. Jean, chef des groupes francs ex-RNPG, dispose de son propre service de faux papiers.

Pour l'action, en mars et avril 1944, Jean a mis en place un dispositif de harcèlement contre l'armée d'occupation ; convois et trains de l'armée allemande sont sans cesse attaqués afin de récupérer des armes et bloquer les voies de communication. Jean a constitué huit unités groupées dans le corps franc « Rodin ». Ces unités comprenaient en moyenne cinq à six combattants.

Le groupe « Pierre » œuvre dans le Ier arrondissement de la capitale ; le groupe « Champerret-Levallois » est conduit par Georges Munier, frère de Jean ; le groupe Marcel « Bouget » contrôle la banlieue de Nogent-Le Perreux ; le groupe n° 5 est constitué d'Espagnols sous le commandement du capitaine Hernandez... Dans la banlieue nord-ouest, le groupe « Napoléon » (Trinel), plus nombreux, agit de manière plus autonome, mais très efficace, dans ce secteur dont les voies de chemin de fer, depuis Saint-Lazare et les Batignolles, desservent la Normandie.

Dans les combats de la libération de Paris, après la mobilisation du 15 août, les corps francs des trois tendances se regroupèrent et agirent de manière concertée sur de nombreux points de la capitale où des barricades ont été dressées dès le

19 août. Un train allemand fut bloqué dans le tunnel du Pont-Cardinet et un convoi arrêté rue Le Peletier ; le faubourg Saint-Antoine, le carrefour Richelieu-Drouot, la rue Beaubourg, des rues de Suresnes et de Boulogne furent tenues par les ex-CNPG (d'obédience communiste). Les groupes de l'ex-MRPGD (représenté par Michel Cailliau et désormais par Philippe Dechartre) se battirent aux Halles, à l'Hôtel de Ville, aux mairies du Xe et du XVIIe arrondissement ; une colonne allemande fut longuement arrêtée devant Notre-Dame-de-Lorette ; de gros accrochages eurent lieu gare du Nord, place Clichy, boulevard Barbès ; des renforts purent être envoyés en banlieue sud-est où le groupe « Bouget » de l'ex-RNPG attaqua, avec l'aide de FFI locaux, l'usine Thomson occupée par trois cents Allemands faits prisonniers, ensuite, par les GI's américains de la 4e DIUS.

Les points d'attaque du corps franc « Rodin » (Jean Munier) furent notamment : Belleville et le chemin de fer de Petite Ceinture qui vit ses rails disparaître... et un train allemand définitivement bloqué au pont Sorbier ; le central téléphonique de la rue des Archives ; le secteur voisin de la rue de Saintonge et de la rue Charlot où les soldats de Leclerc, venus en renfort, firent de nombreux prisonniers. Le groupe « Pierre », rue de La Vrillère, devant la Banque de France, attaqua plusieurs chars Tigre à la bouteille incendiaire.

Dans le secteur de Levallois-Champerret, le groupe de Georges Munier combattit dans le secteur de Levallois-Neuilly-mairie du XVIIe. Il enleva le drapeau de la feldgendarmerie de Neuilly...

Et nous applaudissons... Patrice, le colonel Patrice, à la tête du « Bataillon Liberté » pourfend l'ennemi.

Et tant d'autres exploits accomplis par les braves de la Libération, les résistants de l'intérieur. Ils comptent des martyrs que leurs compagnons d'armes ne cesseront jamais de rappeler au souvenir de ceux qui ont pu construire leur vie et leur carrière sur les sacrifices des autres, ces hommes et ces femmes dont les noms sont inscrits sur quelques plaques vissées sur le mur contre lequel ils ont rencontré la mort.

Tout était prêt pour la prise de contrôle, et les immeubles officiels dévolus aux groupes francs du MNPGD étaient repérés. À partir du 19 août, le programme fut rapidement exécuté. La Maison du prisonnier, place Clichy, fut reprise le jour même. Puis l'immeuble du Commissariat général aux prisonniers de guerre, 3 rue Meyerbeer, où, nommé quelque temps auparavant secrétaire général aux Anciens Combattants, dans le Collège des secrétaires généraux désignés par de Gaulle, François allait investir ses bureaux. En une semaine les occupants furent débordés. Le général von Choltitz désobéit à Hitler en n'exécutant pas l'ordre de faire sauter les ponts et les monuments si chers aux touristes du monde entier.

Paris libéré, grâce aux actions conjuguées de l'insurrection parisienne soutenue par l'offensive de la 2ᵉ DB du général Leclerc et de la 4ᵉ DI américaine, le général de Gaulle peut faire son

entrée triomphale dans la capitale. Le colonel
« Patrice » Pelat, dès le lendemain de cette journée mémorable du 25 août, rassemble ceux des
volontaires armés du MNPGD qui sont disposés
à s'engager dans l'armée de la Libération pour
poursuivre l'effort de guerre jusqu'à la victoire totale.

La suite, historique, c'est Jean Munier qui nous
la donne :
« Le 15 août 1944, François Mitterrand est officiellement investi secrétaire général provisoire
des prisonniers et déportés par Alexandre Parodi,
au nom du général de Gaulle.
Le 3 septembre, les ministres choisis par le général de Gaulle arrivent d'Alger. Henri Frenay
remplace François Mitterrand.
Le 8 septembre, François est élu président du
Mouvement national des prisonniers de guerre et
déportés (MNPGD). Quatre membres de ce
mouvement sont nommés à l'Assemblée nationale
consultative (assemblée provisoire dont les membres sont désignés et non élus).
Les 9 et 10 septembre François installe le siège
social du MNPGD au 3 rue de Tilsitt, à Paris.

Jean, responsable des groupes d'action armés
du Mouvement, reste auprès de François après la
libération de Paris.
Le 10 septembre au soir, François lui dit : « Nous
partons demain matin pour Dijon. Allons chercher Ginette et Danielle. » Ils iront en voiture, par
la route...

Jean Munier témoigne : « Nous sommes sans nouvelles depuis le début des combats pour la libération de Paris ; toutes les liaisons téléphoniques et ferroviaires sont interrompues. J'avertis mon frère Georges qui a combattu à la tête de son groupe armé de Levallois-Champerret. Excellent radio-électricien et mécanicien, il fera un pilote parfait. Un macaron tricolore est fixé sur le parebrise, plusieurs jerricans d'essence sont chargés dans la malle.

Nous partons le 11 septembre et quittons Paris aux environs de 10 heures. Il y a très peu de circulation. Nous roulons à vitesse moyenne, quelquefois ralentis par le mauvais état de la route. Au niveau de Sombernon, point haut d'où la route plonge sur Dijon, nous sommes arrêtés par une unité blindée, avant-garde de l'armée Patton, je crois, stationnée au bord de la route. L'officier qui commande cette unité nous salue et nous demande où nous allons. François se présente et précise que nous nous rendons à Dijon. L'officier nous précise alors qu'il y a un certain risque, la liaison avec l'armée de Lattre (qui monte de Provence) n'étant pas faite.

Nous décidons d'un commun accord de poursuivre notre route et arrivons sans encombre 37 rue du Faubourg-de-Raines (à Dijon), à la grande stupéfaction de Ginette, mon épouse, et de Danielle, fiancée de François. Les effusions terminées, François, en tant que représentant du gouvernement, décide de se rendre à l'hôtel de ville.

La population est en liesse. Le macaron tricolore nous ouvre le chemin à travers la foule. Le
chanoine Kir est sur place. Les troupes de de Lattre de Tassigny viennent de libérer Dijon. »

24

Les edelweiss du bouquet de mariage

« Des edelweiss ! Madame Bidault a trouvé des edelweiss pour ton bouquet de mariée et ta coiffure. Cela te plaît-il ? Elle a ressorti de ses trésors un coupon de soie sauvage pour ta robe et du tulle pour ton voile. Tu seras la plus belle des mariées ! » Christine est à son affaire ; elle organise le mariage de sa petite sœur comme si elle jouait à la poupée.

28 octobre 1944, la veille de mon anniversaire. Vingt ans, je vais avoir vingt ans !

Tout est prêt. Patrice a couru la campagne pour rassembler tout le nécessaire, et même plus, pour le déjeuner préparé par un cuisinier ami de la Résistance. Toute la famille de François est présente, endimanchée, et mes parents la rencontrent pour la première fois.

Mariage civil, comme celui de mon frère, dix ans plus tôt, ou mariage religieux ? Peu nous importe, mais la famille de François insiste pour le mariage à l'église. Allons donc ! Pour le mariage à l'église Monsieur le curé me prépare au sacrement : « Il faut vous confesser, mon enfant.

À quand remonte votre dernière confession ? —
Je ne suis jamais entrée dans un confessionnal !
— Bon… Qu'avez-vous sur la conscience ? —
Certainement beaucoup de choses, mais je n'ai
jamais tué, ni volé, j'ai sans doute menti et fait
péché de gourmandise… peut-être… — Ça va, je
vous donne l'absolution. Vous direz deux *Pater* et
trois *Ave*… — Je ne les sais pas… » Il me tend un
petit fascicule qui me guidera et restera dans ma
poche. Nos relations ont toujours été affectueuses
jusqu'à sa mort. Plusieurs fois par an, à l'occasion
d'un événement qui me concernait, ou au Nouvel
An, je recevais un petit mot écrit de sa main.

Ce matin-là, le 28 octobre, le soleil inonde le
parvis de l'église Saint-Séverin. Nos témoins aux
noms prestigieux s'appellent Henri Frenay, Jean
Munier, Patrice Pelat et Christine. Sabres au
clair, les officiers du « Bataillon Liberté » forment
une haie tout le long du tapis rouge déroulé sur le
parvis de l'église.

Je vois la scène en observatrice, comme s'il
s'agissait de quelqu'un d'autre. Que c'est beau.
Maman et son magnifique turban en tulle gris clair
et papa en jaquette.

Pendant le déjeuner, chacun découvre son voisin de table. François à ma droite, sa sœur aînée
à ma gauche. Elle aussi, coiffée d'un turban et
parée de quelques bijoux, m'impressionne un peu.
Elle me parle de « sa guerre » et de ses frayeurs
lorsque les Allemands ont été chassés par les maquisards et les résistants. Sa fuite dans une autre
région éloignée de Charente avec sa sœur cadette.

Je comprends bien que nous n'avons pas vécu la même guerre.

Ce jour-là, j'entrais dans une famille que j'allais découvrir. Je m'en ferai une opinion plus tard.

François regarde la montre de son voisin : 17 heures ! « Je dois partir », me dit-il. Qu'y a-t-il donc de plus important que son mariage ? « Où allez-vous ? » Il n'aime pas ce genre de question mais ce n'est pas un jour à assombrir. « C'est une réunion du MNPGD qui a lieu dans une salle du Club, avenue Matignon ! — Je vous accompagne ! » Et c'est en robe de mariée que j'assiste pour la première fois à une réunion de travail que dirige François.

À l'évidence, même si je prenais ma place dans la vie de mon mari, je devrais admettre que la plus grande partie de son temps serait consacrée à la politique et la mise en œuvre de ses convictions.

Désormais, je suis Madame Danielle Mitterrand, j'ai un foyer à gérer. À Auteuil, nous « squattons » quelques mois un appartement abandonné par les occupants allemands. Les formalités de location mises en ordre, nous habitons donc avenue du Maréchal-Lyautey, en bordure du bois de Boulogne. Un rappel de verdure en référence aux horizons verdoyants clunysois me familiarisera, croit-on, avec la vie parisienne dont j'ai à découvrir les richesses.

Ce n'était pas une bonne idée. Ce quartier sans âme, sans rue, sans animation m'a plutôt rebutée. Il était ennuyeux. Pourtant j'idéalisais un avenir d'espérances. Tous mes rêves se nourrissaient de la joie d'attendre un enfant. Tricoter, dédoubler des pelotes de laine, préparer une layette et organiser sa venue occupaient toutes mes pensées.

Et François ? Pouvez-vous l'imaginer en directeur d'une revue féminine ? Je crois que plus personne ne s'en souvient. Beaucoup sont morts, de ceux qui lui avaient trouvé ce travail rémunérateur. Eh oui ! directeur de *Votre beauté* ! journal de mode luxueux.

Dès le deuxième numéro, les ventes diminuent. Le cahier littéraire inclus entre les pages de promotion pour produits de beauté, crèmes rajeunissantes et coiffures des plus sophistiquées n'a pas eu l'heur de plaire aux lectrices de cette prestigieuse parution. Et le directeur « non rentable », après avoir été mis sur la touche quelques mois, est invité à donner sa démission, avant d'avoir définitivement coulé ce merveilleux journal que, de génération en génération, les dames de la bonne société trouvent dans les salons de coiffure les plus renommés.

À l'évidence François n'était pas destiné à remplir ce genre de mission et s'en libéra très rapidement. D'autant plus que, très préoccupé par l'avenir du Mouvement des prisonniers et par l'organisation du retour dès la fin de la guerre qui ne saurait tarder, il préférait écrire pour le journal *Libres…* Les missions qui l'amenaient en Allemagne pour l'ouverture des camps de déportés lui importaient davantage. C'est ainsi qu'il ramena d'entre les morts, depuis le camp de Dachau, son ami Robert Antelme.

Le 8 mai 1945, toutes les cloches de France sonnent la victoire définitive contre les nazis. Un beau jour de printemps. Tout le monde est dans la rue. Les Champs-Élysées, les grands boulevards, la Bastille et la place de la Nation bruissent des cris de joie, des concerts de klaxons des quelques voitures qui circulent dans la capitale.

Nous étions heu-reux ! Mon bébé s'agitait lui aussi. Nous avons fini la journée plus calmement, par une promenade au château de Chantilly. La campagne généreuse livrait tout ce qu'elle avait de plus lumineux dans sa variété de fleurs, de verdure et de rais de lumière.

Pour moi ce furent les derniers instants d'un bonheur sans ombre. Très malade jusqu'à la naissance du bébé et, quelques mois plus tard, sa mort — il fut victime d'une épidémie de choléra infantile —, je vécus un calvaire. Toutes ces épreuves m'ont définitivement fait tourner le dos à cette première tranche de vie parisienne.

Je passais mes journées de femme esseulée, de mère douloureuse, à la recherche d'autre chose, d'un sens à donner à ma vie.

Pour me rapprocher de François, j'imaginais être sa sténotypiste, à l'instar de celle que je voyais prendre en notes les discours et les interventions qu'il prononçait dans les meetings ou au cours des séances de travail. Je m'inscrivis au cours Pigier.

Ce n'était pas une bonne idée non plus. « Tu ne seras jamais ma secrétaire, ne mélangeons pas le travail et la vie familiale. »

J'abandonnai Pigier et mes projets.

Au cours des promenades qui conduisent mes pas entre le Quartier latin et Saint-Germain-des-Prés, où je retrouvais le Paris que j'avais parcouru le temps des vacances chez ma sœur, mon attention se fixe sur une vitrine Rougier-et-Plé.

Le petit outillage pour relieur m'inspire. J'entre, j'achète quelque matériel, un manuel d'apprentissage et je me dirige chez l'auteur pour quelques leçons.

J'avais trouvé ma voie. Pendant trente-cinq ans je pratiquerai cette profession et deviendrai une relieuse d'art reconnue.

Troisième partie

LA IVᵉ

25

Le Général et le retour des émigrés

Et l'Histoire, comment s'écrit-elle au fil des jours ?

Le 25 août 1944, j'ai vu de Gaulle au balcon de la mairie de Paris haranguer les Parisiens et la foule de résistants de l'intérieur qui lui ont ouvert le chemin.

« Paris ! Paris outragé, Paris brisé, Paris martyrisé, mais Paris libéré ! Libéré par lui-même, libéré par son peuple avec le concours des armées de la France, avec l'appui et le concours de la France tout entière, de la France qui se bat, de la seule France, de la vraie France, de la France éternelle. Eh bien ! Puisque l'ennemi qui tenait Paris a capitulé dans nos mains, la France rentre à Paris, chez elle. Elle y rentre sanglante, mais bien résolue. Elle y rentre, éclairée par l'immense leçon, mais plus certaine que jamais de ses devoirs et de ses droits... »

Il arrive avec son gouvernement provisoire de la République française et ses ministres débarqués d'Alger.

Dès le lendemain, il remercie les membres du Collège des secrétaires généraux qui ont joué le rôle de ministres d'un gouvernement insurrectionnel après avoir réinvesti les ministères. Il complète son gouvernement par deux d'entre eux seulement : Parodi et Frenay, qui remplace François Mitterrand au ministère des Anciens Combattants.

Le premier acte de ce gouvernement provisoire de la République française est de régler ses comptes personnels avec les Américains en s'opposant à la mise en place d'une administration alliée intérimaire. Une bonne initiative certes, mais pour des raisons qui n'étaient sûrement pas celles des résistants de l'intérieur.

Pour établir son autorité républicaine, son gouvernement envoie dans chaque région libérée un commissaire de la République qui prend la place du préfet régional de Vichy, mis en place naguère par... Michel Debré. Les comités locaux de la Résistance regimbent à céder un pouvoir qu'ils ont acquis par leur combat et la vie de nombreux camarades.

De Gaulle se précipite. Il crée l'ENA, l'École Nationale d'Administration, dont le principe est de fournir à l'État des serviteurs zélés, remarquablement formatés à la pensée dominante. Je ne commenterai pas. Il accorde le droit de vote aux femmes. Bravo ! Il met en place la Sécurité sociale et les allocations familiales... ce qui n'est pas pour déplaire au maréchal Pétain, dans sa prison.

Et en toile de fond, il lance en Indochine une guerre coloniale qui durera neuf ans, prélude à un conflit qui ne s'éteindra qu'en 1962.

Les résistants, dans leur ensemble, ont formé le projet de sortir de cette guerre avec des idées neuves, en tirant les leçons des manquements de la IIIe République. Ses tergiversations, ses atermoiements, ses changements de cap et finalement sa soumission devant les diktats de l'Allemagne ont généré un dégoût des « politiques » qui a conduit à un véritable chaos dans l'esprit des Français — de ceux qui ont fini par s'en remettre aveuglément au Maréchal. Mais les Allemands et Pétain chassés, les hommes et les femmes de la Libération ont une idée de ce pour quoi ils ont combattu. Ils ont bien entendu l'appel à l'union lancé par de Gaulle.

Ceux que je connais resteront unis et formeront un mouvement qui rassemblera les formations constituées selon les circonstances et les affinités des engagés. Il fédérera différents mouvements de la Résistance. Ses fondateurs, tous issus de la Résistance, s'appelaient Pierre Bourdan, François Mitterrand, René Pleven, Claudius Petit... On y trouva aussi, un temps, Henri Frenay et, étranges itinéraires : Jacques Baumel, Jacques Soustelle et même... Michel Debré. Certains ont combattu plus ou moins pour se libérer de l'invasion des nazis et mettre fin à la Collaboration qui a déshonoré le gouvernement de Vichy.

Ce mouvement sera l'UDSR : Union Démocratique Socialiste de la Résistance. Son premier objectif sera de « restaurer la moralité générale et la valeur morale des individus », selon son président-fondateur, Maxime Blocq-Mascart, ainsi que « de jeter les fondements d'une démocratie durable ». Certes la structure est attirante et les adhérents s'expriment librement. Ils y tracent chacun le chemin que leur chef de file emprunte pour sa chapelle.

Un dicton africain nous enseigne que l'« on ne met pas plusieurs crocodiles mâles dans un même marigot ». Quand un communiste craint l'influence d'un gaulliste qui pourrait tirer l'Union vers un destin conservateur et que ce même conservateur crache ses dents chaque fois qu'il prononce le mot « communiste », quand des socialistes se dévissent la tête en donnant simultanément raison à l'un et à l'autre, l'UDSR première manière ne pouvait pas survivre.

L'un de ses responsables, Henri Michel, constate : « En définitive, les mouvements de résistance ont constitué pendant quatre ans d'occupation une forme de combat qui s'est exprimée par un courant de pensée ; mais disparue leur raison d'être, le combat, ils n'échappent pas à ces fâcheuses habitudes de la vie politique française qui, bien que soit proclamée toujours la nécessité de l'union, poussent à un morcellement sans cesse croissant. Non seulement leur fragile union a vite disparu et ils sont entrés en compétition entre eux, mais ils ont ajouté leurs divisions à celles des partis politiques. »

Dès 1946, la constitution des listes pour l'Assemblée constituante est déterminante. Les adeptes de de Gaulle se précipitent et se présentent sous la bannière d'une liste de « soutien au général de Gaulle » ; les militants issus des formations chrétiennes se rapprochent du MRP ; les communistes rejoignent leurs camarades… et les autres, réduits à leur simple expression, ne font pas de miracles.

Tel fut l'échec du projet politique de la Résistance.

26

L'Hémicycle et les « hérétiques »

En octobre 1945, des élections et un référendum donnent la victoire aux trois partis rescapés de la Résistance : la SFIO, le PCF, et le MRP... « tripartisme » que contesteront ces autres résistants, gaullistes sentimentaux ou non gaullistes — comme François et ses amis. L'Assemblée constituante, issue des premières élections libres — où les femmes peuvent enfin voter —, instaurera la IVe République dont le projet de Constitution, après un premier rejet, sera adopté le 13 octobre 1946.

François n'adhère à l'UDSR qu'en 1947, alors qu'elle commence à se situer clairement contre le « tripartisme », le communisme, et se divise sur la politique de bons offices menée par son président René Pleven.

Est-ce que l'opinion publique a découvert François lorsqu'il s'oppose à l'inconditionnalité gaulliste de quelques-uns des adhérents à l'Union ?

« On commence comme cela, comme l'on commençait autrefois à penser, au cours des siècles, qu'il n'était pas permis de dire que César se trompait, qu'il n'était pas permis de dire que le dogme de l'Église pouvait tromper les hommes, comme il n'était pas permis de dire il y a seulement trois siècles qu'un monarque absolu pouvait se tromper, comme il n'était pas permis de dire, même sous la IIIe République — car il y avait encore des orthodoxies —, qu'il pouvait y avoir une liberté de conscience... Tout cela a existé, et si je comprends bien le sens de notre histoire, c'est précisément parce qu'après bien des peines, bien des luttes, en 1789 ou en 1848, et peut-être aussi en 1871 mais aussi en 1940, il a été possible à certains hommes de dire, contre les pouvoirs établis, contre les formules toutes faites, contre les enthousiasmes et les erreurs de tout un peuple, que l'on pouvait se tromper et qu'on avait le droit de le dire, même si l'on risquait la prison, l'échec, même si l'on courait le risque de se faire battre aux élections... Hérétiques ! ce sont ceux qui ont pensé que la grande révélation du monde moderne c'était tout de même la révélation du libre examen. »

Ce genre de discours présidait aux discussions que je pouvais entendre tout en m'occupant de mon bébé ou en vaquant aux travaux domestiques, quand les réunions se faisaient à la maison. Comment être surpris de me voir revendiquer, pour les autres, le droit à la parole ? Un père formateur, un mari dans l'action, un objectif... la liberté, je savais où j'allais, même si les chemins étaient semés d'embûches ou les stratégies difficiles à établir.

De Gaulle, en désaccord déjà avec les termes de la nouvelle Constitution, n'attend pas sa promulgation pour démissionner dès janvier 1946. De sa retraite, il manifeste sa permanence en lançant son très *célébré* « discours de Bayeux ».

Même s'il commence son discours en prétendant que les pouvoirs publics doivent s'accorder avec l'intérêt supérieur du pays (pourquoi supérieur ? moi, je dirais plutôt général), et qu'ils doivent rechercher « l'adhésion confiante » (pourquoi pas plutôt réfléchie ?) des citoyens, il suggère de ne point trop se précipiter et d'éviter « un achèvement rapide mais fâcheux ». Il met en garde contre la rivalité des partis qui revêt chez nous un caractère fondamental, remet toujours tout en question et sous laquelle s'estompent trop souvent les intérêts du pays.

Quel malin plaisir prend-il à décrire les bienfaits d'une dictature pour ensuite la suspecter ? Pour lui, la dictature est « une grande aventure » dont les débuts semblent avantageux, qui mettent en évidence le « contraste avec l'anarchie qui l'avait précédée ».

Préfigurant ce que sera la Constitution selon ses vœux, de Gaulle attend que les législateurs donnent au chef de l'État des pouvoirs législatif, exécutif et judiciaire, et souhaite que soit établi « un arbitrage national » qui place le chef de l'État « au-dessus des partis ». Tout pouvoir personnel, autrement dit !

Il devra patienter treize ans pour présenter ce qui lui convient et exercer son « coup d'État permanent ». Il s'en donnera les moyens.

La Constitution de la IVe République adoptée, le jugement critique de François n'est pas particulièrement tendre avec la nouvelle politique issue des urnes...

« De la même façon, la France de la Libération s'assoupit comme si rien ne s'était passé entre 1940 et 1944. De Gaulle, que tant de tempêtes avaient assailli sans jamais l'ébranler, s'évanouit et disparaît à la première égratignure que lui fit un Parlement-croupion. L'ancien régime s'installa dans les mêmes palais, fit cesser les tumultes au commandement de la même sonnette, repeupla les mêmes couloirs, retrouva sans gêne et sans peine le fil des mêmes intrigues. Et à la génération qui, dans l'intervalle, avait grandi ou vieilli au combat, il ouvrit le chantier d'une nouvelle Constitution... Son application douteuse prouve en tout cas, une fois de plus, la vanité des textes devant la force des coutumes. »

« La Nièvre ? Tu mènes une liste pour les élections législatives dans la Nièvre ? Et pourquoi ce département ? — Parce que je suis l'un des plus jeunes candidats en France et que tous les sièges gagnables ont été répartis entre les caciques. Il me reste le choix entre la Vienne et la Nièvre. Les votes au dernier référendum m'incitent plutôt à me rapprocher des Nivernais. »

Bon, allons faire campagne et découvrir en même temps cette région qui va devenir durant toute notre vie le centre de toute notre attention, celui des amitiés les plus solides et un ancrage

dont les racines puisent toutes les richesses dans
la sagesse et le bon sens.

Le Morvan, mitoyen de « ma » Saône-et-Loire
familiale, est aujourd'hui encore ma terre de prédilection, alors que François nous a quittés depuis plus de dix ans.

Nous étions jeunes, dynamiques, et n'avions
pas les deux pieds dans le même sabot. Nous étions
quatre ou cinq seulement, avec des colistiers que
nous avons découverts deux heures avant de déposer la liste à la préfecture. Dans le hall de l'hôtel ami qui nous héberge, nous confectionnons
des affichettes que nous collons la nuit et nous
traçons les itinéraires qui nous conduisent d'un
préau à une halle ou dans une salle de mairie
quand l'élu veut bien se montrer accueillant.

Perdus, la nuit, dans le dédale des chemins
morvandiaux, sillonnant l'épaisse et mystérieuse
forêt celtique, il nous est arrivé de nous abandonner à sa protection et de dormir dans la voiture,
au bord de la route, serrés l'un contre l'autre,
tremblants de froid, et protégeant mon gros ventre enceint de huit mois.

En trois semaines, les salles, pour ainsi dire
vides les premiers jours, étaient pleines à craquer
en fin de campagne. Et François a gagné...

19 décembre de la même année, Jean-Christo-
phe arrive. Dès son premier souffle, il capte tous
les souvenirs de Pascal, ce fils aîné qui habite mes
pensées. Cette journée de grand bonheur, traver-

sée de pleurs et de rires, est le reflet d'un grand
désarroi que je ne maîtrise pas très bien.

Vingt-deux ans, je venais d'avoir vingt-deux ans.
Tout se précipite, je n'ai pas le temps de m'identifier à la jeune mère tourmentée par la responsabilité de mener à bien son rôle de protectrice, de
nourrice attentive, qu'un mois plus tard, à peine,
je monte les escaliers monumentaux du ministère
des Anciens Combattants pour y remplir une tâche
qui incombe à l'épouse du ministre en place.

Peu douée pour les commémorations et les pré-
sidences de jurys chargés d'évaluer un dédommage-
ment pour la mort d'un père, je n'ai pas tardé à
déléguer cette mission à des personnalités, épouses d'officiers hautement gradés et expertes dans
cet exercice. Elles étaient très flattées de ma confiance, et moi soulagée d'un rôle qui ne me convenait pas. L'argent, compensateur d'un drame
familial, instinctivement me choquait.

Mes premières visites auprès des victimes de
traumatismes dus à la guerre et, beaucoup plus
tard, dus à la violence sous toutes ses formes
datent de cette année 1947. Le chemin qui me
conduira aux non-violents, au Dalaï-Lama et à
ses adeptes s'ouvrait devant moi jusqu'à la fin de
mes jours.

Je laisse à la lucidité de François le soin de livrer sa réflexion sur cette période qui le vit ministre à plusieurs reprises au fil des gouvernements
qui se succédaient. En trois citations, il analyse la
situation politique du moment et nous met dans
l'ambiance :

« Née dans l'équivoque d'une révolution manquée et d'une victoire douteuse, la IVe République avait reçu en héritage les manies et les travers de la IIIe, morte six ans plus tôt dans la ruine et l'opprobre. »

« Rarement dynamique, souvent peureuse, toujours prudente, la IVe République assura sa permanence par des méthodes de gouvernement qui laissent croire que la France de la deuxième après-guerre avait choisi d'ignorer le monde bouillonnant et désordonné d'alentour. Elle se mettait hors d'état de résister aux exigences du monde moderne. »

« Un homme pourtant pressentait à la fois l'ébranlement de la société coloniale et la chance française d'inventer une communauté politique originale, le président Vincent Auriol. Il n'eut pas le temps ni les moyens de vaincre et de convaincre les forces qui en Afrique et en Asie entraînaient ou retenaient la France dans la répression et la guerre. »

Sans l'ombre omniprésente d'un Général absent, auto-investi d'une légitimité fabriquée, il en aurait été autrement et « en conséquence la politique française était tellement figée que jamais elle ne précédait ni ne préparait l'événement ». Les renversements se succédaient au gré des problèmes créant des crises, problèmes fallacieusement résolus par les changements de gouvernement. Un ministère par problème ! Et pourtant, douze

ans durant, la France a relevé ses ruines et con-
crétisé des mesures avancées déjà par le Front populaire.

Après les Anciens Combattants, j'habiterai désormais avec un secrétaire d'État à la Présidence,
chargé de l'Information. À ce ministère, François
succéda à Pierre Bourdan, disparu en Méditerra-
née, un jour de tempête, en 1948. La notoriété
du « Français qui parlait aux Français », depuis la
radio de Londres pendant l'Occupation, amplifia
le sentiment désastreux que les résistants ressenti-
rent à sa mort. L'UDSR perdait un de ses membres déterminants.

La famille Mitterrand avait quitté Auteuil, sa
proximité avec le bois de Boulogne et ses charmes
« nouvelle bourgeoisie », pour s'installer en bordure du jardin du Luxembourg. L'immeuble avait
été dévasté par l'armée allemande, puis « squatté »
par une association d'entraide aux femmes dépor-
tées et aux épouses de déportés morts dans les
camps. Le Vatican, propriétaire, loua pour une bou-
chée de pain à qui prendrait l'engagement de restaurer l'appartement, en cinq ans, et de rendre les
pièces à leur destination de chambre ou de salle à
manger. Je découvris dix-sept douches... à l'intention des soldats de Hitler, les boiseries et les
planchers brûlés au temps des grands froids d'hiver.
Nous étions enthousiastes et entreprenants. En
quelques années, le quatrième étage, au 4 de la
rue Guynemer, devint digne... de sa notoriété
d'aujourd'hui. Mais nous savions bien qu'un jour

il nous faudrait partir, réalisant que, vieillissants, à la retraite, le prix du loyer nous serait inaccessible.

Nous avons quand même attendu 1971 pour acquérir encore une fois une ruine à restaurer et changer d'adresse pour le Vᵉ, rue de Bièvre.

En février 1949, désormais, nous sommes quatre. Un deuxième petit garçon, Gilbert, complète notre famille. Mercredi, jour de Conseil des ministres. Deux pères en attente arpentent les couloirs de la clinique du Belvédère.

« Monsieur Mitterrand, vous avez un beau garçon. » Un petit baiser pour la maman, un regard attendri pour le nouveau venu, et il s'éclipse. En quittant la chambre, il demande l'heure à son compère impatient. « Je vais être au Conseil avant toi, j'expliquerai la raison de ton retard, bonne chance. »

Les premiers postes de télévision en noir et blanc font leur apparition dans quelques foyers de nantis. Le champ de la télévision ouvre des horizons dont on n'imagine pas encore l'impact. Pour l'heure, il s'agit de décider de la définition des lignes.

Cela m'a valu des rapports délicats avec les fournisseurs des différentes définitions. La pression des entreprises, leurs bonimenteurs et les tentations auraient pu frôler la corruption. Leur insistance en devient comique pour moi qui, déterminée et bien protégée par une éducation rigoureuse, oppose une carapace sans faiblesse. Il m'est arrivé, revenant du marché, les bras chargés de victuailles, de trouver en état de marche un poste de télévision installé pendant mon absence. Les commerciaux m'attendaient pour me faire signer un bon de commande que je n'avais pas sollicité. « Vous n'aurez rien à payer, c'est un cadeau de la maison. — Reprenez immédiatement votre matériel, je n'ai rien commandé et je n'en veux pas ! »

27

Le voyage d'Afrique

Durant cette période, mes connaissances de l'Afrique subsaharienne et ma curiosité pour se continent se développèrent grâce au long voyage qui commença par une mission au Congo-Brazzaville. Le nouveau ministre doit s'informer sur l'état des communications intercontinentales et avec la métropole.

Le périple nous amena ainsi à Libreville où le gouverneur avait convaincu le capitaine d'un bateau-usine de traitement de la baleine d'organiser une demi-journée de pêche... Ce fut l'horreur, un massacre, après avoir épuisé à la course ces mastodontes particulièrement sympathiques qui croyaient peut-être qu'il s'agissait d'un jeu. De ce jour, j'ai su que je militerai pour la défense des animaux qui ne sont pas destinés à contribuer à la rentabilité des marchands de mort. De plus, les marins, embarqués depuis des mois, avaient perdu le sens de l'hospitalité et faillirent bien violer les deux jeunes femmes qui accompagnaient les « personnalités ». Très mauvaise journée qui m'apprit beaucoup sur la sauvagerie des hommes !

La tournée africaine se poursuivit par Bangui, en Oubangui-Chari (aujourd'hui République centrafricaine). La tradition du bien-recevoir commandait d'organiser une chasse à l'éléphant.

Oh ! la promenade fut magnifique. Nous fîmes des kilomètres en command-car, parcourant la brousse pendant des heures avant de dresser les tentes qui devaient nous abriter et protéger le campement. Le méchoui, la nuit tombée, le sommeil troublé par les rugissements d'un lion à la recherche de sa femelle ne nous laissèrent pas particulièrement reposés, lorsqu'à cinq heures du matin nous nous préparâmes à suivre les traces du troupeau d'éléphants repéré par le grand chasseur de la région.

En file indienne, en silence, nous marchons cachés par les hautes herbes. La discipline me pèse, aussi je m'écarte pour cueillir une fleur et reste à la traîne. Il faut m'attendre, m'appeler même. Les singes s'agitent et préviennent les alentours d'une présence sans doute mal intentionnée. Enfin le « marigot » où les éléphants sont venus boire s'étale devant nous, l'eau est limpide. Plus d'éléphants. Quelle chance, m'écriai-je ! Comme le regard noir des chasseurs professionnels et la déception de la délégation du ministre m'ont fait chaud au cœur !

L'eau est douce, nous nous y baignons et, dans une joyeuse pagaille, reprenons le chemin du camp. Un petit garçon de dix ans nous y attend. Il raconte à son père, notre guide, qu'il a dû passer la nuit dans un arbre pour ne pas servir d'exutoire à la vengeance du lion qui rôdait autour de

lui. Cet enfant-là, qui maîtrise parfaitement sa
peur et connaît les lois de son environnement, que
deviendra-t-il ? À ce moment-là, j'aurais parié sur
la richesse humaine de ce continent africain. Peut-
être était-il parmi nous lors du Forum social
mondial à Nairobi ? Ou son fils — pourquoi pas ?
Ah ! ces Africains qui construisent eux aussi la
politique mondiale de l'avenir.

Le Soudan anglo-égyptien — Khartoum et son
immense réserve — est à portée du petit avion qui
nous y transporte.

On ne parlait pas du Darfour à l'époque et, en
quelques heures, je n'y ai capté que les impressions d'une touriste accablée par une chaleur
écrasante. Le survol du long fleuve, depuis la
jonction du Nil Blanc et du Nil Bleu jusqu'à la
Vallée des Rois, nous permit de faire la connaissance d'un ethnologue, passionné au point d'y sé-
journer nuit et jour jusqu'à la fin de sa vie. Un
aperçu de ces milliers d'années en quelques heures me fait promettre d'y revenir.

Les hommes de notre ère commerciale en ont
décidé autrement : ils ont noyé la Vallée des
Rois[1], transporté les Colosses, et le Nil travaille
désormais au rendement économique du pays, de
son PIB, mais sûrement pas pour la population
égyptienne qui en aurait le plus besoin. Pourquoi
en serait-il autrement en Égypte que dans l'ensemble du monde ?

En quelques quarts d'heure, nous atteignons

---

1. Noyade initiée par les Soviétiques, à la demande de Nas-
ser. Mais qu'en pensaient les Égyptiens ?

Amman, la capitale de la Jordanie. Une vue d'ensemble, et en route pour Jérusalem, en voiture cette fois. La frontière israélienne coupe la Ville sainte en son milieu. Du côté arabe, nous visiterons trop rapidement les Lieux saints et la Grande Mosquée. Athènes et le Parthénon nous attendent pour une dernière étape.

Je commence à m'ennuyer de mon bébé, tous ces paysages passent trop vite. Un sentiment de frustration recouvre les souvenirs fugaces, qui s'estompent. Je suis fatiguée. Cluny, Cluny se présente comme le rêve du voyageur épuisé. Tout compte fait, je n'ai rien vu de plus beau que la vallée de la Grosne.

La mission se termine. Une petite semaine en ce milieu de mois d'août, tout le monde est en vacances. Pas de Conseil des ministres, et maman s'occupe de notre petit Gilbert.

Au ministère de la France d'outre-mer, François était à son affaire. D'abord parce que ce ministre en bout de table ne voyait jamais ses dossiers arriver en discussion. En définitive, il prenait acte de la responsabilité qu'il endossait d'établir une stratégie et de régler certains problèmes sans discussion stérile...

Ainsi, François tenta d'amorcer une politique nouvelle de concertation. Tendre la main aux réprouvés, libérer les emprisonnés, épargner la cour d'assises aux meneurs... c'était, paraît-il, se rendre complice de « l'anti-France ». Les élus du parti gaulliste, le RPF, n'en pouvaient plus de rage à l'adresse de celui qui « éliminait » la présence française, « bradait » nos colonies, « ouvrait la porte à la contagion stalinienne ».

Activer le clan nationaliste en France pour reconquérir le pouvoir est certes une stratégie efficace. Mais l'ambition du pouvoir doit-elle favoriser l'injure, les procès d'intentions sulfureuses, le déshonneur pour abattre un opposant ?

Le discours de Brazzaville, qui reconnaissait « l'œuvre de civilisation accomplie par la France » mais écartait, dans le même temps, « toute possibilité d'évolution hors du bloc français de l'Empire », selon de Gaulle, ne trompa personne. « La constitution, même lointaine, de self-government dans les colonies est à écarter », disait-il alors.

L'œuvre de civilisation en Afrique devait-elle passer par l'extermination et la sécession ? Pour avoir lutté contre l'abrogation du travail forcé, contre le Code du travail, contre le suffrage universel, contre les conseils municipaux, contre les assemblées locales responsables, contre le collège unique, contre tout embryon de pouvoir décentralisé, contre la fédération, contre l'intégration, contre l'indépendance, les conflits devenaient inévitables. De même que la guerre en Afrique du Nord. Bravo, messieurs les députés gaullistes !

Seulement, la mémoire n'est pas le propre des Français !

Et ce fut le général de Gaulle qui, après avoir, par le truchement de ses élus, vilipendé le régime impuissant à sauvegarder le domaine colonial de la France, paracheva sans vergogne la décolonisation entreprise par d'autres avant lui.

Passées à la trappe, les espérances qu'il avait flattées dans l'esprit des colons !

François voyageait beaucoup et nous recevions à la maison de nombreux Africains qu'il considérait comme des partenaires avant qu'ils ne deviennent des amis.

François gêne les gaullistes

L'évocation du ministère de l'Intérieur dans le gouvernement de Pierre Mendès France, en 1954, et celui de la Justice, en 1956, ne me rappelle que des moments de tracasseries, de mauvaises manières.

Pour abattre la légalité, le complot, l'attentat, la machination, la conspiration sont des armes que l'amoralité politique recommande.

François, cible privilégiée, ne fut pas épargné. L'affaire des fuites, en 1954, annonce l'affaire de l'Observatoire, en 1959.

Le grand penseur et ordonnateur de la France géniale, depuis La Boisserie, au creux des collines entre Champagne et Lorraine, s'est-il montré agacé par ce jeune ministre de la France d'outre-mer qui envisage une décolonisation concertée et qui a su rassembler les élus africains et les compter au sein du parti avec lequel il faut pactiser pour constituer les gouvernements ? Les élus du RPF (Rassemblement du Peuple Français), créé par le général de Gaulle dès 1947, n'auront de cesse de neutraliser cette formation. Et le meilleur moyen sera de déshonorer le tout récent président de l'UDSR, François Mitterrand.

En ce temps-là, on pouvait croiser dans les couloirs de l'Assemblée nationale un certain Jean Dides, homme de mauvaises manières.

En charge de la 5ᵉ section des RG qui traque les résistants étrangers sous Vichy, il s'est reconverti dans la lutte anticommuniste après la guerre. Membre du RPF dès 1947, il devient le principal adjoint dans cette mission du préfet de police de Paris, Jean Baylot. Décrédibiliser le ministre de l'Intérieur jugé trop favorable à la décolonisation et, de ce fait, accusé d'être un « crypto-communiste », telle est la mission qu'il se vit confier.

Vouloir résister à la désinformation gaulliste et de l'extrême droite portée par ceux qui veulent se venger de Diên Biên Phu et de la « perte » de l'Indochine semble illusoire. Ils réussiront en partie à faire admettre à leurs partisans la traîtrise d'un membre du gouvernement, puisque cette sourde rumeur poursuivra le ministre de l'Intérieur jusqu'à la chute du gouvernement de Mendès France.

L'ancien secrétaire général du SGP (Syndicat Général de la Police), Jean Chaunac, déclarera ainsi dans un entretien avec l'historien Maurice Rajfus :

« Dès 1947, avec l'aide du commissaire Jean Dides, le pouvoir met en place une police de l'ombre susceptible de monter des mauvais coups, de pratiquer le *fichage*, *l'espionnage* et la provocation d'une manière structurée. S'ajoute à cela la mise en place de réseaux dont le rôle est d'intimider les

témoins. Tout ce système de perversion civique
sera institutionnalisé avec l'arrivée de *Jean Baylot*
à la tête de la préfecture de police, en 1951. »

« François, j'ai l'impression que nous sommes
suivis... » Patrice Pelat était au volant. « Oui... »,
et pour s'en assurer, Patrice prend une rue en
sens interdit. La voiture suspecte n'hésite pas à
nous suivre dans l'infraction. Que veulent-ils ?
Nous faire peur ? Nous tirer dessus devant la porte
de notre immeuble ? Nous les savions capables
des pires violences. Ce n'était pas leur intention
du moment. Jouer avec les nerfs de la proie semble les amuser plus sûrement. Plutôt convaincre
de trahison le ministre de l'Intérieur du gouvernement Mendès France, faire d'une pierre deux
coups. Discréditer le président du Conseil et faire
payer à son ministre de l'Intérieur la démission
obligée du préfet de police, Jean Baylot, protecteur des basses œuvres de Monsieur Dides.

Il est tellement facile de voler les comptes rendus du Comité de défense nationale dans le coffre
du secrétaire, le haut fonctionnaire Jean Mons.
Les faire copier et les transmettre au parti communiste par l'intermédiaire du journaliste André
Baranès. Puis signaler à ses chefs « cette fuite », en
orientant le soupçon vers Mitterrand... et le tour
est joué.

L'enquête menée par le président du Conseil
aboutit. La supercherie est découverte deux mois
plus tard. Mais la victime ne pardonnera pas. Les
méthodes des sbires du général de Gaulle ne sont
pas dignes de sa légendaire réputation d'homme

intègre. Jean Dides sera révoqué de ses fonctions
de commissaire. Il ira chasser ailleurs.

François, ce jeune quadragénaire, n'en finit pas
d'indisposer le Grand Homme des Français. Il
écrit, tient des chroniques. Il révèle des situations,
dénonce des intentions ; il analyse les généreuses
annonces et en démonte les contradictions dans
des applications à l'opposé de l'espoir éveillé.

En Afrique, le travail de terrain auprès des personnalités souvent écartées, ou emprisonnées qu'il
a fait libérer, le met en situation de se trouver en
face d'interlocuteurs représentatifs de la population — comme Félix Houphouët-Boigny. C'est
aller à l'encontre des visées des élus gaullistes.
Seuls Foccart, les gouverneurs et leurs administrateurs ont, soi-disant, le savoir et le pouvoir
d'informer. Les volées de bois vert, les invectives,
les injures et les menaces n'ont pas manqué à
l'encontre de ce ministre de la France d'outre-
mer atypique.

« Suppôt du communisme », « bradeur des colonies françaises », « traître à la patrie »... à quoi
pense-t-il donc, ce ministre ? Est-ce de la provocation quand il invite à une réception officielle ce
jeune médecin, chef du RDA, Rassemblement
Démocratique Africain, qui réunit alors une partie des élus partisans d'une plus grande justice et
d'une véritable démocratie ? Félix Houphouët-
Boigny, député de Côte-d'Ivoire, vit depuis 1950
en semi-clandestinité, la police le tenant pour responsable de troubles récents qui agitent la région.
En dépit de ces poursuites, une entrevue organi-

sée par le ministre permet d'élaborer un compromis qui évitera une rupture brutale. Il engage la France à appliquer en Afrique-Occidentale française les réformes politiques et sociales indispensables, à libérer les dirigeants du RDA emprisonnés, ce dernier renonçant en contrepartie à toute action illégale. En confiance, à l'Assemblée nationale, les élus du RDA quittent le groupe communiste pour rejoindre l'UDSR, parti de François Mitterrand.

Je comprends bien que le Général, qui dessine le monde à son aune de militaire, ne peut admettre qu'un freluquet de trente ans son cadet le contrarie encore longtemps.

La machine se met en place : son instrumentateur se montre. Nous allons découvrir ce que savent faire les hommes de main du gaullisme.

Un jour, au cours d'une réception en Côte-d'Ivoire, François exige la présence de Félix Houphouët-Boigny, alors proscrit et recherché. Derrière lui, il entend le gouverneur menacer le leader du RDA : « Toi ! tu ne perds rien pour attendre ! » François s'indigne de ce ton et de ce que cela suppose. « Vous avez vingt-quatre heures pour quitter Abidjan ! »... ordonne-t-il au gouverneur qui doit encore s'en souvenir.

Je suis bien certaine que de Gaulle n'avait pas manqué de lire *Aux frontières de l'Union française*, ouvrage de François, paru en juin 1953, préfacé par Pierre Mendès France lui-même. Dès les premières lignes, il rend hommage à la lucidité et au courage intellectuel et politique de l'auteur dans sa recherche de solutions. Il aurait pu être judicieux de s'imprégner d'une pensée visionnaire. Reconnaître le rôle qu'aurait pu tenir une France humaniste aurait été le passage naturel entre une Afrique moderne et une Europe unie, le lien entre cette Afrique de plus en plus musulmane et une Europe plus judicieusement accueillante.

Paris aurait pu aussi favoriser le passage d'une Afrique encore tribale, rassemblée et instruite d'une expérience déjà tristement vécue par les peuples européens eux-mêmes, au fil des guerres meurtrières, mais qui cherchent à s'unir dans la paix. La rigueur du christianisme, trop souvent identifié à l'histoire des blancs, les heurte-t-elle ? « Si la foi et la ténacité des prêtres et des pasteurs qui enseignent, protègent et soignent ont obtenu des résultats en profondeur, il faudra du temps pour faire dériver le courant venu du Proche-Orient », écrit François dans les années 1950.

Qu'en est-il aujourd'hui ? Dans ces années d'après-guerre, si nous constatons que sur dix animistes convertis au monothéisme, sept vont à l'islam, on doit en chercher les raisons. On peut retenir la moindre exigence du Coran, qui tient compte des habitudes, du climat et des mœurs ancestrales des Africains.

Ce serait baisser les bras et faire preuve de trop de pessimisme que de penser que tout est perdu. D'autres aujourd'hui devront s'élever contre la fatalité d'une pauvre Afrique exploitée pendant des siècles en lui volant ses hommes et ses biens. Maintenant, elle veut et se met en demeure de vivre et de relever le défi du devenir. Elle s'en donne les moyens.

Je comprends bien que le Général ne pouvait admettre que François rende hommage à ces peuples africains de n'avoir pas voulu arracher à nos faiblesses dues au malheur de la guerre ce qu'ils attendaient des propositions élaborées en commun, en cessant de penser à leur place.

Au moment où s'accomplit en Afrique la grande rencontre salvatrice des hommes, des races, des croyances... au moment où d'immenses espaces s'apprêtent à recevoir tout le savoir des peuples du monde, quelle civilisation pourrait s'y déployer ? L'autre monde possible peut alors se dessiner.

Ils espèrent des projets audacieux et des initiatives promptes. Mais les colonialistes désirent seulement restaurer un système périmé de privilèges. Sur leur terre africaine, ils ont reçu le discours de Brazzaville du Général comme l'affirmation de la pérennité. Faire partie de la nation française signifie qu'il appartient « et n'appartient qu'à elle, de procéder, le moment venu, aux réformes impériales de structure qu'elle décidera dans sa souveraineté ».

Et l'Union française, qui en est issue, entérinée par la Constitution de 1946, leur vaut de rudes épreuves. Les massacres en Algérie d'abord, dès 1945, à Madagascar et en Côte-d'Ivoire ensuite, mais aussi en Tunisie, au Maroc. Quel désastre au Tonkin, au Laos et au Cambodge ! Les populations en sont sorties disloquées. La force des

armes et de la terreur n'a pas eu le dernier mot.
Mais le mal est fait et notre histoire de Français
doit l'assumer.

Je me souviens d'avoir participé, à Tananarive,
à l'initiative du père Pedro qui consiste à sortir de
la plus sordide des misères une population abandonnée, condamnée à trouver sa pitance dans les
ordures de la ville. J'allai à sa rencontre sur un
chantier de construction des maisons que mon
ami Pedro avait pu mettre en place, soutenu par
un mouvement solidaire et grâce au travail et à
l'enthousiasme de ceux qui en bénéficieront. Je
pouvais encore être utile, en obtenant du Président d'alors, Didier Ratsiraka, le titre de propriété
du terrain squatté, appartenant à l'État.

Je me trouve donc à Tananarive dans ma situation d'épouse de chef d'État, invitée par le Président. Il me fait les honneurs de sa capitale et
organise pour moi une visite du château de la
reine Ranavalona et du musée qu'il abrite. Je parcours les salles avec beaucoup d'intérêt, jusqu'à
celle qui rassemble les documents photographi-
ques de la lutte pour l'indépendance. Le cœur
serré, bouleversée et honteuse à la fois, je confie à
l'oreille de mon accompagnatrice amie : « Devant
ces témoignages, nous ne sommes pas fières
d'être françaises. » Ma gêne fut rapportée au Président. Il s'excusa de l'indélicatesse du conservateur, qu'il s'apprêtait à sanctionner. « N'en faites
rien, monsieur le Président, au contraire, je tiens
à le féliciter pour la présentation pédagogique de
son musée. Les Français savent bien qu'ils doi-

vent assumer leur Histoire, même si elle est parfois inhumaine et barbare. »

Y a-t-il une autre façon de concevoir nos rapports mutuels et nos échanges à part celle du respect des uns pour les autres ? Être exemplaire et servir de modèle aux autres parties de l'Union française sans en arriver à la grande braderie précipitée que ma génération a connue.

« Si au contraire, nous voulons rechercher les fondements modernes d'une unité durable, écrivait François en 1953, *il faudra tailler dans le vif, réformer les institutions, choisir parmi les objectifs qui se proposent.* » Préparer la décolonisation dans la dignité.

Il y a cinquante ans, était-il impossible d'éclairer la large fraction de l'opinion publique qui continuait ses discussions au café du Commerce avec des slogans ineptes et stériles qui l'empêchaient de raisonner ? Du genre : « Ne pas perdre la face » ou « En Afrique, on ne respecte que la trique ». L'opinion n'avait-elle pas remarqué les changements qui s'étaient produits, à l'épreuve du feu, depuis la fin de la guerre dans tous les pays sous tutelle ? Et cette opinion s'en tenait-elle à quelques données simplistes qui confortent les illusions de nos responsables ? L'enseignement a-t-il été si peu concluant, pour que ce soient les mêmes, toujours au café du Commerce, qui entonnent les refrains du Front national ?

Alors que l'Afrique cherche son avenir, au retour de ses valeureux soldats, elle attend aussi de la France une solution humaniste.

Depuis son éclat de mauvaise humeur qui l'avait amené à se retirer des affaires en janvier 1946, parce que les Constituants ne répondaient pas à ses vœux, le Général trouvait le temps long.

Cahin-caha, cette IVe République suit son chemin.

Tout compte fait, elle ne se débrouille pas si mal dans la gestion des événements sociaux. Et le RPF se donne beaucoup de mal pour ferrailler et disqualifier les élus des autres partis. Dans sa fausse retraite, de Gaulle prépare son retour et réfléchit à sa propre Constitution. Un rassemblement très large, recommande-t-il. Son ambition est de compter les adhésions de membres de tous les partis, sauf du Parti communiste. (Je ne peux m'empêcher de faire un rapprochement avec les intentions de l'UMP qui, aujourd'hui, ratisse vraiment large elle aussi.) Il ne veut pas d'un parti, et pour cause, puisque ses objectifs sont de « lutter contre le régime des partis », mais il veut avant tout préparer une Constitution faite pour lui-même, et principalement éradiquer les « séparatistes », c'est-à-dire les communistes.

Et pourtant, quand ça l'arrange, c'est bien avec les communistes, Mendès France et l'UDSR, que le RPF s'associe pour mettre à mal la CED, la Communauté européenne de défense ! Le RPF s'emberlificotera au gré des manigances d'un Michel Debré particulièrement haineux et s'empêtrera dans ses propres intrigues. Il rendra l'âme et mettra fin à ses activités en 1953… Pour renaître de ses cendres, tel le Phénix, sous d'autres initiales perpétuellement changeantes. N'ayant plus de

support avoué à l'Assemblée, retiré à Colombey-
les-Deux-Églises, le Général attend qu'un événement se dessine, qu'il pourrait savamment utiliser
pour être rappelé aux affaires.

La guerre en Algérie !

Ce sera la guerre d'Algérie, déclenchée par l'insurrection du 1ᵉʳ novembre 1954. Pendant quatre
ans, les gouvernements se succéderont, le régime
ira de crise en crise, de plus en plus rapprochées,
de plus en plus graves. La IVᵉ République se laissera dépasser par des événements manipulés en
son sein.

Je me souviens d'une visite à Oran, en 1947,
chez Georges Dayan, camarade étudiant du Quartier latin d'avant-guerre, compagnon de chambrée
de François à la caserne des Oursines, boulevard
de l'Observatoire. François était tout heureux de
lui présenter sa jeune femme, sœur de « Madou »,
dont le souvenir restait vivace à l'esprit de ceux
qui se réunissaient au Capoulade pour refaire le
monde.

C'était le sort de l'Algérie qui les occupe. Car
« le temps est venu de reconnaître que les Algériens, du fait de la guerre, s'ouvrent sur le monde
et sont en droit de revendiquer leur identité. Les
accompagner vers l'autonomie de la gestion de
leur quotidien s'impose », disait François. En

confiance, ils resteront « intégrés » à la France. « Offrir des chances égales à tous ceux, quelle que soit leur origine, qui naissent sur le sol algérien », tel est l'objectif. Mais ce discours n'était ni entendu, ni appliqué dans la vie de tous les jours.

Des années plus tard, il dira : « Je n'ai pas épuisé ma faculté d'indignation à la vue de ces Français qui s'approprient la France. La déviation du patriotisme qui permit à quelques grands intérêts d'alimenter les guerres coloniales ne m'était pas supportable... Combien de sociétés ont amassé d'immenses réserves financières en exploitant les colonies et ont laissé aux contribuables métropolitains le soin de payer 90 % des investissements... »

« J'avais cru, confiait encore François, que la société coloniale pourrait se transformer autrement que par la violence. À l'expérience j'ai compris qu'elle était en soi, la violence, que la violence la gouvernait, que la violence lui répondait et que pour sortir du cycle de la violence, il fallait sortir de la société coloniale, qu'il n'y avait pas de solution moyenne. »

À quoi bon vouloir convaincre les uns et les autres qu'il est de leur intérêt de renverser la politique traditionnelle ? Chaque fois qu'une mesure se dessine en ce sens, d'instinct, ils font bloc contre toute forme d'émancipation.

En 1954, l'Algérie constitue toujours trois départements français. Pierre Mendès France est président du Conseil et son ministre de l'Intérieur, François Mitterrand, se doit de maintenir l'ordre sur le territoire. Les auteurs d'actes de

violence devront être sanctionnés et les instiga-
teurs poursuivis. « Il n'y aura aucun ménagement
contre la sédition, aucun compromis avec elle,
confirme Mendès. On ne transige pas lorsqu'il
s'agit de défendre la paix intérieure de la Nation,
l'unité, l'intégrité de la République. »

Et pourtant tous deux savent bien que le droit
des peuples à l'autodétermination dont ils sont les
défenseurs se revendique, non par la menace, ni
par des attentats d'une part, ni par la répression
qui en résulte d'autre part, mais par une série de
mesures concertées. François est ministre de l'Intérieur depuis quelques mois seulement.

La confiance épuisée, le 1er novembre 1954, un
mouvement rebelle prend le parti de se révolter et
commet une série d'actes terroristes. Malgré l'établissement d'un plan de réformes qui visaient à
l'intégration et non à l'indépendance, la colère
des partisans de l'Algérie française ne se fait pas
attendre. La presse d'Alger tire à boulets rouges
et dénonce le caractère « démentiel » du plan.

Ce fut la chute du gouvernement.

« Ils veulent tout garder, et ils vont tout perdre
[...]. Ah ! ces nationaux ! Ils sont les dignes fils de
la droite de Versailles qui ont préféré Bismarck
aux communards et aussi les dignes descendants
de la droite de Vichy supernationale qui a voulu
réparer le tort fait par le Front populaire à la religion, à la famille et aux bonnes mœurs. Mais qui
a torturé, assassiné, envoyé la jeunesse au travail
pour Hitler, en Allemagne ? Ce sont de fiers nationaux, certes ! Ceux qui ont épuisé la France
dans des guerres lointaines pour l'intérêt de quel-

ques-uns. Cette France qu'ils aiment comme un coffre-fort, ceux qui la rabaissent à un slogan électoral », rageait François.

Ils ont fini par entraîner dans leur intégrisme les Français qui ont cru de bonne foi que leur patrie était en Afrique du Nord, alors qu'elle leur serait contestée par les Algériens qui les voyaient comme des implantés européens.

Et cela a recommencé avec de Gaulle. Être national, c'est être avec de Gaulle. On bombe le torse et on chante *La Marseillaise*, juste le refrain, pour les couplets on fredonne « la la la ». Il est loin, le patriotisme clairvoyant du 18 juin 1940. Eh oui, ce patriotisme des nationaux, qui était celui des guerres folles, est devenu celui des guerres civiles.

Les amis politiques défilent à la maison, autour d'une table dressée pour un déjeuner ou un dîner. J'entends développer les aberrations qui sont autant d'offenses au bon sens. Et la colère, ou plutôt le découragement, envahit les esprits.

Mais ces messieurs, croyez-moi, s'intéressent aussi au port de tête et à la chute de reins de Brigitte Bardot que nous avions croisée au Festival de Cannes quand François avait présidé l'ouverture. Et cette même année 1956, nous pouvions animer la conversation par le récit du conte de fées auquel nous avions participé lors du mariage de Grace Kelly et de Rainier de Monaco.

Laissons là les rêves, la réalité s'impose. La guerre est à notre porte. Toutes les propositions sont, aussitôt contredites par le fondamentaliste du RPF, et discutaillées sans fin par le courant gaulliste de l'UDSR. La situation devient irréversible.

Mais le « sauveur patenté », notre Général, se tenait prêt !

Quatrième partie

ET CELA DURA
VINGT-TROIS ANS...

30

Un bien curieux incendie

Le directeur de l'agence immobilière d'Hosse-gor m'appelle : « — Que se passe-t-il ? — Votre villa a été incendiée cette nuit, il faudrait que vous veniez. » Un accident ? Une malveillance ? Qui peut le dire en ces temps d'intolérance, de menaces, de machinations savamment orchestrées ? L'affaire des fuites déchaîne les polémiques et François fait figure de traître à la patrie.

La séance du tribunal militaire du 20 mai 1956 est rapportée en détail sur les ondes, avec tous les commentaires les plus fantaisistes, mais aussi par *Le Monde*, *Le Figaro*, *L'Aurore* et les feuilles de chou locales qui ont du grain à moudre pour empoisonner l'opinion.

Tixier-Vignancourt donne le ton en parlant de « la France trahie » tandis que François Mauriac cite le cardinal de Retz : « En fait de calomnie, tout ce qui ne nuit pas sert à celui qui est attaqué. »

De quoi donner des idées à un « bon patriote », un national bon teint qui serait passé, innocemment, avenue des Fauvettes. (Quelle jolie idée du conseil municipal que d'honorer la nature en baptisant les rues de la ville de noms d'oiseaux, de fleurs, d'insectes...) Mais que ne ferait-on pour sauver l'honneur de la France ? S'attaquer à cette jolie petite maison dont l'horrible propriétaire est montré du doigt.

Nous l'avions fait construire il y a quelques années seulement alors que je renonçais aux vacances à l'île de Ré qui n'avait pas su me séduire. Les circonstances nous avaient amenés à partager une grande demeure louée par notre ami Georges Beauchamp[1]. La saison fut si belle, les camaraderies estivales si chaleureuses, que nous décidâmes de revenir l'année suivante.

À l'agence de location, le directeur fit la proposition d'un terrain à vendre, dans des conditions particulièrement avantageuses, si nous nous engagions à construire assez rapidement. Tentés par l'aventure, nous décidons de souscrire un prêt et nous ouvrirons ainsi aux estivants, qui en feront sa renommée, le chemin de cette station balnéaire qui ne comptait alors que quelques maisons appartenant à des familles landaises nanties, propriétaires d'hectares de pins exploitables.

Comme c'est tentant de craquer l'allumette !

Ce doute reste persistant dans mon esprit, mais c'est la thèse de l'incendie accidentel qui prévalut.

Brûlée, partie en fumée, la villa des Mitterrand !

---

1. Georges Beauchamp (1917-2004), ami de Résistance de Robert Antelme et de François Mitterrand, que celui-ci a rencontré grâce à Jacques Bénet au temps de la clandestinité. Membre du MNPGD bien que non PG, socialiste de tendance pivertiste avant-guerre, il appartint à tous les cabinets ministériels de François Mitterrand.

Un orage aurait enflammé la réserve de bois en-
tassé dans un appentis qui abritait le compteur
électrique. Peut-être... De guerre lasse, nous en
sommes restés à cette explication. Après l'avoir
reconstruite à l'identique, nous y avons passé de
bons moments de détente. Nos deux garçons et
leur boxer, Whisky, en ont fait leur terrain de jeux
et d'amitié.

L'esprit qui habite le creuset de la vie publique
et gouvernementale est particulièrement pervers
et agité. Les événements politiques se précipitent,
judicieusement agencés pour troubler le bon sens
de tout citoyen attentif mais, pourtant, complètement désorienté, prêt à lancer le manche après la
cognée. Certes, l'évidente échéance ne fait aucun
doute.

31

L'homme providentiel !

Las d'écrire ses mémoires et de préparer le terrain pour que sa « profonde légitimité » soit enfin reconnue légalement, celui qui a vocation permanente de sauver la France dans le malheur, le Général n'attendra plus longtemps. Bientôt, l'occasion se présente.

13 mai 1958. L'émeute d'Alger, l'exaspération bien amenée des « colonels », point d'orgue des complots contre la République fomentés par de bons et loyaux lieutenants, ouvrent le champ de toutes les espérances. Pauvre République ! Contre sa propre armée révoltée, elle ne se défend même pas.

René Coty — j'ai omis de vous dire qu'il était le président de la République — ne sait plus ce qu'il dit. Il craint qu'il n'y ait des « incidents » alors que l'immeuble du gouvernement général, à Alger, est investi par des militaires rebelles et les milices « patriotiques ». L'émeute fait rage dans les rues.

De Gaulle ne dit rien. « Tant qu'il ne sera pas le maître, et le maître absolu, il n'avancera que sous le couvert de ses principaux hommes de main », explique François à ceux qui se perdent en conjectures.

J'ai vécu cette période plutôt en observatrice du tourbillon que concernée par ses aléas. J'avoue, je ne suis pas allée à la grande manifestation républicaine du 28 mai 1958. Dans l'odeur de colle, de papier et de cuir, je passais mon temps à débrocher, coudre, encoller, mettre sous presse la série des *Hommes de bonne volonté* de Jules Romains. Et mes journées étaient bien remplies.

Mes compagnons d'atelier commentent la succession des gouvernements appelés à se former, aussitôt démissionnaires. On annonce un nouveau président du Conseil en même temps que son rejet par « on ne sait qui ». Les rumeurs prononcent le nom de François Mitterrand et on voit arriver Pierre Pflimlin. Et pour finir, c'est... de Gaulle.

Mais où était-il, pendant ce temps ? On ne l'entendait pas ; n'avait-il rien à dire sur ces militaires rebelles ? Pourquoi ne réagissait-il donc pas ? Rien... N'aurait-il pas eu d'opinion ? Personne ne lui en fera l'injure. Lui si prompt à donner son avis et à tancer le gouvernement dépassé par les événements. Qu'attendait-il ? Que l'appel de Salan perce les ténèbres ? On tend l'oreille : « Si ce n'est pas le Général, ce seront les colonels. »

L'Élysée s'émeut et s'exécute : allons pour de Gaulle !

Ah ! que ne ferait-on pas pour l'intégrité du territoire quand tous les repères de moralité politique sont brouillés !

Il sera le dernier président du Conseil de la
IVᵉ République dont il forme le gouvernement.
Pinay va aux Finances, Debré, l'homme à tout
faire, à la Justice, et Couve de Murville aux Affaires étrangères. La Constitution encore en vigueur
le contraint (oh ! si peu) à certaines concessions
tactiques vite dépassées quelques mois plus tard
par la promulgation de la Vᵉ République, instaurée selon *sa* Constitution. En attendant, l'Assemblée
nationale le comble. Elle lui accorde la possibilité de
gouverner par ordonnances et l'autorise à mener
à bien sa réforme.

René Coty, dans l'indifférence générale, s'efface devant le « plus illustre des Français ». Celui
qui, depuis douze ans, laboure le terrain, pose des
« mines » pour récolter le fruit des malheurs de la
France, va enfin rétablir l'ordre. Mais de quelle
« crise » parle-t-il sinon de celle que ses partisans
ont préparée en savonnant la planche de la IVᵉ ?
Le 19 mai, au restaurant Lapérouse, il s'en explique dans une conférence de presse où il termine
par cette formule méprisante pour ceux qui le
soupçonnent déjà de ne pas reculer devant le « coup
d'État permanent » : « Ce n'est pas à soixante-sept
ans que je vais commencer une carrière de dictateur. »

Un peu plus tard, lors du débat d'investiture
qui viendra début juin 1958, s'adressant à l'ensemble des députés (et au pays), François Mitterrand marquera ainsi son opposition : « Lorsque
le 10 septembre 1944, le général de Gaulle s'est
présenté devant l'Assemblée consultative issue
des combats de l'extérieur ou de la Résistance, il

avait auprès de lui deux compagnons qui s'appelaient l'honneur et la patrie. Ses compagnons
d'aujourd'hui, qu'il n'a sans doute pas choisis,
mais qui l'ont suivi jusqu'ici, se nomment le coup
de force et la sédition. »

Tout va pour le mieux dans le camp des gaullistes.

Et d'abord, la Constitution de la Ve République.
Le texte sera soumis à référendum. C'est le général de Gaulle qui en donne les définitions. Sa
conception du pouvoir est claire, depuis longtemps déjà, sur la base du discours de Bayeux de
1947 affiné durant les douze années de traversée
du désert. Dans sa description des fondamentaux
de la démocratie, un peu « orientée », elle indique
où se situe sa préférence : « Veut-on un gouvernement qui gouverne, demande-t-il dans son discours à l'Assemblée constituante, le 1er janvier
1946, ou bien veut-on une Assemblée omnipo-
tente, déléguant un gouvernement pour accomplir ses volontés ? » Il considère que la deuxième
proposition « ne répond en rien aux nécessités du
pays » car les problèmes sont « nombreux, complexes, précipités, brutaux... ». Il dit ne pas parler
pour lui « bien entendu ». Il veut un gouvernement qui porte seul, « je dis seul » la responsabilité du pouvoir exécutif. « Ma conception n'est
pas celle des tenants du régime qui disparaît... »
C'est alors qu'il se retira à Colombey.

Douze ans plus tard, il expose cette même
conception dans la préparation de la Constitution
qui architecte son pouvoir personnel. « L'autorité
indivisible de l'État est déléguée tout entière au

Président par le peuple qui l'a élu et il n'y a
aucune autorité ni ministérielle, ni civile, ni militaire, ni judiciaire qui ne puisse être conférée ou
maintenue que par lui... » Gare à celui qui ne vote
pas « oui » : il lui en coûtera la disgrâce, comme
ce fut le cas de quelques-uns de « l'infime minorité de Républicains, dira François, qui refusèrent
de voir dans son avènement autre chose que l'ac-
complissement d'un banal coup d'État... À cette
opposition si seule, si peu écoutée, qui se recom-
mandait d'un principe qui ruinait le sien, le général de Gaulle prêta une importance sans rapport
avec son influence visible. À ceux qui la compo-
saient, il réserva ses plus méchants traits et le cas
échéant ses plus mesquines manœuvres ».

François vote « non » au référendum pour la
Constitution de la Vᵉ République. Les raisons de
ce refus sont contenues dans le parcours des ennemis de la République. NON, il vote non. Alors
que 80 % des Français, « démocratiquement »,
donnent légalement les pleins pouvoirs à l'hôte de
l'Élysée.

32

Je vous ai compris, mais...

8 janvier 1959. Ah ! l'Élysée n'est plus un mirage mais une réalité. Le Palais ! Ma Maison, militaire de surcroît. Enfin, je suis le Maître. J'ai LE pouvoir ! Moi, général de brigade Charles de Gaulle. Autour de Moi, ceux qui sont à ma Dévotion, ceux qui ont entravé pour moi, tout au long de la IVe République, toute politique possible qui l'aurait maintenue. Ceux qui ont mis en place l'antenne d'Alger pour influencer et entretenir les partisans de l'Algérie française dans la République. Olivier Guichard[1] fut parfait dans ce rôle.

« Tranquillisez d'abord, mon Général, en restant assez vague afin que tous croient en vous. Un "Je vous ai compris" fera l'affaire. Évitez de prononcer le mot "intégration". Pas plus qu'"Algérie française", d'ailleurs. Chacun interprétera selon ses aspirations. » Fameux stratège !

1. Olivier Guichard (1920-2004) : fils d'un officier de marine qui fut directeur du cabinet de l'amiral Darlan, gaulliste militant depuis 1947, chef du cabinet du Général de 1951 à 1958 (à la fin de la « traversée du désert »), plusieurs fois ministre de 1968 à 1976.

En adoptant quelques mesures en direction des insurgés algériens — la subtile « paix des braves », quelques grâces accordées aux dirigeants du FLN — et en donnant le droit de vote aux femmes musulmanes, vous pratiquez le chaud et le froid, vous donnez le change et tout le monde est floué. La cerise sur le gâteau empoisonné sera la redistribution de quelque 250 000 hectares de terres et, plus tard, l'invitation faite au chef rebelle Si Salah de venir « causer » à l'Élysée sera un test.

La confusion est à son comble.

Et Jacques Foccart[1], l'incomparable dans les bas-fonds ? Il n'a pas eu son pareil pour instrumentaliser les militaires, jusqu'à les amener à la sédition. Seul un supermilitaire pourrait les ramener à la raison. Il est là.

On interdit officiellement la torture, mais on ne sanctionne pas ; les tortionnaires poursuivent leurs basses œuvres en toute impunité.

Une opposition dénonce l'entassement inhumain des personnes civiles dans des « camps de regroupement » : elle se verra accuser de « manœuvres communistes » et de regrouper de mauvais Français.

---

1. Jacques Koch-Foccart (1913-1997) : résistant dès 1942, il participe à des opérations en Mayenne et dans l'Orne. Membre des services spéciaux alliés, il devient le « Monsieur Afrique » du Général dans le cadre de l'Union française, puis, après 1958, dans le cadre des États devenus indépendants où il tire les ficelles des « réseaux Foccart » (cf. Mobutu au Congo). En 1954, il aura été secrétaire général du RPF. Très lié aux services secrets de la Ve, il sera, jusqu'au départ du Général, en 1969, « l'homme de l'ombre », manipulant de sinistres recrues contre les candidats de gauche, fondateur du Service d'action civique (le SAC).

Finies, les tergiversations, une sérieuse répression militaire, c'est la solution classique. Ce sera l'opération « Jumelles » qui fera beaucoup de morts mais ne résoudra rien. Quand le désir de l'indépendance motive un peuple éprouvé par l'humiliation et la misère, rien ne l'arrête. Même si de Gaulle en prend conscience, son orgueil de militaire lui dicte de continuer cette vilaine guerre, ses tortures et d'ajouter des victimes aux victimes innocentes, des soldats morts fauchés pour la gloire. La gloire ? De qui ?

Qui peut se glorifier de compter tant d'assassinats politiques entre 1958 et 1961, d'avoir semé le désespoir dans les deux camps et le doute dans les consciences d'une jeunesse française qui donnait sa vie pour une cause perdue parce que déshonorante ?

Les volte-face du « grand chef » sont déconcertantes. « Ils veulent l'indépendance ? Qu'ils l'aient. » Après tout, cela nous arrange : avec leur démographie galopante, s'ils restaient dans le creuset de la France, « mon village deviendrait Colombey-les-Deux-Mosquées ! ».

« On me reprochera de n'avoir pas su garder l'Algérie française ? Mais elle n'a jamais été française : c'était une colonie. »

La rupture avec les Français d'Algérie se concrétise. Les « pieds-noirs » se soulèvent, ils organisent une armée secrète : l'OAS. Elle recrute aussi parmi les truands, parmi les plus méprisables. On connaît leurs actes terroristes ; ce sont des attentats qui visent la population de « là-bas » et de la

métropole. Les manifestations se succèdent dans
les rues de Paris. Elles sont réprimées sauvagement par la police de Maurice Papon, le préfet du
général de Gaulle.

Maurice Papon ? vous dites Maurice Papon ?
Le fidèle homme de main du Général, l'homme
du Palais des Sports et du Centre de rétention de
Vincennes ? Ne le savait-il pas, notre Général à
qui rien n'échappait ?

C'est bien Papon qui m'a prévenue, avant tout
le monde, un certain soir d'octobre 1959 que mon
mari venait d'être la cible d'un attentat. Celui-là
même qui connaissait le sort que les manipulateurs
réservaient à François... De Gaulle ne savait-il pas
qui était Maurice Papon ?

La Cour de sûreté de l'État, créée en 1963
pour juger les chefs de l'OAS, les amnistiera mais
continuera à juger les indépendantistes jusqu'à ce
qu'elle soit supprimée en 1981. Il n'empêche que
le putsch du « quarteron » de généraux orchestré
et dramatisé à souhait a fait trembler les fondements de la République. Certes, il y aura eu des
dupes et ils l'ont compris du fond de leur prison.

Qui ne se souvient du vibrant et célèbre appel
de Michel Debré au bon peuple de France, invitant les braves à affronter les parachutistes « à
pied, à cheval et en voiture » ! L'effet de la mouche du coche. Et il a suffi de quelques jours seulement pour ramener ces fougueux agitateurs
dans le droit chemin, grâce aux petits soldats du
contingent.

C'était une belle journée de printemps à peine
troublée. Journée de fête pour les amis et les té-

moins du mariage d'Anne-Marie et Roland Dumas
dans un gros bourg de Gironde entouré de vignobles bordelais. Juste écourtée par un retour à Paris
un peu plus avancé.

En ravivant la mémoire des événements de ces
temps passés qui ont marqué notre histoire, je me
demande qui l'évoque encore. C'est qu'ils ont eu
peur, très peur, les tenants du pouvoir, de se voir
contestés par leurs propres créatures. Et quand
on a tous les pouvoirs, quand on veut montrer sa
puissance, on réprime à tout-va.

Avez-vous donc oublié les morts et disparus, les
noyés, les neuf manifestants mis à mort à Charonne par les forces de police de Maurice Papon,
sous les ordres du ministre de l'Intérieur, Roger
Frey ? Quelles que soient les motivations des contestataires, ils étaient tous unis contre les répres-
sions forcenées pratiquées.

Je n'étais pas du côté de la Bastille ce jeudi soir
8 février 1962, et je ne porterai pas témoignage des
scènes d'atrocité qui ont été rapportées. Je laisserai le soin à un de mes amis de raconter ce qu'il a
vécu ce jour-là[1]. « Tout le quartier de la Bastille,
de la rue Oberkampf, de la mairie du XIe arrondissement, du bas du Père-Lachaise et de la rue
du Chemin-Vert, est envahi par la foule et bouclé
par la police du préfet Papon… Des unités "spé-
ciales" sont descendues de la porte de Pantin —
ainsi que des harkis, amenés précédemment d'Algérie pour le "maintien de l'ordre" dans le quar-

---

1. Témoignage de la page 245 à 249.

tier de la Goutte-d'Or-Barbès où les exactions se succèdent depuis des semaines... »

(Les harkis ? Pourquoi se sont-ils prêtés à cette barbarie, n'auraient-ils pas été mieux à leur place du côté des manifestants ? Quelque chose m'échappe...)

« Puis on voyait les hommes de ces unités, enserrés dans de grands imperméables noirs, casqués, armés d'une longue matraque : le "bidule". Ce sont les mêmes qui, en octobre précédent, ont massacré les Algériens venus manifester contre le couvre-feu décrété par Papon. Vous savez, les mêmes qui ont jeté à la Seine les manifestants arrêtés...

Cette fois encore, le ministre de l'Intérieur, le très gaulliste Roger Frey, et le premier de tous, Michel Debré, ont donné toute latitude à leurs fonctionnaires pour "rétablir l'ordre". Papon et ses tueurs vont s'y employer.

Après que les cortèges de manifestants aient tourné en rond dans le quartier bouclé par la police, passant et repassant par les mêmes goulets rétrécis, une partie importante descend la rue de Charonne vers le boulevard Voltaire. J'en étais. Nous atteignons le boulevard à hauteur de la station de métro Charonne. Des petits groupes s'en vont vers la place Voltaire tandis que d'autres remontent vers République et le boulevard Richard-Lenoir. C'est alors que, barrant tout le boulevard Voltaire, une horde de policiers, martelant le pavé (et le bitume) avec leurs "bidules", remonte vers la station Charonne. Des manifestants réussissent à passer au travers du rideau "très noir" ; je me rappelle que je tirais par la main en courant une mère et sa jeune fille... qui perdit d'ailleurs ses souliers...

Devant les policiers, la panique fait refluer la foule. Plusieurs dizaines de manifestants se réfugient dans le bistrot du coin, le Zanzi (bar, bien entendu), et dans le couloir adjacent, barricadant les portes pour éviter l'irruption des brutes casquées. Les autres se précipitent dans l'escalier du métro...

Malheureusement, les employés de la RATP avaient fermé les portes (sur ordre de qui ? de Papon ? de leur direction ?) et les manifestants furent pris dans un piège. Impossible de rompre les grilles et de fracasser les cadenas. Les policiers se déchaînent et cognent avec une extrême violence jusqu'à briser des crânes. Non contents d'user de leurs matraques, ils arrachent des grilles aux arbres et les balancent sur le dos et la tête des gens qui sont massés dans l'escalier... Quand les bureaucrates de la RATP ouvriront enfin les grilles, ce sera pour accueillir des dizaines de blessés... que la police continuera de matraquer sur les quais. Huit, puis neuf morts, dont un adolescent (un petit gars qui travaillait aux expéditions à *L'Huma*). La plupart, des militants communistes ou des sympathisants, des syndicalistes. Un blessé décédera peu après, à l'hôpital...

La terreur s'est abattue sur Paris. Les Français ne doivent pas savoir de quoi est capable un pouvoir ébranlé par la colère d'un peuple. Papon de censurer les journaux de gauche : *L'Huma* et *Libération* paraissent avec de grandes "plages" blanches. Nul n'a le droit de dire que Papon, Frey, Debré et le chef de l'État ont délibérément laissé assassiner des manifestants qui leur avaient pourtant, en avril précédent, donné un sérieux coup de main contre les putschistes du quarteron de généraux. Il n'était pas dans les habitudes du "grand Charles" d'écouter le peuple — ça venait de loin, du temps de la Libération... Dès le lendemain, la grève générale fut décidée.

Comme toujours dans ces cas-là, et c'était une vieille habitude de la police d'alors (les temps ont peut-être changé, mais ça peut revenir), les victimes des exactions devinrent immédiatement "coupables" de s'être livrées à des "provocations". Le traitement de ce massacre de Charonne durera des années pour que les responsabilités ne soient jamais véritablement établies. Rien de nouveau sous le soleil.

Cependant, la réponse du peuple sera massive. Le mardi 13 février, dans un silence absolu très impressionnant, un million de militants de gauche, de syndicalistes, de braves gens indignés, conduiront les cercueils des morts de Charonne jusqu'au cimetière du Père-Lachaise où leurs tombes voisinent celles des communards fusillés par Thiers et les versaillais, quatre-vingt-dix ans plus tôt. Le long cortège portant les portraits géants des morts mettra des heures à s'écouler — toujours dans le plus grand silence, sans heurts. Le Général, Michel Debré et Roger Frey sauront à quoi s'en tenir. C'est-à-dire qu'ils se tiendront cois désormais.

Papon se donnera le ridicule de ne compter "que"... "80 000 manifestants" (*sic* !). Curieusement, il n'y aura plus d'attentats de l'OAS dans l'immédiat... sinon contre le Général. »

Le Général-Président ne semble pas s'en offusquer. Nous n'avons rien lu ni entendu en ce sens de sa part.

Et la Terre tourne. Que se passe-t-il ailleurs qui semble ne plus nous concerner ? si ce n'est... une bombe ? un attentat ? une guerre ? De quoi enflammer la une des journaux et occuper les ondes jusqu'à lasser le lecteur ou le téléspectateur. Un viol ? ah ! un viol ! Ça fait vendre ! et ça donne des idées...

Pendant tout ce temps, le temps d'un tiers de vie, qui m'a fait grandir au rythme des IIIe, IVe et maintenant Ve Républiques, comment ont vécu mes compatriotes ?

Si la décolonisation a signifié pour quelques-uns des nôtres un changement dans leur parcours, le quotidien de l'ensemble des Français ne s'en est pas vu bouleversé. Et ils ont sans doute oublié. La guerre d'Algérie ? Seules les fiancées et les familles qui comptaient un des leurs au combat et qui ont connu les affres de l'angoisse due au manque de nouvelles, se souviennent des 35 000 morts. Leur douleur les mettait-elle à l'abri de la question cruelle au sujet des tenants et aboutissants de cette guerre fratricide ? Elles n'ont jamais entendu de réponse parce qu'elle est cynique. Si elles me lisent aujourd'hui, qu'elles me pardonnent de troubler leur entendement —, les commentaires des combattants en Algérie sont le reflet des opinions de chacun. Il est évident que

celles d'un anticolonialiste ne recouvriront pas
celles d'un ultranationaliste. Mais les faits sont là
et ils sont têtus.

Et ceux que la rage de perdre leurs privilèges
d'antan taraude s'attardent-ils sur les inquiétudes
d'une population qui, sans la protection des lois
françaises, se trouva en butte aux vengeances des
triomphateurs ?

Je n'oublie pas ceux qui, pour avoir choisi de
rester Français, se sont réfugiés en métropole.
Comment ont-ils été accueillis ? Dans des camps
où je les ai rencontrés, quelque trente ans plus
tard. À la demande de leurs enfants, je me suis
rendue du côté de Montpellier, chez eux, dans un
de ces « camps de harkis ». Alors que je m'étonne
qu'ils continuent à se présenter ainsi — pour la
plupart, ils sont nés dans ce département — j'ai
entendu toute leur rancœur d'être « parqués » et
regardés comme des étrangers. Leur récit au fil
des témoignages devient de plus en plus agressif.
Je ne peux pas comprendre, disaient-ils. Avaient-
ils raison ? Sans doute, mais pourtant j'essaie. Rétablir la confiance demande beaucoup d'efforts de
part et d'autre. Avaient-ils été nombreux à voter
pour la Ve République, les Algériens ? Bien « en-
cadrés », je n'en doute pas.

François, lui, en votant non, vote contre un
pouvoir personnel qui fait « du Premier ministre
un aide de camp, des autres des ordonnances... et
qui surveille son petit monde de près en entrete-
nant une escouade d'attachés obscurs et de dirigeants qui orientent et contrôlent depuis l'Élysée ».

Point par point, jours après jour, François note,

et rédige *Le Coup d'État permanent*[1]. « D'abord, il [le Général] s'empare corps et biens du pouvoir exécutif et réduira le gouvernement à la fonction d'agent subalterne. Ensuite, il isolera le Parlement dans un ghetto d'interdits, lui ôtera les trois quarts de sa compétence législative, lui arrachera la quasi-totalité de sa compétence constitutionnelle et, pour achever l'ouvrage, le livrera aux risées d'une propagande totalitaire en faisant moquer ses sursauts impuissants. Enfin, il se débarrassera des derniers contrôles importuns qui risquent de gêner sa marche vers l'absolutisme : Conseil constitutionnel… Conseil d'État… Alors il ne restera debout, face au peuple abusé, qu'un monarque entouré de ses corps domestiques ; nous en étions là. »

Et cette Constitution savamment interprétable qui devait être votée par les Français, évidemment, l'était aussi par les Territoires d'outre-mer. Gare à celui qui n'a pas obéi aux injonctions du vote pour le « oui », il lui en coûta la disgrâce. Ce fut le cas de la Guinée qui s'est retrouvée indépendante malgré elle et Sékou Touré, ennemi numéro un.

---

1. Titre de son essai publié en 1964, chez Plon, où il dénonce les méfaits du pouvoir personnel.

33

Les racines
de la France tranquille...

Les Nivernais n'ont pas entendu l'argumentation de leur député (François) dénonçant une Constitution favorisant le pouvoir personnel et absolu que de Gaulle leur a demandé d'entériner par leurs votes. Ils l'ont sanctionné en ne lui renouvelant pas son mandat.

Dans ce département qui a compté, durant l'Occupation, de nombreux résistants, pourtant à dominante communiste, de Gaulle reste le symbole de la libération de la France et en récolte les intérêts.

La campagne ne fut pas méchante mais, au bout du compte, François fut battu. C'était le 30 novembre 1958.

François a d'autres cordes à son arc. Il exercera sa profession d'avocat... J'aimais l'entendre défendre la cause de ce vendeur de journaux parisien, veuf parce qu'il avait tué sa femme vraiment... mais « vraiment insupportable ». Il avait sauvé la tête de ce pauvre homme malheureux qui se confondait en remerciements d'être seulement condamné à trente ans de prison ferme.

« Mais enfin, vous allez être en prison, privé de liberté... — Merci, maître, c'est bien, c'est bien ainsi... merci. »

Privé de liberté ! Liberté, quelle liberté ? Celle qui vous est consentie ou celle inhérente à votre qualité d'humain doué d'intelligence et de parole ? En Inde, j'entendis une histoire narrée par un conteur dans la rue :

« Il était une fois un puissant maharadja qui sortait de son palais, chevauchant un magnifique pur-sang, pour aller sur ses terres dont il ne connaissait pas les limites. S'adressant à son majordome :

"— Pourquoi mes sujets ont-ils l'air si triste, s'inquiète-t-il. Que veulent-ils ? Demande-leur ! — Seigneur, rien que vous ne puissiez leur donner car ils veulent être libres. — Dis-leur qu'ils sont libres, je leur accorde la liberté."

Quelques mois plus tard, le puissant maharadja en promenade sur ses terres constate que ses sujets libres sont toujours tristes.

"— Ne sont-ils pas satisfaits d'être libres ? Demande-leur ce qui les maintient dans cette grande tristesse. — Ils refusent votre liberté octroyée, ils prétendent que la liberté se conquiert et, pour cela, ils doivent la gagner contre vous." »

Les Morvandiaux, en toute liberté, se ravisent. Ils éliront François, l'homme de l'opposition, à la mairie de Château-Chinon, en mars 1959... et ré-

cidiveront en l'envoyant au Sénat quelques mois
plus tard.

Ce retour dans l'arène politique d'un opposant
déterminé à ne pas se laisser abuser exaspère. À
éliminer ! Le pouce tourné vers le bas, c'est entendu, l'Affaire est partie... Les rets sont tendus.

François fait la une des journaux. *France-Soir*
titre : « Affaire Mitterrand-Pesquet » ! Qui est ce
Monsieur Pesquet ? C'est un de ces personnages
peu recommandables qui se complaisent à faire
semblant de trahir les plans machiavéliques des
leurs pour mieux tromper la proie et construire le
piège dans lequel il l'entraîne.

Chaque ragot devient pièce à conviction. Tant
de commentaires plutôt malveillants que compré-
hensifs dans le but d'influencer le juge d'instruction. Personne n'a vécu, comme je l'ai ressentie,
la mise en condition d'insécurité, de panique, qui
conduit à ne plus y voir clair. Des appels téléphoniques nocturnes m'invitant à faire l'inventaire
des « abattis » de mon mari et s'informant sur mon
goût pour le noir qui fera la tonalité de mon ves-
tiaire de veuve. Quelle qualité d'hommes entoure
donc ce général de Gaulle que, jeune résistante
contre l'ignominie nazie, j'ai invoqué dans mes
rêves de Libération ?

Tout a été dit, tout a été fait pour déshonorer
François, pour le convaincre de manipulation, de
machiavélisme, alors que, moi, je le voyais dé-
semparé, en quête de l'indice qui le mettrait sur
la piste de celui qui avait monté pareille machination.

Des mois durant nous avons vu les prétendus amis de la veille nous tourner le dos pour ne plus pouvoir compter les fidèles que sur les doigts de la main. J'ai réalisé que les liens de la Résistance tissés par le Mouvement des prisonniers, eux, ne se rompaient pas, et la confiance instaurée aux moments les plus difficiles passait toutes les épreuves du questionnement. Quel réconfort de savoir à nos côtés Jean Munier, Charles et Madeleine Moulin et quelques fidèles à une amitié forgée à l'épreuve des combats pour la liberté, la justice et la paix ; mais aussi André Bettencourt, Patrice Pelat, Pierre de Bénouville, pourtant plus proches de la pensée conservatrice que progressiste, soutenir et défendre un homme qu'il savait incapable de supercherie. Des autres, ceux que « le vent emporte, et il ventait devant *notre* porte », les amis qui se font au rythme et au gré de la notoriété, ceux des dimanches du Tout-Paris, de ceux-là, je n'ai vu que les pirouettes et n'ai entendu que les « je voudrais croire à son innocence, *mais…* ». Ah ! ce « mais » destructeur de toute bonne foi, de confiance, de solidarité. J'ai vécu cet événement comme une injure à l'amitié et je me suis retrouvée finalement plus rassérénée après avoir fait le ménage.

À force de réflexion, d'enquêtes, de déductions menées par la victime même de cette entreprise de destruction de l'honorabilité, le fil de la pelote déroulé, les malfaiteurs ont abandonné les poursuites et le procès n'a jamais eu lieu. La machination fut reconnue. Quarante ans après, des aveux l'ont confirmée. Mais les dommages, eux, sont irréparables. Qui peut avoir confiance en qui ? Lorsque la barbarie habite les hommes qui ont mandat de vous protéger, vers qui se tourner ?

J'ai coutume de dire que le cours de ma vie d'adulte a connu l'avant-1959 et l'après-1959.

François s'ennuie au Sénat. Il écrit, témoigne et argumente, selon les faits, les consolidations du pouvoir personnel. Le temps finira par mettre en lumière toutes ces manigances qui occupent les esprits, alimentées par les polémiques et les rumeurs savamment dosées.

Chez Henri Mercher, mon maître en reliure d'art, j'entends les commentaires de la rue. Ce n'est pas ce genre d'analyses qui apportera la lumière. Comment voulez-vous qu'il en soit autrement ? Les chaînes de télévision, bien maîtrisées par le pouvoir en ce qui concerne nos petites affaires intérieures, font de mes compatriotes les béni-oui-oui que de Gaulle affectionne.

La sensation d'une agitation stérile autour d'une dizaine de personnes, dans un bocal dégageant des odeurs putrides, est accablante. On étouffe.

Mon fils Gilbert est malade. Des otites à répétition finissent par une méchante mastoïdite. L'hôpital, l'opération, la convalescence et les parties de belote qui occupent ses journées et ses soirées me tiennent à l'écart des préoccupations électorales du moment.

Les menaces qui pèsent sur François et notre famille deviennent intolérables. J'essaie de m'éloigner des zizanies qui empoisonnent les rapports entre les militants partisans ; la Convention des institutions républicaines (CIR) en fournit l'essentiel. Je voudrais me désintéresser des joutes oratoires qui opposent des candidats potentiels. En restant sourde aux polémiques, aux rumeurs dégradantes, d'autres voix s'expriment et je m'y arrête.

J'ai trouvé ma vocation : être le porte-voix de ceux qui ne sont jamais entendus.

34

Latche : une épreuve de force

En cet été 1965, l'élection présidentielle se prépare.

Les tourments de l'Observatoire à peine apai-
sés, la sérénité revenue, les vacances se poursuivent. Nous vivons un mois d'août ensoleillé,
amical à souhait. Rien ne me laisse alors supposer
que François, pendant ses parcours sur les terrains de golf, prépare l'événement qui va mettre
fin à mes aspirations de vie ordinaire.

Méditatif, accompagné d'un ami landais, il
s'aventure en suivant des layons qui ne mènent
nulle part si ce n'est à une coupe de pins. « Je
connais des houx dans la forêt des Landes qui
donnent au temps sa densité et rien ne me parle
mieux de l'esprit et de la matière que la lumière
d'été à six heures de l'après-midi, au travers d'un
bois de chênes. » Il y découvre la clairière qui nous
fera rêver et la maison qui pourrait devenir une
maison de famille.

J'aime beaucoup les mois d'été passés à Hosse-
gor. Pourtant, cette villa légère, posée sur le sable
n'est habitable que le temps des chaleurs, seule-

ment lorsque s'ouvrent les volets des demeures qui témoignent de la vie alentour. Les vacances ! Elle ne répondait pas à mon désir d'une maison de famille à laquelle j'aspirais pour mes enfants et petits-enfants. Je souhaitais une maison qui aurait quelque chose à raconter, dont les murs renverraient des souvenirs vécus par d'autres. Des murs qui garderaient comme des secrets les amours, les disputes, les cris d'enfants et les plaisirs d'adolescents dont nous serions imprégnés inconsciemment.

Et c'est ainsi, en se promenant au gré des sentiers à peine tracés, que François la découvrit. Protégée des vents marins par une dune verdoyante, une ferme de « gemmeurs[1] » abandonnée, prête à s'effondrer, comme la plupart de ces propriétés inhabitées, livrées aux ronces. À son compagnon de randonnée :

« Que cette clairière est harmonieuse ! Voyez comme la lumière dorée du soir la nimbe d'une inspiration qui donne envie d'y rester, d'écouter, de rêver et de donner vie à cette demeure délaissée. Si vous découvrez qui est l'heureux propriétaire de ce lieu, dites-lui que je l'envie. »

Paroles inconséquentes qui n'attendaient pas de réponse. Et pourtant, le propriétaire, avisé, fut bien surpris par cette information :

« Vous me parlez de ce lieu-dit, Latche[2], cet endroit perdu ? Mais cette maison n'a aucune va-

---

1. Gemmeur : personnage de l'agriculture landaise qui recueille la résine des pins.
2. Latche… Il n'y a pas d'*e* accent aigu. On ne prononce donc pas « Latchééé ».

leur, je ne peux pas la vendre, à moins que votre ami n'achète quelques hectares de pins dont elle serait le centre. » Il fit une proposition de vente de trois hectares de forêt. Pourquoi pas ? Et c'est ainsi que Latche est entré dans notre existence.

C'était au mois d'août 1965. Le notaire enregistre la vente mobilière en s'excusant de devoir remettre la transaction concernant les pins, propriété foncière, au retour des vacances des neveux du propriétaire qui doivent contresigner.

« Qu'à cela ne tienne, je reviendrai en fin d'année », concède François.

Pas si simple, quand la passion et l'intolérance s'en mêlent. En septembre de cette année-là, les candidats aux élections présidentielles doivent se présenter pour le mandat du Président à renouveler. Les Français découvrent alors un opposant bien présomptueux. Sans aucun doute notre Général sera réélu au premier tour. Déconvenue insoupçonnable ! en ballottage !

« Ce voyou de Mitt'rrand n'aura jamais les pins que je m'étais laissé aller à lui vendre. »

Une bâtisse bornée à ses murs, sans recul possible, la situation n'était pas facile à gérer.

Qu'importe, nous aurons bien un passage pour en sortir et prospecter les alentours. La patience, le temps, les autres bons voisinages ont laissé passer les années, jusqu'à ce que notre « fan » du général de Gaulle finisse, très âgé, par admettre que son grand homme avait un ennemi encore plus haïssable que Mitterrand. La traîtrise d'un Giscard ne se pardonne pas. C'est ainsi qu'avant de mourir, le propriétaire demanda à ses neveux de régler le contentieux qui nous opposait. Tout est bien qui finit bien.

En ce début du mois de septembre, je n'avais pas épuisé les charmes des jeux de plage, des bains de soleil et des soirées animées par une jeunesse des années soixante, quand François décida de rentrer à Paris. Quelques rencontres déterminantes et, le 9 septembre, il déclare sa candidature à l'élection présidentielle.

Oh non ! Tout va recommencer. En première ligne contre de Gaulle, il va encore être la cible de toutes les avanies, les attaques, les coups, les insultes, les injures, les humiliations… Je lançai tous les mots qui me vinrent à l'esprit pour conjurer le sort qui ferait du candidat, mais aussi de sa famille, la cible des gaullistes enragés quand leur grand chef est provoqué.

Et puis, j'ai eu raison de calmer mes craintes. J'aimais quand François déclarait en petit comité : « Au gaullisme, on doit opposer une idée, non des intrigues, une espérance, non des arrière-pensées… J'estime que la convergence accélérée des couches victimes du capitalisme doit désormais trouver une traduction dans la réalité politique de notre pays. »

Quelle force de vie anime donc celui qui résiste à la fatigue, à l'écœurement, quand elle l'incite à écrire qu'une « civilisation ne doit être, à présent, seulement défendue. Il lui faut créer sans cesse, car la barbarie, elle, ne cesse de détruire, et elle n'est jamais plus menaçante que lorsqu'elle fait semblant de construire à son tour » ?

En l'écoutant, je savais pourquoi j'étais une
« fille de gauche ».

« Idée », « convergence », « victimes du capitalisme » ! Ils sont là, les mots qui aujourd'hui fondent les causes défendues au sein de France
Libertés.

C'est en m'imprégnant de formules comme :
« Les communes, de même que l'école, sont les
cellules-mères de la démocratie » (*Politique*, discours de 1965) que naturellement, trente ans plus
tard, je pris le parti des « Caracoles », ces municipalités mexicaines agressées par l'armée fédérale
dont l'écho des crimes perpétrés nous est par-
venu. À son accession au pouvoir, le nouveau
Président retire ses militaires de trente communes. Elles furent déclarées autonomes par les zapatistes qui jugèrent venu le moment de remettre
leur propre pouvoir militaire aux collectivités civiles. « Les armées doivent servir à défendre et protéger, mais non à gouverner », déclara le sous-
commandant Marcos.

Je l'entends bien ainsi, comme l'avaient entendu les communards parisiens de 1871.

Et nous avons applaudi quand, au Chiapas, ces
municipalités retrouvèrent leur autonomie, nouvelle forme de résistance et de lutte pour les libertés locales menacées. La démocratie participative
pose ses jalons.

Mais en Europe et chez nous, en France, qui
donc aurait l'idée de menacer les libertés locales
délibérément ? « Avez-vous oublié ce que sont
les libertés locales ? disait François aux électeurs

venus l'entendre. Ce sont les héritières des vieilles franchises d'autrefois : lorsque les hommes voulaient se défendre contre l'arbitraire seigneurial, contre la guerre à tout bout de champ, ils s'enfermaient dans leurs villes et ils s'organisaient à l'intérieur de ces villes. Et on a fait les communes. »

En 1965, de réunion en réunion, François forgeait sa conviction qu'un monde solidaire était à portée de main, avec tant de foi que l'émotion contenue de la salle explosait en applaudissements à faire trembler les fondations du régime qu'il combattait.

Il m'est arrivé d'avoir peur. Les répliques étaient si violentes qu'il n'était pas impensable qu'elles donnent des idées aux fervents de la gâchette, toujours dans l'ombre. Le Général avait donné le ton : « Dans une maison, la ménagère veut avoir un aspirateur, un frigidaire, une machine à laver et même, si c'est possible, qu'on ait une auto. Ça, c'est le mouvement. En même temps, elle ne veut pas que son mari s'en aille bambocher de toutes parts, que les garçons mettent les pieds sur la table et que les filles ne rentrent pas la nuit. Ça, c'est l'ordre. La ménagère veut le progrès mais elle ne veut pas la pagaille. C'est vrai aussi pour la France. » (Charles de Gaulle, entretien télévisé avec Michel Droit en décembre 1965.)

Et en conclusion, cela signifie ?

À Lyon, un 4 novembre, des milliers et des milliers de personnes. Au premier rang de l'assistance, j'entends ce que chacun écoute dans le plus profond silence. Chaque mot me conforte dans l'idée qu'« être de gauche » veut dire quelque chose : « une acceptation généreuse des responsabilités », une appréhension des leçons de la terre, des moyens de vivre justement répartis et de l'amour des peuples entre les peuples. « Ce sont des mots bien vieux et peut-être bien fatigués, confiait l'orateur, mais je n'ai pas peur de les employer, je ne rougis pas de les dire parce que je pense que tant qu'il y aura des hommes qui oseront dire que l'idéal d'une société c'est de bâtir une société fraternelle, tant qu'il y aura des hommes pour dire qu'à travers les continents reste le trait d'union d'une espérance commune, tant que l'on osera employer ces mots très romantiques, cela prouvera que la gauche reste fidèle à elle-même. »

Chacun des auditeurs, le souffle suspendu, sent monter de ses tripes la vague d'émotion qui le rapproche de son voisin et lui fait prendre conscience de l'énergie commune qu'ils accumulent en cet instant pour changer le monde. J'en étais et, au fil des meetings, je réappris l'histoire de la gauche aux rappels de la révolution de 1848, de la Commune et du Front populaire... mais surtout par son opposition aux régimes conservateurs, durant des décennies et des décennies. Je compris, aux échos qui nous parviennent des discours d'en face, que la droite, elle, elle parle de sécurité et d'ordre, elle veut que la justice garantisse l'ordre, elle veut un peuple bien sage qui ne pense pas... et qui obéit. Un peuple sans conviction.

Un tel peuple... voici qu'il en vient à incarner une gauche telle que la voit aujourd'hui, sans complaisance, le sous-commandant Marcos, une gauche perdue, cynique, « fan du néolibéralisme ». Ce n'est pas celui que je rencontre quand je m'aventure dans les grands rassemblements de ceux qui ont en tête une autre idée du vivre-ensemble.

Comme ils s'éclaircissent tristement, les rangs des quelques survivants de ma génération ! Les rappels de nos souvenirs font figure d'histoires de vieux combattants. Mais les enfants et petits-enfants, ceux de « la génération Mitterrand », en captent-ils quelques échos ?

Je les vois tracer le chemin qui les emmène au-delà des frontières de l'Hexagone, loin des querelles intestines.

« Je vous dis que la gauche existe… disait encore François, il convient qu'elle livre un combat qui réunisse tous ceux qui, du nord au sud, de l'est à l'ouest, ont pris conscience que nous vivons le phénomène le plus important de notre politique intérieure française. »

Que se passe-t-il du côté de la Sorbonne ? Un chahut d'étudiants ? Le nouveau préfet de police, Maurice Grimaud, se fait fort de ramener l'ordre dans le quartier. Quelques CRS bien entraînés à l'école de Papon et le calme sera rétabli. C'est sans compter la détermination de la jeunesse en colère, consciente des errements d'une politique peu soucieuse de ses exigences.

Nous sommes en mai… Barricades au Quartier latin, incendies de voitures, jets de cocktails Molotov, de pavés… Des cris, des chants, des injures, des graffitis qui témoignent avec humour de l'indignation. Les CRS sont fustigés par l'opinion publique (« CRS/SS ») qui soutient ses étudiants. C'est sans restriction pour ma part... jusqu'à ce qu'on s'en prenne aux platanes du boulevard Saint-Michel. C'est se conduire comme des vandales. Je ne suivrai pas. En face, malgré ses tirs de grenades et ses coups de matraque, la police fit de nombreux blessés... mais il n'y eut pas de mort.

« L'esprit de 68 »... c'est, en fait, une parodie de république libertaire où se retrouvent une certaine tradition généreuse propre au mouvement révolutionnaire (1848, la Commune, la Libération...) mais aussi tous les ingrédients qui conduisent à l'échec de la plupart des révolutions — la « chienlit », comme dit de Gaulle. Le peuple ne peut-il être « créateur » qu'en hurlant dans les rues, en tenant des discours inaudibles et en multipliant des « assemblées générales » qui ne débouchent sur rien ?

« L'esprit de 68 » ne se réduisait pas à ça... Il fut aussi générateur de libertés dans les médias, dans les mœurs, dans les rapports sociaux. Même si les acquis furent souvent de courte durée. C'est par cet aspect que le mouvement de mai 1968 cousine avec le mouvement hippie américain — qui le précède de quelques années — et se répercute en Europe. Même s'il est indépendant de ce qui se produit alors à Prague, à Berlin, à Varsovie ou à Rome, il y a plus qu'une simple contemporanéité.

L'aspect politique est le plus oublié. Des fenêtres ouvertes de notre appartement, de l'autre côté du jardin du Luxembourg, François écoute les explosions. Même s'il comprend les raisons du mouvement, il voit bien que tout le travail en profondeur commencé depuis des années va être balayé par l'échec.

La gauche s'interroge, hésite, se divise. Et les « révolutionnaires » la snobent. La droite conservatrice et gaulliste est frappée de stupeur. « Comment ont-ils pu ? et sous la présidence de de Gaulle ? » Avant de susciter une haine tenace, le désir de répression s'active.

La gauche a-t-elle « laissé passer une occasion » ? Était-elle en état de la saisir ? Cela se discute malgré l'illusion que crée, un court instant, l'absence du pouvoir légitime : de Gaulle s'est affolé. Il est parti chercher refuge chez Massu, à Baden-Baden, en Allemagne. Il espère y trouver un appui militaire — un art de mettre de l'huile sur le feu.

Tout a été « réglé » lorsqu'un million de partisans du Général et de trouillards de la réaction défila sur les Champs-Élysées puis vota en masse aux législatives suivantes. Ils étaient enfin rassurés : ils avaient « de l'essence » et une police en éveil. Radios et télés (alors l'ORTF) étaient redevenues « bien-pensantes ».

François refusa de se joindre aux « leaders » politiques qui se pointèrent sur les estrades du stade Charlety (Mendès France, Rocard...). Il jugeait ainsi les « insurgés » : « Je ne méconnais pas qu'il y ait eu parmi eux des gens sincères qui refusaient le conformisme, l'immobilisme de la société de l'époque, des gens d'un dévouement, d'un esprit de sacrifice et d'une abnégation admirables. Mais ce n'était pas le cas de ceux qui ont "théorisé" en leur nom le sens de cette fausse révolution. On a parlé d'un malentendu entre ces derniers et moi-même. Mais il ne s'agissait pas d'un malentendu pour la simple raison qu'il me suffisait de les écouter parler pour distinguer d'où ils venaient et ce qu'ils incarnaient. Finalement, c'était de la graine de notaire. Je les imaginais à quarante-cinq ans, avec des bésicles. Et j'en voyais la dérision. »

De toute manière, le PCF a vite laissé tomber... Fin mai, il a contribué à rétablir l'ordre : une rencontre a eu lieu, à Paris, rue de l'Université, entre ses dirigeants et des membres du gouvernement Pompidou. Et puis, à l'horizon se dessine l'intervention soviétique en Tchécoslovaquie...

35

La belle histoire de l'union
de la gauche !

Un certain mois de juin de l'année 1971 est à marquer dans les annales de la gauche : le congrès d'Épinay. Organisé par la SFIO.

En quête de modernité, ce parti a déjà commencé sa « révolution » depuis peu en troquant son appellation pour le beau nom de Parti socialiste... Son désir d'ouverture à gauche, bien entendu — choix de société commande, vous avez bien compris —, lui inspire toutes les audaces. D'autres formations de gauche se présentent. On reconnaît parmi les participants des adhérents à la Convention des institutions républicaines, qui regroupent des clubs, comme celui des Jacobins, Démocratie et Université et quelques autres mouvements de pensée. Les rejoignent encore des militants issus du « courant chrétien ».

On compte 957 délégués dont 800 viennent de l'ancienne SFIO, groupés en défenseurs d'une motion que l'on reconnaît à la lettre alphabétique qui la distingue ; 97 sous les couleurs de la Convention, bien déterminés à faire valoir leur point de vue. Et des membres d'associations diverses... de gauche.

Depuis le congrès de Tours, dans leur haine pour le Parti communiste, les dirigeants de la Section Française de l'Internationale Ouvrière (SFIO) s'obstinent à s'en démarquer en regardant de plus en plus ailleurs, surtout vers le centre… Et en désespérant les militants socialistes qui se veulent eux-mêmes porteurs d'un nouveau monde.

N'ont-ils pas entendu, comme leurs anciens, rappeler la fin du discours de clôture du congrès de Tours, alors que Léon Blum s'adresse à l'ensemble des congressistes ? « Je vous dis cela parce que c'est sans doute la dernière fois que je m'adresse à beaucoup d'entre vous et parce qu'il faut pourtant que cela soit dit. Les uns et les autres, même séparés, restons des socialistes ; malgré tout, restons frères, des frères qu'aura séparés une querelle cruelle, mais une querelle de famille, et qu'un foyer pourra encore réunir. »

Le premier jour du congrès d'Épinay, le 11 juin, l'ambiance n'est pas à l'euphorie. Les termes de l'épreuve de force sont contenus dans chacune des motions. Après les mots de bienvenue et la présentation des dispositions prises pour l'organisation du congrès, le débat d'orientation s'engage jusqu'au soir.

J'ai du mal à relater que la journée suivante s'est consumée sur le mode de désignation des membres du comité directeur.

Les petites rivalités ne s'émoussent pas, même devant l'enjeu qui s'impose : définir et suivre une politique socialiste qui nous rassemble. Et je n'ai encore pas admis — à mon âge ! — que ce soit la personnalité qui s'avance et non l'idée qu'elle porte, argumentée par une conviction partagée par le groupe qu'elle représente.

Bref, ce qui m'importe, c'est d'entendre pourquoi nous sommes là, à Épinay. Est-ce vraiment pour faire l'unité ? et comment la faire ?

J'étais là, à la table d'une délégation — de la Nièvre, je suppose.

J'avais entendu les divers intervenants. Ils me semblaient être tous d'accord pour s'unir entre eux, dans la boutique. Et se déterminer sur une motion ou sur une autre me paraissait se borner à changer une virgule de place, ou préférer un emblème, ou savoir si le Parti socialiste s'inscrirait à l'Internationale socialiste... Important sans aucun doute, mais encore... Une certitude se dégage : ils veulent tous l'union. Alors qui répondra à ma question de « fille de gauche » ? Quelle union ?

Encore un discours et ce sera le dernier.

Il commence ainsi : « J'organiserai mon intervention autour de trois points : d'abord pourquoi nous sommes là ? Ensuite qu'allons-nous faire de l'unité ? Enfin comment la faire ? » « Nous sommes socialistes, constate François, organisons la société autour de toutes les formes de libération dont il est bien sûr que la première qui commande toutes les autres est la libération de l'exploitation de l'homme par l'homme dans les structures économiques et que cette libération s'épanouit par la libération culturelle ».

Il nous parle de la libération de l'exploitation des biens communs par quelques-uns.

Je suis attentivement son sentiment quand il désigne l'adversaire. « Le véritable ennemi, j'allais dire le seul, parce que tout passe par lui, le véritable ennemi si l'on est bien sur le terrain de la rupture initiale des structures économiques, c'est celui qui tient les clefs... C'est celui qui est installé sur ce terrain-là, c'est celui qu'il faut déloger... C'est le Monopole ! terme extensif... pour signifier toutes les puissances de l'argent, l'argent qui corrompt, l'argent qui achète, l'argent qui écrase, l'argent qui tue, l'argent qui ruine et l'argent qui pourrit jusqu'à la conscience des hommes ! »

Ouf ! Je reprends ma respiration. Pas étonnant qu'il ne veuille pas que nous parlions d'argent quand nous sommes réunis autour de la table familiale.

Et son discours reprend : « Ceux qui gouvernent en politique, ce ne sont que les exécutants de ces monopoles. »

Voilà pourquoi nous sommes socialistes.

Tout ça est inscrit dans un repli de mon cerveau comme la table de multiplication, mon nom et mon adresse que je n'oublie pas.

Bon, nous sommes ici, tous militants socialistes rassemblés, et nous ferons exister physiquement notre organisation politique. Pour faire l'union de la gauche. Avec qui ?

Dans le débat, ils étaient d'accord sur tout mais ils avaient omis le détail qui change tout, le point d'accrochage : le Parti communiste. Certains veulent bien entamer un dialogue idéologique... jusqu'à la fin des temps !

Puis il y a ceux qui disent qu'avant d'aller plus loin, il faudrait réfléchir... À quoi ?

Les communistes ?

« Je ne les connaissais pas avant de partager avec eux la boule de pain noir et la soupe d'orge des stalags, raconte François. Dans la Résistance, je les ai découverts et nous sommes devenus amis, chiens et chats de la même maison qui dorment en s'observant. »

Et l'orateur dans sa logique insiste : « Si nous voulons, pour gagner, présenter des listes d'union, il faudra dire aux Français pour quoi faire. Il n'y aura pas d'alliance électorale s'il n'y a pas de programme électoral, insiste-t-il. Il n'y aura pas de majorité commune s'il n'y a pas de contrat de majorité. Il n'y aura pas de gouvernement de gauche s'il n'y a pas de contrat de gouvernement. »

La réponse à la troisième question est claire : pas d'union de la gauche sans les communistes.

Et pour ceux qui n'en seraient pas convaincus : « Celui qui ne consent pas à la rupture avec l'ordre établi, politique, avec la société capitaliste, celui-là, je le dis, il ne peut pas être adhérent au Parti socialiste. »

François vient me rejoindre à la table des congressistes nivernais.

Le vote commence. Les chiffres s'égrainent ; les fédérations par ordre alphabétique : Ain, Aisne,

Allier... Les petites formations ne sont pas emballées à l'idée d'un programme commun avec les communistes. Le rapport de force n'est pas à leur avantage et chacun voit midi à sa porte. Une grosse fédération fait basculer la tendance, mais la courbe descendante reprend et laisse craindre...

« — François, ce n'est pas gagné... Et si tu perds ? — Eh bien ! on perdra ! » dit-il sur un ton exaspéré qui marque bien son inquiétude.

Je ne dis plus rien. Je compte et recompte jusqu'à ce que l'espoir revienne avec les fédérations du Nord. Le vote est terminé. Le score : 51,26 % pour l'union de la gauche avec les communistes, contre 48,73 % pour la « discussion idéologique ». Les plus opposés à rencontrer leurs frères ennemis ne se sont pas présentés.

Une autre étape s'engage, semée de rebondissements, car le partenaire n'est pas de tout repos.

36

Rue de Bièvre

Je n'avais jamais perdu de vue qu'il nous faudrait, un jour, quitter notre appartement devenu trop onéreux pour un couple approchant des âges de la retraite.

Allez donc savoir pourquoi mes pas me conduisent immanquablement vers les quais de Seine du côté de la place Maubert. Les rues Maître-Albert, de Bièvre, des Bernardins n'ont plus de secrets pour moi. Je sais où se situe l'échoppe incendiée de la Gitane poursuivie pour sorcellerie. Et le bel immeuble délabré de la Brinvilliers, empoisonneuse célèbre et faiseuse d'anges. On dit que le 22 de la rue de Bièvre fit partie du collège Saint-Michel, dont la petite statuette, nichée au 18, fait foi. Il paraîtrait que Bossuet aurait emprunté un escalier que je connais bien. Et un grand mystère qui place un puits dans une cave où serait caché un fabuleux trésor excite, tous azimuts, les plus dénués d'imagination. J'ai poussé toutes les portes et visité tous les appartements susceptibles d'être vendus. Ma préférence va à un immeuble en ruine, squatté jusqu'au premier étage par des clochards, l'escalier seulement accroché à la rampe étant impraticable pour qui ne veut pas se rompre le cou.

Ce n'était pas mon intention, mais je voulais savoir ce qui m'attirait au point de courir le risque. C'est là ! j'imagine ma future chambre dans ce recoin qui abrite le sommeil d'un homme un peu éméché... plutôt complètement saoul, dont un rayon de soleil de juin réchauffe les pieds nus...

Tous mes rêves s'écroulent lorsque j'apprends que cet immeuble est voué à la destruction. Le plan de reconstruction d'un quartier moderne, me dit-on, est sur les rails.

Une telle déception interrompt mes recherches, jusqu'à un déjeuner, des mois plus tard, où ma voisine de table me demande :

« — J'ai entendu dire que vous cherchiez un appartement à acheter.

— Oui, mais je ne suis pas pressée. Cela fait longtemps déjà que François et moi-même, conscients de la cherté des loyers de la rue Guynemer, avons le projet de quitter ce quartier.

— Je dirige une agence de vente et achat de logements et je viens d'acquérir, rue de Bièvre, un hôtel particulier.

— Si c'est l'hôtel du Palais, vous avez acheté un immeuble qui doit être détruit.

— Il ne le sera pas, car la Mairie de Paris a renoncé à son plan pour sauvegarder un patrimoine, témoin de l'histoire de Paris. »

Et voilà ! la vente de la maison d'Hossegor et un emprunt dont le remboursement mensuel ne dépasserait pas le montant du loyer que nous abandonnions, et toute mon attention se porte sur la rénovation du 22 rue de Bièvre.

Je laissais derrière moi un appartement qui n'était pas à mon image. J'y ai vécu entre parenthèses. Suspendus au quatrième étage, nous devions développer des efforts d'imagination pour nous sentir les pieds sur terre. Mal équilibré entre les salons prestigieux donnant sur un balcon dominant les jardins du Luxembourg, au détriment des pièces où les exigences de la vie maintiennent au foyer les membres de la famille, l'appartement ne facilitait pas l'art de vivre que je cherchais à instaurer. Je le quittais trop volontiers pour retrouver la maison de la Nièvre et son grand jardin sauvage. Au printemps, quand j'en poussais le portail, la profusion des tulipes éparpillées anarchiquement au gré des fantaisies du vent jardinier révélait en moi un bonheur inexprimable. Ou Cluny, la maison de mes parents, et Latche où je construisais un avenir familial.

Maman venait de nous quitter. Je lui avais laissé ma chambre, aux murs tapissés, comme il se devait, des papiers peints Nobilis, mode oblige. Je ne veux pas oublier les bonheurs et les joies que nous y avons vécus, mais lorsque j'évoque cet appartement de la rue Guynemer, malgré moi, ce sont les appels téléphoniques nocturnes, les pleurs de douleur de Gilbert, torturé par ses maux d'oreilles et la mort de maman qui s'imposent.

Les absences de François ont creusé le vide d'intérêt que j'avais pour cet endroit.

L'emménagement rue de Bièvre se fit par épisodes. Trop pressés d'investir ce nouveau domaine, nous occupions d'abord les chambres au fur et à mesure des finitions. Ce fut un été 1973 de passion.

Une cour avec un arbre que nous plantons nous-mêmes ; François marque sa préférence pour un magnolia. Des rosiers et un rhododendron. Un lierre, libéré de la composition florale offerte en guise de bienvenue, si bien chez lui dans son petit carré de terre, qu'il ne mit que quelques années pour atteindre les fenêtres du quatrième étage, où loge Anne-Catherine, la fille d'un ami de Résistance que nous avons entraînée dans notre aventure.

Anne-Catherine, c'est un bonheur pour moi que de t'avoir fait partager ces instants d'enthousiasme.

Une vie peu banale que celle dont les séquences des souvenirs se scindent au rythme des campagnes présidentielles. Nous nous acheminions mois après mois vers les élections de 1974.

Un emploi du temps quotidien prépare les échéances. Les rendez-vous avec les Français se succèdent à un rythme forcé. Les préfectures, les villes moyennes mais aussi les gros villages des cantons, la carte de la France n'a plus de secrets pour les assistants du prétendant à la candidature.

François écrit. *La Rose au poing* vient de paraître.

J'aime bien et j'adhère à quelques formules qui conforteront des positions que j'ai prises des années plus tard.

« De la capacité des hommes du monde entier à contrôler les phénomènes de la croissance, à planifier la production et la consommation des ressources démultipliées par la science, dépendent la vie et la mort de l'espèce. Le choix est là. Il serait temps de s'en occuper. » (*La Rose au poing*, 1973.)

Trente ans d'avance ! Niez-vous encore la puissance de la désinformation ?

J'ai dû lire et entendre à plusieurs reprises cette incitation à réagir en ces années 1970, en pleine élaboration du « programme commun ».

37

Un programme commun prometteur

Un an, il a fallu un an pour que le « forfait » soit consommé. Dès le 27 juin 1972, c'est annoncé, et les commentaires vont bon train.

Jacques Fauvet, dans *Le Monde* du 28 juin suivant, estimait que « de deux choses l'une : ou le contrat signé sera de nul effet faute de victoire électorale ou d'infidélités de l'un des alliés, et ce n'est pas si tôt qu'une tentative de cette nature et de cette ampleur sera reprise ; ou bien le programme deviendra celui de la gauche au pouvoir et la politique française s'en trouvera profondément changée ».

N'en déplaise au grand éditorialiste du *Monde*, eh oui ! la politique française s'en est trouvée profondément changée, puisque c'était le but à atteindre.

Et Raymond Aron[1] qui estimait que « les socia-

---

1. Raymond Aron (1905-1983) : philosophe, professeur et éditorialiste (*Combat*, *Le Figaro*, *L'Express*...), professeur de sociologie au Collège de France. Théoricien du libéralisme, « spectateur engagé ». Il s'opposa à François Mitterrand.

listes (avec ce "programme commun") ont provisoirement divisé la France en deux camps, les socialistes-communistes d'un côté, tout le reste de l'autre ».

Aujourd'hui, en 2007, on dirait la même chose en prétendant que le choix de société se clarifie. D'un côté, celles et ceux qui peuvent se reconnaître dans les principes du programme commun et d'une société humaniste, et, en face, les autres qui entendent la voix de leur maître, la pensée unique qui s'est donné tous les pouvoirs.

Que propose-t-il aux Français, ce programme commun ?

Il instituera un code de garantie des libertés publiques. Il éliminera les monopoles des secteurs clés de l'économie et préparera le contrôle par les travailleurs dans l'entreprise. Il décentralisera la décision administrative et politique et répondra aux revendications de base les plus urgentes, concernant les rémunérations, le temps de travail, les retraites et l'égalité des salaires masculins et féminins.

Mieux encore : il s'attachera à préciser les contours d'un modèle de civilisation où l'individu acquerra les moyens de sa responsabilité.

Faut-il que cet individu soit prêt à assumer cette responsabilité qui fera de lui un citoyen actif ! Trop ambitieux ?

Sans doute et j'aurais pu, alors, dire à François : c'est trop tôt, les Français sont encore trop nombreux à ne pas être disposés à franchir le pas.

Alors ? Le programme commun, j'en ai retenu
une disposition essentielle concernant l'abrogation des lois d'exception, lois qui ouvraient la
porte à l'arbitraire.

Lorsque j'écris « union de la gauche », je sais
que des centaines, des milliers de militants res-
sentent, comme moi, les émotions, les exaltations,
les élans qui nous portaient les uns vers les autres
tant nous courions au-devant... De quoi ? De la
joie de se retrouver. Oui, nous allions pouvoir
rêver ensemble. Le peuple de gauche !

Je connaissais bien, pour les avoir vécus au fil
des dix dernières années, les avancées, les recula-
des, les obstacles élaborés de haute stratégie pour
faire semblant et faire en sorte que cela ne marche pas. Les petits déjeuners rue de Bièvre où un
Georges Marchais investissait son siège à la table
de la salle à manger comme s'il retrouvait le
confort de la franche amitié. Bon enfant, rigolard,
complice d'une bonne action, il me prenait à témoin comme une brave copine. Et, le portail de
la maison fermé sur ses talons, il nous tournait le
dos en brandissant intellectuellement un franc
bras d'honneur. Allons, je peux lui faire crédit de
sa sincérité, jusqu'au retour à son bureau d'où il
devra rendre compte à qui de droit, pour recevoir
les instructions, doublées de recommandations,
émanant de l'ambassadeur soviétique à Paris.

Il s'en passe de belles en ce dernier tiers du
XXe siècle. Dans le sillage de la Deuxième Guerre
mondiale, une « guerre froide », conséquence logi-

que du partage du monde, s'est sournoisement engagée. Elle radicalise les rapports entre des nations groupées en deux « blocs » antagonistes. La puissance soviétique et la puissance américaine s'observent et se toisent, chacune disposant des moyens de la terreur nucléaire qui oblige l'une et l'autre à se tenir sur ses gardes et à déjouer les provocations. Aux nations incluses dans chacun des blocs de s'affirmer et de résoudre, en principe, les problèmes posés par leur propre histoire. La France, confrontée durant vingt-cinq ans à la « décolonisation », s'est malgré tout trouvée coincée face à des soi-disant « indépendantistes » encouragés par les communistes qu'il faut maîtriser sous le regard vigilant des États-Unis.

De fait, l'appartenance à l'un de ces blocs, même sans illusion, même rétive, place l'Europe de l'Ouest dans le camp des Américains. Aux « puissances moyennes » et aux petites nations, la marge de manœuvre sera de plus en plus réduite…

Rien de plus efficace qu'une guerre économique savamment dosée.

De part et d'autre de la ligne de partage, pour l'une ou l'autre des puissances, tu es bon et mauvais à la fois, ennemi ou allié, scélérat ou fréquentable, divinisé ou satanique.

En écrivant cette dernière ligne, je pense qu'il est bien difficile de se déterminer quand c'est le regard des autres qui vous renvoie votre image. J'y réfléchirai plus tard.

En attendant, les partisans des nuances eurent fort à faire pour les imposer… Quand cela lui était possible, le maître américain, fort de son puissant dollar, faisait régner la loi chez ses « protégés ». L'Amérique centrale, le Vietnam, le Chili et le Brésil, bien sûr, mais aussi l'Espagne avec Franco et la Grèce des colonels durent apprendre à vivre avec des « conseillers » en torture et des « Escadrons de la mort ». Il en allait de même en face : Berlin en 1953, Budapest en 1956, Prague en 1968... eurent à subir des invasions brutales dont les chars n'étaient que la partie la plus médiatiquement visible. Et les assassinats en Italie et en Espagne ?

Et tous mes camarades de Résistance qui sont morts pour que nous soyons libres ! C'est dans ce contexte que l'Histoire française des années 1965-1980 doit se comprendre. La France, comme le reste du monde, n'est pas un îlot de disputes gauloises dans un océan de sérénité. Les hommes politiques de ces années-là, et en premier lieu François, le savent bien.

Alors, imbécile heureux, celui qui se croit maître de son destin et prétend conduire la politique de son pays à l'échelle de son pré carré. Il ne dépassera pas le stade du boutiquier, voire du « petit télégraphiste ». Les illusions gaullistes de l'immédiat après-guerre et des premières années de la Ve ont fait long feu...

La sagesse commande de le savoir, de l'assumer et d'avoir une force d'esprit sans faiblesse pour travailler en conséquence.

La stratégie de François pour un changement démocratique et la mise en œuvre d'un programme socialiste dans le cadre de la Vᵉ République doit passer par l'union de la gauche. Il s'y emploie. Au milieu des années 1960, et spécialement après la mise en ballottage du Général en 1965, un autre laboure ce même chantier. Waldeck Rochet, secrétaire général du PCF, développe une thématique voisine sous le nom de « démocratie avancée »… prônant le rassemblement de ceux, militants et partis, qui avaient dit « non » à de Gaulle et au « pouvoir personnel ». « Ce n'est pas le socialisme mais cela lui ouvre la voie. » Un accord est possible.

Malheureusement, en 1969, un malencontreux accident cérébral, pourtant bénin, selon le communiqué diffusé, a hospitalisé Waldeck Rochet à Moscou. Il resta muet jusqu'à la fin de ses jours.

Son second, Georges Marchais, rocailleux, sourcilleux, fort en gueule et volontiers populacier n'était encore que secrétaire « à l'organisation », sorte de « ministère de l'Intérieur » du parti, chargé de la « police politique » : la « section des Cadres »… c'est-à-dire qu'il occupait la fonction qui alors, assurait le pouvoir dans le système soviétique.

J'ai un souvenir brouillé de Waldeck Rochet au fort accent bressois, malgré le pittoresque de sa parole et les mauvais procès qu'on lui a fait sur ses capacités intellectuelles. Pourtant courageusement, il s'était opposé à plusieurs reprises aux maîtres du Kremlin. En 1968, il s'était déclaré en faveur d'une fusion populaire prenant en compte les revendications des étudiants révoltés et les revendications ouvrières... alors que Marchais, lui, se montrait partisan d'une ligne dure et du rejet des revendications étudiantes. (Rappelons-nous sa dénonciation de Daniel Cohn-Bendit, « anarchiste allemand », devenu l'objet, par un contresens « plein de sens », d'un slogan : « Nous sommes tous des Juifs allemands ».)

L'invasion de la Tchécoslovaquie par les chars soviétiques fut désapprouvé par Waldeck Rochet. Marchais lui, n'a pas manqué d'encourager la veuve de Maurice Thorez, Jeannette Vermeersch, tandis qu'elle démissionnait des hautes instances du PCF pour dire son désaccord avec la ligne du Parti.

Bref, Waldeck Rochet n'était pas « conforme ».

Et c'était avec cet homme-là que François avait voulu traiter. Péché majeur.

À cause de sa « maladie », restait à élire son remplaçant.

Et ce fut Marchais.

François, lui, continue sa route, se tait, n'en pense pas moins, mais tient le cap qu'il s'est fixé.

Un an après le congrès d'Épinay, donc en juin 1972, les deux grands partis de gauche — PS et PCF — signent un accord de gouvernement. Ainsi les Français sauront à quoi s'en tenir en cas de victoire électorale. Sur les photos de presse, on les voit : François Mitterrand à gauche, avec Pierre Mauroy, Gaston Defferre et Jean-Pierre Chevènement... Georges Marchais en face, rigolard, en compagnie de Roland Leroy et d'Étienne Fajon.

Les radicaux de gauche de Robert Fabre les re-
joindront peu après.

Dans une atmosphère qui aurait voulu parodier
l'enthousiasme du Front populaire de 1936, mais
en vérité empreinte de l'enthousiasme des militants... les commentaires allaient bon train. Pour
les plus lucides des communistes favorables à
l'union, il était clair que Marchais et son groupe
acceptaient ce « programme commun » avec la
ferme intention de le faire capoter et de démontrer, ainsi, qu'il était impossible à « mettre en œuvre » et quasiment contraire à la pureté doctrinale.
Les socialistes manifestaient-ils plus d'illusions ?

Marchais et son groupe mirent cinq ans à détruire ce que Waldeck Rochet avait tissé.

Le jeu du chat et de la souris s'engage. Il finira
par se retourner contre le plus pervers qui y perdra sa belle fourrure. Son oreille tournée vers le
Kremlin le rendra sourd au profond désir de ses
militants et sympathisants qui, eux, voulaient sin-
cèrement l'union de la gauche.

Le fait que Marchais soit devenu secrétaire général du PCF ne va pas rendre la vie facile aux
partenaires du « programme commun ». On le vit
tout de suite au ton polémique qui fut adopté par
la presse communiste à l'occasion des élections
municipales, cantonales, législatives et, en 1974,
présidentielles. La méthode n'a rien d'original :
accuser l'autre de ses propres forfaits. « Ah ! ces
"socialos" qui sabotent l'union de la gauche en appelant à voter pour les adversaires des candidats
communistes. » C'est-à-dire les socialistes. C'est

ainsi que, dans les « cellules » et les « sections », on expliquait les défaites qui s'accumulaient. Marchais se répandait en vitupérations et en grossièretés devant — il faut bien le dire — des journalistes qui lui servaient la soupe. Rappelons-nous ses « Taisez-vous, Al-Kabbache[1] ! » qui le rendirent plus pittoresque encore que Guy Lux ou Navarro. Une justice : ça ne lui profitait pas électoralement puisque les voix recueillies par les candidats communistes baissaient régulièrement. À cela, selon lui, une seule cause : l'action sournoise des « socialos »...

J'ai toujours pensé que la bonne foi est fondamentale pour établir la crédibilité de quelque organisation que ce soit. Georges Marchais a été l'architecte du désappointement des communistes qui se sont perdus dans les revirements incompréhensibles de leur mentor.

Lassés par l'ingérence de Moscou dans la politique intérieure française, ils portèrent leurs voix ailleurs. Les socialistes français qui, au congrès d'Épinay, voulaient s'en tenir à la « discussion idéologique » ont peut-être compris qu'il était vain de prétendre vouloir discuter avec le KGB.

Nous avons connu une autre façon d'étouffer l'espoir dans l'œuf. La gauche française en fit les frais, même si elle était en terrain protégé par le partage du monde.

---

1. Il s'agit évidemment du journaliste Jean-Pierre Elkabbach, qui était alors en poste à France-Inter.

Et François, imperturbable, façonnait l'union de la gauche.

En France, dans la perspective du programme commun de gouvernement, il y eut d'abord l'échec aux législatives de 1973 : l'UDR gaulliste se maintint et demeura massivement ce « parti de godillots » que conduisit Alain Peyrefitte. Élu en 1969, après la démission du général de Gaulle, débouté au référendum sur la proposition d'une réforme du Sénat, Georges Pompidou mourut au début d'avril 1974.

À mi-chemin entre la naissance et la rupture du programme commun de gouvernement, il y eut donc les élections présidentielles de 1974. Je vous entends : « Ah, le monopole du cœur ! » c'est exactement ce que voulait le candidat Giscard d'Estaing. La stratégie de sa campagne était fondée sur la personnalité de l'adversaire au détriment des intentions politiques. Et plus de la moitié des Français se sont contentés de comparer les âges des protagonistes, la capacité du plus jeune à se mêler au bon peuple, jouer de l'accordéon, au football et se montrer torse nu dans les vestiaires du stade. « Ce sera certainement un bon Président ! » On dit que c'est un bon technicien de la finance, d'une intelligence supérieure. Il présente sa très belle famille. Pour ma part, je ne la lui conteste pas, mais pour quoi faire ? Il parle peu de ses intentions, quelle est sa vision de la société ? Ceux qui se sont contentés de ses performances populaires devront découvrir sa politique à leurs dépens.

Contrairement à ce qui s'était passé en 1965, François, cette fois, ne fut pas soutenu d'enthousiasme par tous les communistes... Les Soviétiques pratiquèrent sans scrupule une ingérence spectaculaire et l'ambassadeur soviétique alla ostensiblement rendre visite à Giscard d'Estaing. Pour calmer les inquiétudes des communistes qui se voulaient libres de la tutelle moscovite, il finit par prendre rendez-vous avec François.

À l'issue du premier tour, 32,6 % des électeurs l'ont placé deuxième au départ de la course suivante.

Au fait, je n'ai rien dit sur le troisième candidat parti sur les chapeaux de roues tant il avait d'atouts de popularité. Le maire de Bordeaux, gaulliste pur et dur, le frétillant, ingambe et séducteur Chaban-Delmas fut si pressé de prendre de l'avance, à peine annoncée la mort de Georges Pompidou, qu'il se perdit dans la course. Ses électeurs, partagés entre leur haine pour Giscard qui avait trahi de Gaulle et la crainte des communistes, ont fini par se répartir entre les deux finalistes.

Pour le second tour, Giscard d'Estaing sera opposé à Mitterrand, fort de ses 43,6 %. Mais ce ne sont pas les 0,37 % de Krivine qui feront le compte.

Confronté à la présentation du programme de gouvernement exposé par son adversaire, Giscard s'aventure à parler de sécurité. J'aurais voulu lui souffler que la sécurité est fille d'une politique sociale plus juste. Et il ne nous dit pas ce qu'il pense faire dans ce domaine. Il s'engage à ne rien changer aux institutions gaulliennes, pas plus qu'à la politique de défense.

Il reste sur la voie du conservatisme. On sait à quoi s'en tenir. Et pourtant sa stratégie du premier tour voulait démontrer qu'il était « l'homme de l'avenir » pour « la continuité sans risque ». J'ai bien saisi qu'il se présentait comme le jeune et beau Président des rêves de ceux qui veulent que les privilèges du pouvoir personnel perdurent.

Ah ! l'époque de Waldeck Rochet était bien révolue. Bien sûr le candidat socialiste n'avait pas d'adversaire à gauche, mais son principal partenaire n'était pas facile à discerner. On a même entendu, du côté d'Ivry-Vitry, des cadres communistes appeler à voter Giscard au second tour. Fallait-il qu'il soit blindé, ce François Mitterrand accablé de tous les défauts politiques par une partie de ses partenaires et présenté comme un vieux rabacheur diabolique par son adversaire. Ainsi chargé, il a pourtant été très proche de la victoire, à quelques milliers de voix près, venues providentiellement des Dom-Tom. Giscard d'Estaing fut élu président, mais au poteau, avec la faible avance de 50,66 % contre 49,33 %.

38

Rencontre avec Fidel Castro

En 1974, après la campagne pour les élections présidentielles, François répond à l'invitation de Fidel Castro. Je l'accompagne.

Oui, j'ai été conquise par les travaux de la Révolution cubaine.

Oui, cela m'a plu de sauter d'une université à l'autre et de voir une jeunesse avide d'apprendre et d'avoir contribué à l'alphabétisation de la population... Oui, cela m'a plu de voir les paysans récupérer et cultiver leurs terres.

Oui, l'expropriation des compagnies américaines ne m'a pas déplu. D'autant plus que celle du téléphone et le télégraphe sont des agences de service qui sont du ressort de la gestion publique.

Oui, j'ai applaudi l'échec de la tentative de déstabilisation menée par les Cubains anticastristes de Miami pilotée par la CIA. Peut-être ont-ils compris que la population cubaine est fière de sa révolution et ne se prêtera pas à ces manœuvres de démobilisation ? La déconvenue de la baie des Cochons avive la haine des fugitifs et accroît la reconnaissance d'un peuple qui a accès à ses revenus, aux biens et services essentiels, à l'éducation et à la santé gratuites, aux logements, alimentation, transports et loisirs subventionnés.

Ce qui insupporte au-delà de toute tolérance, c'est l'intérêt qu'elle suscite chez les voisins d'Amérique latine.

En réponse à la saisie des entreprises américaines, les États-Unis rompent les relations diplomatiques et, dès 1962, imposent un embargo, toujours en place de nos jours. Et ceux qui ne sont pas assujettis à respecter l'embargo subissent un chantage grossier, jusqu'à la loi Helms-Burton en 1996, qui légalise l'injonction, ce qui rend très difficile tout commerce avec Cuba. D'autant plus que la chute du mur de Berlin isole davantage encore cette petite île en butte aux coups de boutoir du plus puissant des États.

La politique de restriction qui s'ensuit, rendit la vie particulièrement difficile aux Cubains. Ce fut l'exode ; alors que je visitai les partenaires que nous soutenons pour une crèche, une Institution de recherches biotechnologiques, l'École Internationale de Cinéma, et un centre pour enfants inaptes, le soir venu, retrouvant Fidel à l'ambassade de France, je me souviens de son expression désabusée :

« — Qu'ils partent puisque nous ne pouvons plus les nourrir. Je ne les retiens pas.

— Et à ceux qui prétendent qu'ils fuient votre régime dictatorial, que répondez-vous ?

— Qu'ils nous laissent vivre, n'étranglent plus notre économie et ne nous harcèlent plus avec leurs intrusions malintentionnées. »

Beaucoup plus tard lors d'une visite officielle en France, je lui demande pourquoi il maintient la peine de mort. « Nous sommes en guerre depuis notre arrivée au pouvoir et la population ne comprendrait pas que nous nous privions de cette sanction pour celui qui vient tuer chez nous. »

Non convaincue par sa réponse, je peux comprendre l'argument, mais ne manque pas de lui rappeler que François s'était engagé pour l'abolition alors que la majorité des Français étaient pour la maintenir. Ils lui ont pourtant apporté leurs suffrages.

« — Et ce reproche permanent concernant vos prisons qui incarcèrent des prisonniers politiques ? Mes amis socialistes [enfin ceux qui se disent socialistes jusqu'à ce que les sirènes d'un autre choix de société les hissent au pouvoir pour l'autre choix] réprouvent mon attachement à votre population qui ne se révolte pas.

— Parce que si vous visitez les prisons cubaines, vous n'y trouverez que des prisonniers passibles de la Cour pénale.

— Alors pourquoi empêcher Amnesty International d'enquêter, comme elle vous le demande ?

— Parce que la liste des quatre cents noms que les représentants de cette association font circuler n'a pas de fondements et que ces prisonniers n'existent pas dans nos prisons.

— Les auriez-vous fait disparaître ?

— Vous les trouverez chez eux. »

Et Fidel Castro continue en proposant à France Libertés de préparer une mission d'observation.

« — Toutes les portes vous seront ouvertes et

vous pourrez vous entretenir avec qui vous voulez
sans témoins.

— Enfin, Fidel, vous savez bien que je ne suis
plus crédible, pas plus que ma fondation quand il
s'agit de Cuba. On me dit une de vos groupies,
avec tous les sous-entendus que cela implique...
Mais je peux vous suggérer de réunir plusieurs associations au-dessus de tout soupçon d'indulgence
pour votre gouvernement, et organiser une mission.

— D'accord ! »

C'est ainsi qu'en 1996, Human Right Watch
(ONG américaine), Médecins du Monde, la
Fédération internationale des droits de l'homme
et France Libertés ont publié un rapport que
j'aurais aimé vous voir lire. Sa diffusion n'a pas
eu l'air d'intéresser les médias.

Ah, j'allais oublier de vous dire que j'avais convié
Amnesty International à se joindre à nous.

L'invitation a été déclinée.

Fidel Castro sait bien que son peuple a de nombreux amis en France et que François compte
parmi eux, mais il sait aussi que la France est une
petite partie de l'Europe et que l'intérêt porté aux
Cubains ne pèse pas lourd dans l'escarcelle de la
dictature économique mondiale.

Quand je suis à Cuba, j'y puise toute l'énergie
que ce peuple est capable de dispenser.

Toutes ces timides émergences démocratiques (Argentine, Chili, Pérou, Équateur, Venezuela, Nicaragua, Salvador, Guatemala), qui donnent la parole aux peuples, contrarient les objectifs de ceux qui veulent maintenir la dose de misère et d'obscurantisme suffisants pour éloigner toute velléité de prise de conscience des peuples sur une autre conception de leur art de vivre. L'actuelle liberté d'imposer, de spolier et d'exploiter se trouverait plus contrainte dans un contexte démocratique, sous l'œil vigilant d'une population qui veille au grain.

Et si un jour, une population qui par référendum impose le départ des multinationales... de l'eau, par exemple ?... s'avisait de donner à réfléchir sur le statut de la monnaie ? Peut-être n'y pense-t-on pas encore. Mais ce n'est pas impossible.

La lucidité de François m'allait droit au cœur quand je pouvais lire : « Il ne m'est jamais venu à l'esprit de penser qu'un homme pouvait, en quoi que ce soit, se substituer aux mouvements d'un peuple et que sa vérité personnelle pourrait être plus forte ou plus juste que la volonté populaire. »

39

La rupture de l'union de gauche

Le cap des élections passé, François resté sur la touche, le bureau politique communiste respire et, sans vergogne, propose de reprendre la réactualisation du programme commun.

« Et pourquoi pas ? disent les socialistes, aucun inconvénient. » Il était de la culture de François et de ceux qui le soutenaient qu'un programme est toujours un acte de circonstance, amendable et transformable, perfectible. Tout le contraire d'un dogme figé, immuable, imposé avec intransigeance à un peuple qui n'en peut mais.

Au cours d'élections partielles et locales, on voit le ton monter entre les deux partenaires principaux de la gauche. Les radicaux de gauche (MRG), avec Robert Fabre, s'en mêlent et tentent la médiation...

Tout avait commencé en mai à l'occasion d'un débat entre François et Raymond Barre (Premier ministre de Giscard d'Estaing). Les communistes n'étaient pas d'accord sur le chiffrage, par le Parti socialiste, des mesures proposées par le programme commun. Le 17 mai, une réunion « au sommet » lança « l'actualisation » de ce programme. Un groupe de travail fut constitué avec cinq délégués de chaque formation...

Cela se corsa en juillet. L'absurde ajoute au burlesque quant à l'évocation d'un référendum sur la « force de dissuasion ».

Pour les amateurs de phrases qui font sourire, le « Liliane, fais les valises ! » reste dans les mémoires, pour un retour d'urgence à Paris, soit-disant préoccupé par l'attitude des socialistes (il ne disait pas des « social-traîtres » mais le pensait si fortement que ça s'entendait à des lieues à la ronde). Au vrai, il apparaît que les communistes traînent de plus en plus les pieds. Le 29 juillet, après quinze réunions improductives, la commission se sépare sans parvenir à un accord. Les négociations butent maintenant sur les nationalisations après s'être heurtées à la « force de dissuasion ».

Les commentaires mettent désormais en avant l'attitude de mauvaise foi du PCF. L'espoir d'une synthèse s'évanouit... Il n'y a plus de programme de gouvernement. Les commentateurs soulignent que « les dirigeants socialistes [sont] convaincus que le PCF a décidé de suspendre les négociations avant même qu'elles soient commencées ». *Le Monde*, sous la plume de Thierry Pfister, estime que s'est produit « l'irréparable ». Je suis chagrine de vous raconter toutes ces petites vilenies qui n'honorent personne. Ni ceux qui les concoctent, ni ceux qui s'en repaissent, ni ceux qui en profitent. Ni d'un côté ni de l'autre. Même si une

victoire aplanit les griefs le temps de l'euphorie, la
méfiance et la fourberie omniprésentes, dont il faut
sans cesse déjouer les pièges, m'éloignent de ces piè-
tres tractations pour me rapprocher des problèmes de la vie quotidienne. Mon chemin s'éclaire.

En cette fin de décennie 1970, je sais où je vais,
j'argumente mon choix de société. Je préfère celle
qui refuse l'exploitation de l'homme par l'homme
à celle qui favorise la croissance pour un profit
confisqué par quelques-uns.

Pourtant, je sais bien que, pour le système qui
nous gouverne encore, ces principes fondamentaux qui dictent notre conduite se perdent quand
l'homme et le groupe d'hommes auxquels nous
déléguons une responsabilité démocratique de
gouverner s'en remettent au pouvoir mondial de
l'argent sans foi ni loi, ni chair ni âme et fait appel
à la force armée.

Alors j'ai envie de reprendre un texte que j'ai
dû écrire il y a des années, un jour de colère où je
voyais s'éloigner mes espoirs de voir le monde
s'amender.

Assez, assez, assez d'hypocrisie au service d'ambitions personnelles qui n'ont rien à voir avec l'intérêt des populations que vous êtes en charge de
servir. Nous vous avons mandatés pour organiser
des relations harmonieuses entre les différentes
couches de la société et aménager l'environnement dans l'intérêt général des peuples. Vous ne
vous servirez pas de nous à des fins de pouvoir
pour d'autres intérêts.

Et vous appliquerez le programme de gouvernement pour lequel nous vous avons élus.

Avec d'autant plus d'espérance que circule déjà au Parti socialiste l'ébauche des 110 propositions élaborées pour la campagne présidentielle de 1981. Ceux qui ont choisi de vivre autrement et qui ont saisi le message d'« une France ouverte sur le monde » — un monde fait de gens, de cultures, de traditions, de forêts, de ciels, de terre et d'eau. Enfin, des gens vivants et non des pions exploitables et consommateurs sans jugeote qui auront peut-être lu le texte et ne manqueront pas de le discuter.

Il en ressort avant tout un respect de la vie. Je ne fus donc pas étonnée de trouver, de la part de son inspirateur, sa détermination d'abolir la peine de mort.

En redécouvrant le texte original pour les besoins de mon écriture, je me dis qu'il a vraiment de la suite dans les idées celui qui, depuis la fin de la Deuxième Guerre mondiale, poursuit le cheminement d'une pensée née du choc de la vie des stalags, des amitiés entre prisonniers de guerre et du goût inassouvi de la liberté.

Le droit des peuples à se déterminer, la décolonisation qu'il a menée comme ministre de la France d'outre-mer, le programme commun qui voulait instituer un code de garantie des libertés publiques, l'élimination des monopoles, la décentralisation de la décision administrative et politique, ce qui revient à responsabiliser le citoyen, sont autant de propositions qui buteront sur la forteresse, encore inébranlable, du capitalisme, mais qui finiront par tracer leur sillon.

Et que disait-il de plus ou de moins quand, à Épinay, il fustigeait le maître argent qui corrompt, qui... Ah ! je me ferais un plaisir de reprendre la tirade, mais vous penseriez que je fais une fixation sur la nocivité de l'argent mal compris.

En 1980, ce n'était pas encore le cas, mais ma propension à visiter, peuple après peuple, les victimes de la dictature financière et économique, m'a fourni les arguments que je développe aujourd'hui parce que je suis beaucoup mieux informée pour pouvoir lui décocher quelques-unes de mes flèches.

Pourtant, je l'aime bien, moi, l'argent, quand il joue son humble rôle d'outil d'échange. Comme je prends soin du râteau qui me sert à ramasser les feuilles mortes ou les herbes sèches. Quand je le range dans son placard, le soir, je ne lui demande pas de faire des petits râteaux pour le lendemain. Ce n'est pas sa vocation. Dans ma logique, l'argent est un outil d'échange, selon la mission qui lui a été dévolue à sa création par nos ancêtres. Je dénonce l'hérésie qui consiste à lui demander de se reproduire à l'abri des coffres bancaires en spéculant à des taux usuraires inconsidérés sur des richesses qui ne lui appartiennent pas. Mais j'anticipe.

Revenons au temps où François prépare son accession à la présidence de la République et élabore les « 110 propositions ».

Si nous n'étions pas si pressés de connaître enfin la paix que le candidat invoque, nous pourrions nous satisfaire de l'annonce d'une volonté de paix. Pour la paix, la proposition numéro 6 pour le « désarmement et [la] sécurité collective », qui introduit le refus de la dissémination nucléaire, vaut mieux que l'annonce du candidat Giscard qui nous assure de la continuité dans le domaine de la défense. C'est-à-dire ? Il suffit d'ouvrir les yeux et les oreilles, le petit écran diffuse à longueur de journal télévisé les images les plus violentes d'une guerre cruelle où femmes et enfants fuient et courbent le dos avant d'être fauchés par la barbarie. Les scènes les plus brutales ne sont pas épargnées aux téléspectateurs. Comment ne pas réagir ?

Les points 1, 2, 4 demandent le retrait des troupes soviétiques en Afghanistan ; condamnent l'aide militaire et financière apportée par les États-Unis aux dictatures d'Amérique latine. Et alors ? elles seront condamnées par la France et comment les empêcher de continuer, si les Américains eux-mêmes n'interviennent pas auprès de leur gouvernement ? Nous pourrons toujours soutenir les populations dans leur résistance aux régimes qui les oppriment.

Et lorsque je lis « dialogue Nord-Sud pour la mise en place d'un nouvel ordre économique mondial », François sait bien que l'ordre économique du moment ne se préoccupe guère de dialogue, mais plutôt de questions-réponses avec soi-même, dans un intérêt bien compris.

Alors, « une France forte, dans une Europe indépendante », une France exemplaire dans une
Europe indépendante, interprétais-je, qui bien sûr
ne l'était pas et ne l'est toujours pas. Ce ne sont
pas les chefs d'État d'alors qui la libéreront du
joug économique que savamment ils maintiennent à leurs fins.

40

Assez !

Mon choix, vous l'avez saisi, se situe du côté des lois sociales qui entraîneront la dynamique de l'espoir nécessaire à la construction d'un monde libéré des interdits générés par la pauvreté.

Assez d'ingérence dans le monde qui impose le chef d'État sans foi ni loi, ou le militaire aux ordres d'un système économique mondial dont sa dictature dépend.

Assez d'envoi de forces armées pour étrangler des peuples, les amener à l'extrême misère physique et morale, les inciter à l'exode ou à la révolte réprimée dans le sang.

Assez de la corruption à coups de millions (si je veux être modeste) : dénuée de conscience, elle méprise les peuples et leur intégrité. Quand je parle des peuples, ce sont de ceux que j'ai rencontrés et entendus. À l'évocation de leurs témoignages et au constat de leurs situations déplorables, la colère s'amplifie et me pousse à lancer tous azimuts des « Assez ! Assez ! ».

« Assez ! » qui rejoignent les « ya basta » des zapatistes et les « nunca más » des Latino-Américains.

Vous verrez que nos voix conjuguées venant de tous les points cardinaux finiront par atteindre ceux qui ne veulent pas entendre.

Croyez-moi, nous avons déjà fait du chemin et sommes de plus en plus nombreux.

Assez de violence et de guerre pour prouver qu'on existe et imposer sa loi.

Assez de l'argument sécuritaire qui désigne les terroristes de la rue en évitant de reconnaître le terrorisme d'État qui tient le monde à sa guise.

Assez des manipulations, des machinations et des intrigues policières en vue de déshonorer les opposants trop gênants de lucidité.

Lorsque, quelques années plus tard, François évoqua le contre-pouvoir nécessaire au pouvoir d'État, j'ai bien vu où j'allais me situer.

Mes rêves de paix allaient évidemment m'éloigner de toute rébellion armée, même si je pouvais comprendre les raisons de la révolte — quand les révoltés peuvent encore entendre que la violence n'apportera rien de bon. Nous avons toujours préconisé le dialogue. Mais en face, le terrorisme d'État est encore loin, à ce jour, de raison garder.

En ce début des années 1980, je n'imagine pas encore que les discussions autour de la rédaction des 110 propositions puissent apporter des espérances pour les actions humanitaires que je poursuivais comme militante de l'organisation Solidarités Internationales.

Vous ne serez pas très nombreux à vous souvenir de la campagne « des cahiers, des crayons

pour les enfants du Salvador et de l'Afghanistan ».

Depuis quelques semaines déjà, nous étions
quelques-unes, quelques-uns à nous époumoner
pour attirer l'attention sur les écoliers victimes de
la guerre des puissants.

Miracle ! à l'annonce de la candidature de
François, les médias ont un regard sur son épouse.

« — Que faites-vous, madame Mitterrand ?

— Je prépare des affichettes et confectionne des
panneaux pédagogiques en vue de sensibiliser mes
compatriotes sur la situation des habitants au Salvador et en Afghanistan. »

Par notre discours, nous dénonçons les grandes
puissances, qu'elles soient de l'Est ou de l'Ouest,
qui n'hésitent pas à déstabiliser, terroriser une population et détruire une culture ancestrale pour
assouvir une ambition de pouvoir. Non seulement
tuer des hommes, mais avant tout exploiter les richesses du pays.

En premier lieu nous ramassons des cahiers et
des crayons pour les écoles en mal de fonctionne-
ment.

Les médias en parlent et, mieux encore, un
publiciste renommé me propose un spot sur cette
action et une chanson en disquette. Nous n'en
demandions pas tant.

Toutefois quelques idées me traversent l'esprit
si jamais François est élu...

Je pense déjà au projet d'aide aux infirmières
polonaises et à l'issue de l'aventure des convoyeurs
de médicaments.

Au fur et à mesure que mes doigts courent sur le clavier de l'ordinateur, j'ai envie de vous raconter cette épopée rocambolesque, vécue par les missionnaires des petites associations modestes que nous représentions. Ce sera pour une autre fois.

Assez, assez de guerres intestines ou internationales. Quelle folie furieuse incite les grands de ce monde à allumer ou à entretenir les feux de la haine, jouer aux apprentis sorciers dont ils finiront par être les victimes ?

J'ai toujours été admirative du Costa Rica qui n'a pas d'armée. Et lorsque Oscar Arias a maintenu cette mesure, il a reversé le budget militaire sur celui de l'Éducation nationale. J'aime à penser que son prix Nobel de la paix le récompense de cette initiative.

Je me demande aussi pourquoi ce petit pays ne fait pas école.

Il est vrai que le prix Nobel de la paix a aussi été décerné à des chefs d'État foudres de guerre.

Cherchez la logique.

Ces 110 propositions, c'est une façon d'annoncer la couleur pour un tableau européen pas encore préparé au rose, assurément trop foncé pour ne pas rompre l'harmonie.

Que se passe-t-il lorsque les premières mesures d'un exemple de croissance sociale sont adoptées par l'Assemblée nationale dès le 1er juillet 1981 ? Bof, elles ne sont pas trop dérangeantes pour l'économie mondiale. Après tout, si le gouvernement des socialistes dépense son argent pour augmenter de 20 % les allocations aux handicapés, de 25 % celles aux familles et majorer l'aide au logement de 25 %, c'est son affaire. Qu'il relève le smic, que la TVA pour les produits de première nécessité soit ramenée au taux zéro, le FMI ne s'en préoccupe guère. Ah, l'impôt sur les grandes fortunes, ouvrons l'œil : les entreprises multi-nationales regimbent.

Assez, assez de cynisme !

Dans ce registre, on voit bien qui fait le choix d'alléger les charges des patrons et d'augmenter le taux de rémunération des caisses d'épargne. À vous de choisir.

Cinquième partie

« QUE NOUS ARRIVE-T-IL ? »

41

10 mai 1981

On a voté. Les flashes crépitent. Comme à chaque élection depuis 1946, quels qu'en soient les
objectifs, nous votons ensemble. Le numéro de
registre : 645 ; le « a voté » résonne dans la grande
salle de la mairie. François, depuis qu'il est maire
de la ville, se retire dans son modeste petit bureau, gardien de tant de souvenirs.

Je m'attarde quelques instants, assise sur la
margelle de la fontaine de Niki de Saint-Phalle.
Ses jets d'eau animés me fascinent, le temps d'éva-
cuer toutes les drôles de pensées qui m'assaillent.

Et selon la tradition, je me rends chez nos amis
Jean et Ginette Chevrier, les patrons de l'hôtel du
Vieux-Morvan.

Ce jour-là, après le déjeuner rituel autour de la
grande table dressée dans la salle du restaurant, je
me réfugie avec ma sœur dans une petite chambre. Depuis le début de l'après-midi nous tentons
de tuer le temps en jouant au Scrabble, pour mieux
maîtriser l'attente qui rend particulièrement fébri-
les notre entourage et les militants qui vivent avec
nous cette journée pas comme les autres. Silen-

cieuses, perdues dans nos pensées incommunica-
bles, le regard fixé sur les petits carrés blancs
présentant les lettres de l'alphabet, nous entendons battre le pouls de la maison. Il s'emballe à la
moindre annonce et les ondes de la rumeur s'éten-
dent hors les murs, traversent la place, envahis-
sent la ville qui résonne de hourras ou de sifflets
stridents.

La trotteuse de la pendule a encore quelques
tours de cadran à parcourir. Depuis quelques instants, François nous a rejointes. Christine, ma sœur,
s'apprête à poser sur le plateau du jeu les sept lettres du mot qu'elle vient de composer. Elle sus-
pend son geste...

20 heures. Et l'écran de la télévision se couvre
de traits horizontaux qui dessinent un visage.
François ! C'est le portrait de François qui occupe
tout l'écran avec l'annonce :

« FRANÇOIS MITTERRAND, PRÉSIDENT DE
LA RÉPUBLIQUE. »

Je suis pétrifiée, à peine si je sens François me
serrer le bras en murmurant à mon oreille : « Que
nous arrive-t-il, mon Danou ? »

Ma sœur s'angoisse et je l'entends marmonner :
« Cette fois, je l'ai perdue. »

Dans toute la ville, les Morvandiaux et les militants accourus des départements voisins et, pour
certains beaucoup plus éloignés, entonnent : « On
a gagné ! on a gagné ! » sur le rythme des suppor-
ters de football. Les « Mitterrand, Président ! »
sortent de la ville, vont en écho jusque dans les
collines et se perdent dans la forêt.

J'éprouve une première gêne lorsque je croise des regards qui semblent me voir « autrement ». Ce n'est tout de même pas parce que mon mari change de bureau que nous ne sommes plus les mêmes !

Je remarque que quelques-uns, qui l'appelaient François, il y a quelques heures seulement, se gargarisent de « Monsieur le Président » par-ci, « Monsieur le Président » par-là.

Mais que s'est-il donc passé entre 19 h 59 et 20 h 01 ? Allez ! j'aurai tout le temps dans les jours à venir de répondre à cette inquiétude…

Pour le moment, François m'entraîne sur la terrasse de l'hôtel qui domine la place. C'est la joie, l'enthousiasme, les bravos, les embrassades. Descendue rejoindre les amis, je vis ces quelques heures dans le brouhaha, les bousculades, évitant les coudes des journalistes et les coups de caméra. En quatorze ans, j'aurai appris à me préserver et la meilleure méthode c'est de rester en dehors du cercle qui se ferme derrière François.

(Je pourrais vous raconter comment, en Uruguay, lors du voyage officiel, le protocole a perdu les deux « premières dames » qui regardaient passer la cohue du cortège et se retrouvèrent seules sur le trottoir. Je l'aimais bien, Maria Sanguinetti, elle était un peu facétieuse, comme moi. Nous nous amusions beaucoup de cette situation.

« — Et maintenant, si nous allions au cinéma, ou boire un verre sur une terrasse de la plage, me souffle-t-elle. — Nous n'en aurons pas le loisir, voyez, nous sommes déjà repérées. »)

Ce soir-là, 10 mai, François remercie ses électeurs. Depuis la mairie, il s'adresse aux Français :
« Cette victoire est d'abord celle des forces de
la jeunesse, des forces du travail, des forces de
création, des forces du renouveau qui se sont assemblées dans un grand élan national pour la paix,
l'emploi, la liberté... Elle est aussi celle des hum-
bles militants pénétrés d'idéal... Ils sont notre
peuple... Je n'aurai pas d'autre ambition que de
justifier leur confiance. Des centaines de millions
d'hommes sur la terre sauront ce soir que la
France est prête à leur parler le langage qu'ils ont
appris à aimer d'elle. »
C'est essentiellement ce que j'en ai retenu ce
soir-là.

Puis ce fut le retour vers Paris. Voitures et motos
de journalistes, cameramen et sympathisants forment un cortège des plus excités.
Juste avant le péage, une haie de motards ouvre
la route. Et le péage ? On ne le paie plus ? Ce
n'est pas normal. J'en fais la remarque : personne
ne m'a entendue.
Paris. Le boulevard Saint-Germain est noir de
monde et la rue de Bièvre inabordable malgré le
service de sécurité débordé par tant de manifestations d'amitié. Le comité de soutien de la rue se
présente dans la cour : le cordonnier, Arménien,
le ramasseur de papier, Kabyle, le restaurateur,
Vietnamien... et tant d'autres. Ils étaient si contents. François les remercie. « Nous aurions bien
aimé voter pour vous, mais nous n'avons pas de
cartes d'électeur. »

De la fenêtre de ma chambre, j'entends les rires, les chants, les pétards, les cris de joie qui font vibrer tout le quartier et l'autre rive de la Seine jusqu'à la Bastille. Je me prépare à rejoindre les fêtards lorsque, devant le porche fermé de la maison, quelques agents de la sécurité me retiennent : « Il n'est pas question que vous sortiez, madame la Présidente, nous avons pour mission de vous protéger. » Deuxième interrogation de la soirée. Ce soir, je n'insisterai pas, mais il faudra qu'on en parle, de « ma sécurité ».

Privée de Bastille, je n'aurai pas bravé la pluie d'orage qui n'a en rien calmé les ardeurs. Je n'aurai pas vu le feu d'artifice, ni fredonné les chansons des artistes, en chœur avec la foule.

On m'a raconté et on me raconte encore :

« Du petit, qui avait douze ans et qui allait passer en cinquième, jusqu'au vieux militant habitué aux couleuvres, toute la famille était assise en rond sur le tapis devant le poste... Et puis voilà, alors que les présentateurs faisaient déjà la gueule (je ne me souviens plus qui ils étaient... ni sur quelle chaîne), les paris s'engagèrent : "Ça doit être bon ! disait l'un. — Mais non, mais non... disait l'autre. Ils n'ont pas le droit avant 20 heures..." Chez nous, il y avait toujours quelqu'un pour limiter les enthousiasmes ; comme si ç'avait été un sentiment qui porte malheur. Enfin, le temps de dire tout ceci, il était 20 heures.

Il y eut d'abord un hurlement. Du plus petit au plus grand. On ne voyait plus rien, que l'écran avec cette image qui se composait et se recomposait... Ensuite, on déboucha le champagne, étant entendu que c'est notre "vin de pays", chez nous, dans la Brie. Et puis on pleura devant l'image du Vieux-Morvan : François Mitterrand et Danielle, sa femme, saluant la foule...

À Paris, ce fut immense. Je ne sais plus s'il faisait beau ou s'il pleuvait. Depuis la Libération, je n'avais pas rencontré cette joie. En 1968, ça n'était pas pareil : on bravait quelque chose, on défiait, on était là pour combattre... "Dix ans, ça suffit !"

On "les" eut néanmoins treize ans de plus, méprisants et vindicatifs. Cette fois, treize ans plus tard, on savait que tout allait changer, que rien ne serait plus jamais comme avant — *avant* : toutes ces vingt-trois années qui nous ont été volées par les "parvenus", après 1958 et l'Algérie. Entre nous, on ne les qualifiait pas autrement : Pompidou, Peyrefitte, Roger Frey, Pasqua, Michel Droit, Christian Fouchet... etc., au point d'oublier le plus amer, le plus jaune : Michel Debré. Et toute cette joie à cause d'un homme de longue patience terrienne qu'on avait accompagné quand il s'était distingué d'entre les présumés vaincus, en 1965, et qu'on l'avait reconnu comme porteur des promesses d'une autre société.

Avec François Mitterrand, tout allait changer : les cours de la Bourse, la monnaie, le travail, le rapport entre les hommes. Et tout serait effacé de ce qui avait triomphé par la trouille, en juin 1968. (On leur aurait présenté un cheval, ils l'auraient élu.)

Cette fois, même si cela ne dura que jusqu'à l'été, on s'était identifié "peuple de gauche". "Peuple de gauche", comme au temps des sans-culottes, des communards, des congés payés, des maquisards... Et tant pis pour les esprits chagrins à qui cette notion donne des ricanements et des haut-le-cœur pareils à ceux qu'eurent les versaillais de 1871 ou les maréchalistes de 1944. Cette fois, la joie sauvage se lisait aussi dans le regard des filles et dans la démarche des hommes à cette façon de hisser les enfants sur les épaules. On avait gagné... »

Toute la nuit la rue de Bièvre ne désemplit pas. J'ai sommeil.

Demain sera un autre jour.

Pendant onze jours, une petite cellule s'affaire à organiser les festivités de la journée de l'investiture. Pendant onze jours, je continue à animer la campagne des « crayons et cahiers pour les enfants du Salvador et de l'Afghanistan ».

Je m'efforce de ne rien prévoir pour la semaine où je franchirai le porche de l'Élysée. À chaque jour suffit sa peine. Je découvrirai ce que je devrai découvrir quand le moment sera venu. Christine ne me quitte pas. Pour elle, j'ai toujours été la petite sœur qu'elle protège de ses enthousiasmes débordants, de ses chagrins envahissants. En ce jour, elle ne sait plus quelle sera sa place dans ma vie. Et je ne comprends pas.

Je commence à être horripilée par ce titre de « première dame de France ». Aujourd'hui, il me colle encore à la peau et je vois bien qu'il fait écran à tout ce qui pourrait révéler ma personnalité, ma raison d'être. Il n'est de jour où, dans la rue, dans les magasins, sur les marchés à Soustons ou à Cluny, des gestes d'amitié ne me soient adressés. « Bonjour, madame Mitterrand, j'apprécie beaucoup tout ce que vous faites pour les opprimés, avec votre fondation. » Mais si je poursuis en demandant quelles actions les intéressent particulièrement, je me rends compte que peu de gens en connaissent les objectifs et les causes défendues.

L'ex-première dame de France occulte tout ce que Danielle Mitterrand entreprend en qualité de citoyenne responsable de son environnement humain et terrestre. Elle oppose un écran à ses engagements politiques et le travail effectué au sein du mouvement mondial qui souhaite préserver l'avenir d'une politique actuellement suicidaire pour l'humanité. Je dois me faire une raison ; les médias me sollicitent pour des émissions sur les premières dames... de France ou d'ailleurs. Quand je refuse de me prêter à ce genre d'exhibitionnisme, je peux imaginer les adjectifs peu amènes qui s'attachent à mon personnage.

Peu importe.

Ce que je souhaite mettre en avant, c'est tout ce que vous avez lu tout au long de ces pages, qui vous aura éclairé sur l'idée que nous nous faisons de la liberté, des droits de l'homme et des peuples, de la justice et de la solidarité, nous, femmes et hommes de gauche.

Tout ce travail pédagogique élaboré par l'un de nous, penseur visionnaire, a conduit pas à pas le processus de la gauche unie jusqu'au pouvoir. Sa patience, sa détermination, sa capacité à déjouer les traquenards, les machinations et à endurer les

trahisons et les mauvaises manières et, plus douloureux encore, la déloyauté de ses pairs, tout cela
a sculpté le nouveau président de la République.
Arrivé, en ce 10 mai 1981, au sommet du pouvoir
en France, se pose-t-il la question sur la marge de
manœuvre qui lui sera consentie dans un monde
qui n'en revient pas du succès des socialistes ?

L'annonce terrifiante de la venue des chars russes sur la place de la Concorde n'a pas dissuadé
de voter pour les horribles socialo-communistes au
second tour. Et le gendre du général de Gaulle,
grand chancelier de la Légion d'honneur ? Lui
qui devra remettre au nouveau Président les insi-
gnes du plus haut grade de la plus haute distinction a annoncé qu'il démissionnerait de sa charge
plutôt que de devoir accomplir ce geste « outra-
geux pour la France ». 100 000 voix de plus ! Celles des nombreux Français qui, eux, se sont sentis
outragés. Une telle annonce, c'est certain, a conforté la victoire de François.

L'« homme du passif[1] » a dû s'effacer devant
cet homme « du passé » qui avait pris le temps de
rencontrer, d'entendre les préoccupations profondes des Français mais aussi de situer la France
dans le contexte mondial pour sortir du système
qui nous broie, ou tout au moins lui résister.

1. Le 5 mai 1981, un face-à-face télévisé oppose François
Mitterrand et Valéry Giscard d'Estaing. Alors que ce dernier
qualifie son concurrent d'« homme du passé », François Mitterrand a cette réplique qui fera mouche : « Vous êtes l'homme
du passif ! »

42

Le Panthéon et la rose

Le jour se lève, un peu nuageux, ce 21 mai.

Vous attendez peut-être que je vous confie mes impressions du moment où j'ai ouvert les yeux ce matin-là. Je ne me les rappelle pas. La cour de la maison retentit des conversations des proches.

De ma chambre de la rue de Bièvre, j'ai dû suivre sur le petit écran l'entrée officielle de François à l'Élysée ; comme tous les Français, j'ai attendu le départ de l'ancien Président, après la poignée de main sur le perron. J'ai suivi du regard sa longue traversée de la cour d'honneur, fier malgré sa déconvenue ; comme beaucoup de Français, je n'ai pas apprécié les sifflets ni les huées qui l'ont suivi jusqu'à ce qu'il disparaisse. Deux jours plus tôt, j'avais regardé à la télévision son allocution de départ et j'étais restée médusée par sa mise en scène pitoyable.

Vêtue d'une petite robe chemisier à rayures verticales, je monte dans la voiture qui m'est désormais attribuée et qui m'amène à l'Élysée.

Je ne sais pas sur quels critères ont été invités les convives de ce premier déjeuner officiel dans la grande salle des fêtes. Le protocole y a pourvu pour l'essentiel. Pour les invités personnels du Président, encore sous le choc de l'incrédulité, ce fut une véritable conquête des lieux.

Pour moi, non, ce n'était pas une découverte. Lorsque j'avais vingt-trois ans, j'avais assisté à quelques dîners de prestige, en accompagnant François, alors ministre des Anciens Combattants, quand nous étions invités par le président Vincent Auriol et son épouse. En ce temps-là, le smoking et la robe de soirée longue étaient de rigueur. Ma sœur se faisait une joie de contacter la maison de couture qui acceptait de me prêter une robe d'un soir. On ne peut pas dire que j'étais une personnalité remarquée. Si ce n'est l'interrogation d'un huissier qui me demanda, un soir, qui était mon père. « — Monsieur Gouze... — Mais je n'ai pas ce nom sur ma liste de ministres invités. — Non, parce que vous devez trouver le nom de mon mari : François Mitterrand. »

Sous la présidence de René Coty, je devins une habituée. Je ne m'étonnais plus de me trouver en face du Président, entre le nonce apostolique qui devint Jean XXIII et une haute personnalité militaire américaine dont j'ai tout oublié. Une série de veuvages m'avait hissée au premier rang des personnalités féminines.

Bref, je connais la « maison » et je remarque tout de suite que les lieux, parfaitement conservés, n'ont pas changé. Mais désormais tous les mystères qui se cachent derrière les portes fermées sont à ma portée. En attendant le départ pour le

Panthéon, je n'explorerai que les salons officiels
du rez-de-chaussée. Ma sœur, ma confidente, ma
complice, ma... bref, ma sœur, essaie de m'imaginer dans ce décor, commente parfois avec humour, ce qui déclenche de francs éclats de rire.

Officiellement, ça s'est passé ainsi :
Le 21 mai, à 9 h 20, François quitte la rue de
Bièvre. À 9 h 32, dit le compte rendu, il arrive à
l'Élysée où il est reçu par son prédécesseur. Les
invités arrivent pour participer à la cérémonie de
passation des pouvoirs. Deux cents personnes
sont rassemblées. François Mitterrand s'entretient avec Valéry Giscard d'Estaing durant quarante-cinq minutes... Puis, c'est la cérémonie de
proclamation des résultats par Roger Frey, président du Conseil constitutionnel. François Mitterrand est le vingt et unième président de la
République française. Discours...

En fin de matinée, François se rend à l'Arc de
Triomphe où il dépose une gerbe de roses rouges.
Il serre les mains des invités, marque un temps
d'arrêt devant Pierre Mendès France très ému,
puis signe le livre d'or.
Un déjeuner sans protocole réunit amis et invités puis c'est le retour au programme officiel avec
une visite à l'Hôtel de Ville où le cortège arrive
vers 17 h 20. Le nouveau Président est accueilli
par le maire de Paris, Jacques Chirac... C'est la
troisième fois de la journée que Jacques Chirac
serre la main de François... Les discours sont

prononcés dans la grande salle d'honneur. Un entretien privé suit dans un salon attenant.

En fin d'après-midi, en quittant l'Hôtel de Ville, François repart en voiture, traverse la Seine, s'engage sur le boulevard Saint-Michel, tourne rue Soufflot, s'arrête et descend de voiture... Il remonte la rue à pied au milieu de la foule.

Des roses à la main, il pénètre à l'intérieur du Panthéon...

L'Orchestre de Paris, sous la direction de Daniel Barenboïm, joue *L'Hymne à la joie*... Seul dans la crypte, François se recueille devant les tombeaux de Jean Jaurès, Jean Moulin... Victor Schoelcher.

De nombreuses personnalités étrangères et du monde des arts et des lettres participent aux cérémonies depuis le matin... Mario Soares, Olof Palme, Mikis Theodorakis, Madame Allende, Willy Brandt...

Les festivités populaires n'ont pas cessé. Elles continueront le soir même, sous la pluie. Et on raconte encore et encore : « On aima la manifestation au Panthéon, le nouveau Président qui s'avançait, roses au poing, vers les grands hommes qu'il s'était choisis. On le reconnaissait bien là, dans ce cérémonial que les "gros culs" d'avant auraient été incapables d'imaginer. »

Tout a été dit sur la cérémonie au Panthéon. Tout a été reproduit en images et commenté. Quand il a commencé à pleuvoir, j'ai vu les gouttes de pluie qui ruisselaient sur le visage de François impassible, et une grande bouffée d'amour pour lui fit battre mon cœur au rythme des envo-

lées de la *Neuvième Symphonie* de Beethoven. Les
dernières mesures se perdent dans l'orage. Ma
journée est finie. Ainsi en ai-je décidé. Je m'approche de François et lui glisse à l'oreille : « Je
rentre à la maison avec ma sœur. »

43

Le courrier de la Présidente...

Pendant des semaines et des semaines, le trottoir du 22 de la rue de Bièvre n'en finit pas de se couvrir de roses rouges. Je quitte la maison tous les matins pour organiser « mon bureau » au fond du couloir de l'aile gauche du « Palais ».

Une pièce très bon chic bon genre, aux murs tendus de damassé, où de lourds rideaux dans le même tissu, retenus par de riches embrasses, filtrent la faible lumière du jour. Un énorme et magnifique bouquet de fleurs orne une fausse cheminée. Les fauteuils Louis XV face à la table-bureau du même style incitent plutôt à la conversation mondaine qu'au dépouillement du courrier qui me serait adressé.

La seule armoire ancienne, comme les tiroirs totalement vides, laisse mon imagination vierge de tout vestige. Une femme, timidement, se présente : « — Je suis la secrétaire. Je m'appelle Mademoiselle Challier... — Bonjour mademoiselle, vous êtes la bienvenue, j'aimerais que vous me disiez comment vous traitiez la correspondance de Madame Giscard d'Estaing. Je verrai ainsi ce que je peux faire. — La majeure partie était *renvoyée à l'administration concernée*... Pour les quelques lettres particulièrement émouvantes que je présentais à la Présidente, j'avais mission de joindre un billet de 500 francs à la réponse. — Bon, je vais réfléchir... et si vous voulez rester avec nous, je vous dirai mes intentions. »

Je ne vous ai jamais parlé d'Hélène Vinet. Elle fut la secrétaire de François pendant des années. Fidèle amie, elle avait connu les moments les plus douloureux vécus par notre famille jusqu'en 1961, date à laquelle elle fut rappelée par le ministère de l'Intérieur et remplacée par Marie-Claire Papegay, toujours au poste jusqu'à la mort de François. Malgré son éloignement, Hélène fut constamment associée à tous les événements importants concernant notre vie politique et familiale...

« Hélène, voulez-vous m'aider dans l'organisation de mon secrétariat ? Si vous vouliez bien, pendant un mois, nous pourrions lire l'ensemble du courrier qui est destiné à la "Présidente" afin de définir ma tâche. »

En quelques mois, le tri, les classements ont nécessité plusieurs assistantes spécialisées dans les différents domaines concernant le social, les problèmes fiscaux, judiciaires, et les réponses consistèrent à guider les expéditeurs dans leurs démarches afin qu'ils puissent défendre leur dossier en connaissance de cause.

Oh ! il m'est aussi arrivé d'intervenir quand les rapports avec l'administration se transformaient en dialogue de sourds. Je jouais alors le rôle de l'indignée.

Pour les droits de l'homme et des peuples dans le monde, mon amie, Anne Lamouche, est devenue l'interlocutrice incontournable, tant elle se sentait investie de la responsabilité que je lui avais déléguée. Nous avons tellement de souvenirs inépuisables à partager que nous continuerons à les évoquer en prenant saint Pierre à témoin.

Dès les premiers mois, la masse de lettres adressées à la « Présidente Danielle Mitterrand » dépassa la somme des correspondances pour l'ensemble des conseillers de la maison.

Je ne parle pas des envois à la Présidence comptant des revendications, des pétitions, des appels qui étaient traités par un service défini situé sur l'autre rive de la Seine, à l'Alma.

De cette source d'informations, il en ressortait des analyses, des rapports.

Je crois que nous avons bien travaillé dans ce rez-de-chaussée que mon secrétariat a fini par occuper dans sa totalité.

Figurez-vous qu'un jour, un peu à l'étroit malgré tout, je désignai, au début du couloir, une porte toujours fermée : « — Cette pièce est-elle occupée ? — C'est "la chapelle de Madame de Gaulle", me dit-on.

— Elle n'est donc plus utilisée depuis treize ans ? »

Oh ! la mauvaise idée que me souffle mon « petit malin » : « Une grande salle jouxtant mon secrétariat, quelle aubaine ! Attention ! Danielle, tu n'y penses pas ! Sacrilège, sacrilège ! » Il vaut mieux que je n'insiste pas.

N'avait-il donc pas retenu la leçon de ce qu'il en avait coûté à un laïc que je connais bien, quand il avait vu la chapelle désaffectée de son collège de Dinan transformée en gymnase ?

Je commence à prendre mes marques. Finalement, Hélène est restée avec moi pour diriger l'équipe des secrétaires qui lisent, étudient les doléances, guident mes correspondants dans les dédales administratifs. Elles enregistrent les témoignages dont je tire les informations qui nourrissent une réflexion que j'espère faire partager par les tenants du pouvoir.

La notion du « contre-pouvoir constructif » que François avait déjà évoquée prenait un sens à mes yeux. Pendant des années, j'ai lu des parapheurs et des parapheurs tous les jours, et j'ai signé l'ensemble des réponses. Pendant des mois, j'ai corrigé, indiqué dans quel esprit je voulais entretenir des rapports avec celles et ceux qui faisaient appel à moi. Expliquer sans s'instaurer donneuse de leçons et sans jouer de privilèges n'est pas toujours aisé.

Je ne me lasserai jamais de remercier cette équipe. À mon avis, elle a fait un bon travail.

Vers cinq heures de l'après-midi, c'est la récréation. Le parc de l'Élysée est un lieu de promenade qui nous réunit presque quotidiennement. J'aperçois François. Il termine son premier tour. Je le rejoins et règle mon pas sur le sien. Nous marchons en silence. Puis... « — Tu as l'air songeur. Y a-t-il quelque chose qui te chagrine ? — Je viens d'essuyer une fin de non-recevoir qui me laisse désemparée. J'ai dû mal me faire comprendre. J'ai invité quelques représentants d'associations humanitaires renommées et leur ai proposé mes services s'ils pensaient que je puisse leur être utile. Je suppose que leur imagination perverse leur a fait craindre que tu me pilotes pour récupérer les mouvements associatifs. J'ai compris qu'ils ne voulaient pas de moi. — Qu'à cela ne tienne, si tu veux continuer à militer dans le milieu associatif, crée ton association et tu seras leur égale. »

Quelques jours plus tard, l'association du 21 Juin déposait ses statuts au ministère de l'Intérieur. Pourquoi « 21 juin » ? Parce que c'était le jour de notre conversation dans le parc. Elle avait pour mission de défendre les droits de l'homme et des peuples à s'autodéterminer. Sur ma lancée, Cause Commune œuvrera pour la promotion de créateurs empêchés de réaliser leur entreprise faute de caution.

Je ne parle pas de la troisième association, de mon fait. Elle voulait rassembler le matériel obsolète remis en bon état de marche pour être redistribué dans les pays du tiers-monde. Aujourd'hui, je ne l'aurais pas conçue. Ce ne sont pas de bonnes manières envers ces peuples qui méritent plus de considération.

Depuis, j'ai appris à les connaître, à associer France Libertés à leurs projets. Je les retrouve dans les forums sociaux mondiaux et il ne me

viendrait plus à l'idée de leur faire la charité d'un
matériel rafistolé qui, souvent, ne s'adapte pas à
leurs besoins.

Dans notre Europe très occupée à défendre ses
avantages économiques particuliers, les Français
et leurs voisins « cèdent à la raison d'État, à la loi
du Parti, au fanatisme de la Race et chavire dans
la servitude ».

C'était dit depuis des décennies mais je n'en ai
entendu l'écho et ressenti la détermination à en
tenir compte que vingt ans plus tard, lorsque je
défilai avec l'ensemble des Amérindiens réunis au
Guatemala à l'appel de Rigoberta Menchu. Eux,
ils ont choisi de vivre autrement !

À mon retour à Paris : « — François, je n'ai encore jamais entendu discours plus clair sur la démocratie telle qu'elle devrait être. Et je crois que
nous retrouverons les fondements des valeurs démocratiques avec le concours des Indiens d'Amérique, si l'humanité veut bien reprendre le chemin
de la raison. — Tu as sans doute raison, mais c'est
trop tôt ; les gens du système capitaliste ne sont
pas prêts à l'admettre. »

Je suis patiente et garde le contact avec mes
nouveaux amis d'Amérique latine.

Je tiens ce même langage, avec le même enthousiasme, aux présidents en cours de mandat, que
ma situation de première dame de France me permet d'atteindre. Aucun succès, ils me prennent
pour une illuminée.

Au Chili par exemple, au président socialiste, je
parle des Mapuches. Cette population indienne

m'avait invitée à la visiter et à témoigner des blessures irréversibles causées par les entreprises mondiales de déforestation. Je lui décris ce que j'ai vu, les familles déplacées, les villages détruits et les hommes révoltés, molestés et finalement emprisonnés..., l'eau polluée quand elle n'est pas tarie. Pour toute réponse, j'eus droit à : « Pourquoi êtes-vous allée dans cette région dont la population primaire, arriérée, vote mal ? » J'étais fixée et ne trouvai aucun secours auprès de mes hôtes amicaux, courageux d'avoir résisté au dictateur Pinochet, mais sourds à ma narration. Manifestement, à leurs yeux, je me suis fourvoyée chez les Mapuches.

Il m'a fallu attendre encore une bonne dizaine d'années pour les découvrir : Luis Claudio, Eugenio, Michael, Cadou. Ils sont Brésiliens, de l'État de Minas Gerais. En parcourant les collines avec leurs amis indiens, sautant d'un ruisseau à l'autre, ils font corps avec cette nature dont ils savourent à tout instant les richesses. Les enseignements de la terre et la mémoire collective de ses habitants les rendent précautionneux et respectueux des biens naturels dispensés.

Leurs études supérieures ne les formateront pas et ne les éloigneront pas de leurs ambitions : contester les projets de développement gigantesques, superfétatoires, la prolifération des exploitations minières de fer et les ambitions de rentabilité pour de grandes entreprises forestières. Ils s'en inquiètent et sont déterminés à résister au vent mauvais du profit inconsidéré.

« Ce n'est pas l'héritage que nous souhaitons laisser aux générations futures. Les richesses en argent engrangées par certains ne représenteront jamais la valeur du patrimoine perdu, dévasté, d'une terre qui n'aura plus rien à donner. »

L'antidote : faire inscrire à l'Unesco toute la région de l'Espinhaço sur le registre des réserves de la biosphère. C'est fait.

Maintenant, de la région la plus menacée, faire un parc national protégé par la loi, ce qui éloignera la possible ouverture sauvage d'une mine de fer. On y travaille.

Et puis les membres de l'association pour la protection de la cascade de Tabuleiro, la SAT, créée par nos trois amis depuis les bancs de l'université, n'ont pas les deux pieds dans le même sabot. Parfaitement informés, ils ne laissent rien passer.

Mais l'argent concentré entre les mains de quelques-uns, ceux qui calculent le fameux « PIB », est une richesse qui n'a aucun rapport avec l'économie réelle parce qu'elle ne va pas à l'économie réelle — d'où une inégalité accrue. La véritable économie est alimentée par les salariés qui font circuler l'argent-outil, lequel ne représente guère que 10 % de la richesse.

C'est là où cette région de l'Espinhaço devient exemplaire du profit que peut réaliser « l'argent virtuel »...

Un homme d'affaires y a repéré du minerai de fer. Or, la région est « classée ». Il lui est difficile de déroger aux règles strictes protégeant la biosphère... donc l'idée d'investissement reste encore un projet. Cependant, il vend son « idée » — il l'a chiffrée : cinq milliards de dollars. Il trouve des acquéreurs qui lancent des actions sur un marché en devenir, ce qui fait monter artificiellement le PIB de l'État de Minas Gerais... Mais cela donne consistance au projet qui n'existe pas. Et la population à laquelle appartiennent ces mines n'a aucun mot à dire. Si le projet se concrétise, ce sera l'œuvre des manigances d'un faiseur d'argent. Que les mines soient exploitées, rien de plus normal — les habitants ne peuvent pas être contre le projet. Mais la maîtrise des bénéfices doit leur revenir. Si la mine voit le jour, elle est déjà entièrement vendue à des étrangers qui expatrieront l'argent ainsi « gagné » contre l'économie locale. Voilà au moins une bonne raison pour que la population demande des comptes à son gouvernement.

Chaque fois que je traverse l'Atlantique, je ne manque pas de me rendre dans cette région. Juchée sur un des rochers de la colline de la Paix ou colline Sacrée, je suis, avec mes compagnons indigènes, la course du soleil qui se perd à l'horizon. La nuit tombée entraîne nos rêves vers des lendemains où l'espoir de la raison qui aurait enfin touché l'esprit des hommes nous rassure.

44

Initiation au monde du « people »

Le « protocole » s'agite. Les invitations au mariage du prince de Galles sont arrivées depuis des semaines déjà et la Présidente ne semble pas s'en inquiéter. Les recommandations me parviennent en masse. Le nombre de tenues à prévoir : pour la réception de la veille, pour la cérémonie à Westminster, une autre pour le soir... les chapeaux de rigueur, ne pas oublier les gants, la révérence et puis, et puis... Je donne tout le paquet à ma sœur avec un « débrouille-moi ça et dis-moi quand je devrai faire les essayages ».

Ah ! j'étais belle dans un tailleur de dentelle écrue auréolée d'une capeline dans la même matière ! Personne ne m'a remarquée... Et c'était bien ainsi. Je n'ai jamais ambitionné le vedettariat. De toute façon, un peu plus d'un mois après la grande surprise d'avoir désormais pour voisin un président socialiste, la terreur n'était pas tout à fait dissipée. La cour royale, très aimable de surcroît, et ses familiers n'étaient pas encore prêts à adopter ce couple de vilains petits canards, même si la généalogie de la reine part d'une branche saintongeoise de petite noblesse dont les ancêtres de François sont également issus. Ah ! m'sieurs dames, le monde est bien petit !

Cette première sortie officielle, que j'ai vécue avec toute la curiosité et l'attention requises, n'a pas bouleversé ma vie. J'ai presque tout oublié. Et si je voulais m'étendre sur ce sujet, je devrais rechercher les photos que les archives ont conservées.

J'ai autre chose à vous raconter.

Un premier voyage aux États-Unis m'a donné l'occasion de rencontrer pour la première fois Ronald Reagan et son épouse Nancy. J'avoue humblement que cette visite ne m'a pas laissé un souvenir déterminant pour ma gouverne. Le spectacle d'une reconstitution d'un premier combat de la guerre de Sécession sur un style « opérette » ne m'a pas particulièrement éblouie. Allons, je ne vais pas jouer la « blasée de service » : c'était une très belle reconstitution dans un émouvant décor.

Et à mon retour : « Raconte ! » Christine, ma sœur, me presse de questions : « — Comment as-tu trouvé Reagan ? — Il aime à raconter des histoires ; je sais tout ce qui lui est arrivé lorsqu'il est venu pour la première fois en France, tout jeune marié. Et sa confusion lorsque le douanier lui a fait ouvrir la valise de Nancy pleine de petites culottes... »

Combien de fois, en huit ans, ai-je dû m'esclaffer de bon cœur au récit de cette histoire.

Maniaque de la sécurité, Nancy ne pouvait comprendre que, sortant du déjeuner de dames qu'elle avait organisé pour moi lors d'un voyage officiel, je lui confie que j'allais de ce pas me rendre sur un bateau français qui mouillait dans la rade.

« — Mais, ce n'est pas au programme ! — Non, mais, ce matin, le commandant m'a invitée à le visiter et saluer ses marins. — Impossible ! Le parcours n'a pas été balisé et vous ne pouvez vous aventurer ainsi. — Et pourquoi pas, dois-je avoir peur des Américains ? — Votre mari n'a pas été victime d'attentat, lui. — Je crois qu'il a eu sa part... et de plus il a fait la guerre et a été blessé. Je fais confiance à vos compatriotes et me rends de ce pas au port. »

Il m'est arrivé de parcourir l'Amérique au nom de France Libertés, pour découvrir des expériences de monnaies alternatives, rejoindre les abolitionnistes de la peine de mort, me rendre à l'ONU et y défendre les droits des peuples... des Kurdes, des Tibétains ou des Cubains. J'y ai même créé une Fondation Danielle Mitterrand, qui aurait dû exceller dans la récolte de fonds financiers, mais qui ne trouva pas grâce aux yeux des riches Américains. Ceux-là n'aimaient pas trop mon discours.

Et pourtant ce sont eux, ces Américains de l'intelligentsia, qui m'ont remis la décoration prestigieuse de l'IPS en 1991. Un grand dîner de gala réunissait les généreux sponsors et leurs pairs qui en prenaient la charge. L'assemblée, digne du prestige de la soirée, se répartissait autour des tables de dix ou douze couverts. J'avais rédigé un discours de remerciement. C'étaient les actions de la fondation en faveur de la défense des droits des hommes et des peuples qui me valaient cette distinction.

Par courtoisie, j'en avais donné connaissance à notre ambassadeur qui se devait de m'accompagner.

« — Madame la Présidente, je vous félicite. Certes, c'est un bon exposé, mais je voudrais vous mettre en garde sur la partie qui concerne Cuba. Il vaudrait mieux que vous n'en parliez pas. — Les Cubains sont-ils exclus de la Déclaration des droits de l'homme ? Ne sont-ils pas concernés par l'article 2, qui dit que "chacun peut se prévaloir de tous les droits, de toutes les libertés, sans distinction aucune, notamment de race, de couleur, de sexe, de langue, de religion, d'opinion politique ou de toute autre opinion d'origine nationale ou sociale, de fortune, de naissance ou de toute autre situation" ? N'est-ce pas la plume de Madame Roosevelt qui a puisé son encre au même encrier que celle de René Cassin pour préciser qu'"aucune distinction ne sera fondée sur le statut politique, juridique ou international du pays" ? Les ressortissants d'une grande démocratie inspirée par ce texte universel, défenseurs des libertés, et de la liberté d'expression en premier lieu, ne sauraient-ils entendre quelques vérités sur la situation du peuple cubain ? Je pense que vous mésestimez l'ouverture d'esprit de ce peuple et je ne retirerai pas une ligne de mon intervention. »

D'autant plus que ce prix était censé encourager des organisations non gouvernementales, des ONG, porteuses d'informations occultées.

Eh bien ! il avait raison, notre ambassadeur. Lorsque j'ai dénoncé les malheurs des Kurdes ou des Tibétains, les applaudissements ont fait vibrer la coupole. En revanche, à l'évocation de la petite île maudite, j'ai vu les convives de quatre tables se lever et quitter l'assistance. Je ne vous dirai pas le geste que j'ai esquissé dans ma tête, mes parents, de leur tombe, m'auraient sermonnée... Oh ! je n'en fus aucunement offensée. J'avais déjà vécu la scène à l'occasion d'une autre récompense que m'avait décernée Elie Wiesel, quelques années plus tôt.

Vous les provoquez, vous êtes anti-américaine. Vous... Ah ! je vous arrête. Qu'est-ce que ça veut dire « anti-américain » ? Les Américains, je les rencontre aussi ailleurs dans leurs occupations quotidiennes. Je les accompagne dans leur résistance au système injuste qui écrase les trois quarts de l'humanité. Je les ai retrouvés à Seattle contre l'Organisation Mondiale du Commerce, l'OMC, qui fait commerce de la vie. Avec eux, nous animons des ateliers pour la politique de l'eau au sein des forums sociaux mondiaux. J'ai étudié les expériences d'économie solidaire dans l'État de New York, à Ithaca...

Ce n'est pas aimer les Américains que de les assimiler à une administration toute-puissante qui use de son image pour exploiter le monde entier.

Ce n'est pas respecter les Américains que de les identifier à une politique où la force sert des ambitions peu louables.

45

Le discours dit « de Cancun »...

Cette année-là, en 1981, le Sommet des chefs d'État est fixé au mois d'octobre, à Cancun, au Mexique.

« — Accompagnerez-vous le Président ? demande le protocole. — Je ne sais pas, laissez-moi réfléchir. »

En trois mois, deux déplacements d'importance : l'Angleterre, les États-Unis... cela demande une préparation astreignante, cela me prend beaucoup de temps que je soustrais à des tâches que je pense plus utiles.

François a beau me dire que je suis trop consciencieuse et que je n'ai pas besoin de réapprendre l'histoire de l'Amérique ni de me remémorer les héros de la guerre de Sécession pour passer deux jours, d'une tribune à une autre et faire acte de présence aux repas officiels. Je ne suis pas convaincue. Quand on voyage, m'a-t-on appris, essayons de savoir le minimum nécessaire pour apprécier les lieux et situer les habitants. J'ai accumulé une collection de « Que sais-je ? » que j'ai épluchée à ne plus savoir où j'habite.

Bon, je vais me fixer une règle : aux sommets, je n'irai pas.

Mais au Mexique, pour le voyage officiel qui précède Cancun ? Oh, oui ! j'en suis.

Comment aurais-je pu faire l'impasse sur la rencontre avec le peuple mexicain sur la place de la Révolution, la place des Trois-Cultures ?

Le salut à tous les combattants de la liberté, auxquels la France, par la voix de François, lance son message d'espoir, aura conforté l'idée que je me fais de ma mission...

« Salut aux femmes, aux hommes, à tous ces "enfants héros".

« Salut aux humiliés, aux émigrés, aux exilés sur leur propre terre, qui veulent vivre, et vivre libres. »

La foule s'anime et frémit.

« Salut à celles et à ceux qu'on bâillonne, qu'on persécute ou qu'on torture, qui veulent vivre, et vivre libres. »

Une rumeur monte et s'amplifie.

« Salut aux séquestrés, aux disparus et aux assassinés qui voulaient vivre, et vivre libres. »

Les applaudissements, les clameurs recouvrent toute la place.

« Salut aux prêtres brutalisés, aux syndicalistes emprisonnés, aux chômeurs qui vendent leur sang pour survivre, aux Indiens pourchassés dans leur forêt, aux travailleurs sans droit, aux paysans sans terre, aux résistants sans armes qui veulent vivre, et vivre libres... »

L'ovation est à son comble, c'est du délire.

De la tribune, je me sens portée vers ce peuple que je connais déjà bien, pour l'avoir rencontré, entendu. Au Mexique et ailleurs, c'est toujours un même peuple quand il est exploité, opprimé, exterminé.

À cet instant, j'oubliai combien François souffrait d'une sciatique qui le torturait depuis quelques jours. Mais, dans leur élan, les Mexicains le transportaient au-delà de toute souffrance. Le soir venu, de retour à l'hôtel, la douleur a repris son travail de sape qu'aucun des nombreux médecins requis, jamais d'accord sur la thérapie appropriée, n'a su maîtriser.

Alors que François rejoignait les chefs d'État à Cancun, je fus confiée aux bons soins d'une femme que je ne pourrai oublier tant elle m'a éblouie par sa connaissance des richesses de son pays : Madame Castañeda.

Tout le monde la connaît et vénère son érudition. Elle a su m'introduire dans le monde des Indiens, leur culture, leur art de vivre, leurs temples monumentaux, comme si j'étais des leurs. Peutêtre n'est-elle pas étrangère à l'intérêt que je leur porte aujourd'hui lorsque je redécouvre la démocratie telle qu'ils la conçoivent, c'est-à-dire telle qu'elle doit être.

Peut-être cette femme m'a-t-elle inspirée lorsque je me rendis, des années plus tard, au Guatemala, à l'invitation de Rigoberta Menchu, pour suivre la Grande Marche des Amérindiens à Quetzaltenango.

C'était en 1992... sans doute y ai-je côtoyé Evo Morales ou Ayton Krenac, aujourd'hui partenaires privilégiés de France Libertés pour défendre la cause de l'eau et les *nouveaux indicateurs de richesse*.

Au déjeuner offert en mon honneur par l'épouse du président guatémaltèque, j'essaie de faire partager mon enthousiasme aux « personnalités » qui l'entourent. Elles m'ont semblé attentives, mais ne rien comprendre à mon discours. « De qui nous parle-t-elle ? » Et pourtant, je vous assure, cette année 1992 a marqué une étape dans ma vision d'un avenir que je voyais particulièrement sombre jusqu'alors.

L'ampleur de notre tâche m'a entraînée sur l'un des terrains que la politique de censeur de l'administration américaine laboure lourdement.

46

Rencontres au Nicaragua

Se serait-elle reconnue, et comment aurait-elle reçu le salut de François, cette jeune Nicaraguayenne que je rencontrai alors que j'allais sur un chantier que France Libertés finance ? C'était après la révolution de 1979... Une politique pour l'éducation, la santé, la mise en place de la réforme agraire, s'était dotée d'un budget conséquent. Nous pouvions alors entendre une jeune Nicaraguayenne heureuse de nous confier : « Avant la révolution, sous la dictature de Somoza, nous ne participions à rien. En cinq ans seulement, il y a eu beaucoup de changements — et ça continue : je travaille dans une coopérative agricole dans les montagnes au nord d'Esteli. Avec sept autres femmes et quinze hommes, je travaille une terre qui était auparavant une plantation de café appartenant à un propriétaire toujours absent. Après la révolution, les familles qui travaillaient la terre sont devenues propriétaires. Elles ont diversifié la production en introduisant du blé, des haricots, des patates, des choux et en lançant un élevage de vaches laitières. Avant on devait louer un petit lopin de terre pour y faire pousser ce que nous pouvions et on devait remettre la moitié de notre récolte au propriétaire ! Maintenant nous travaillons aussi dur mais c'est pour nous. »

La baisse du taux de mortalité infantile qui valut au Nicaragua d'être récompensé par l'Organisation Mondiale de la Santé, l'OMS, n'a pas eu l'heur de plaire à « l'empereur américain » : « Nous nous en prenons au Nicaragua parce qu'il suit un modèle de développement que nous ne pouvons tolérer. Les Russes y sont sûrement présents et nous, les États-Unis, sommes en situation de légitime défense, en mesure de mettre un terme à la gangrène qui s'étendra si nous n'y prenons garde. À l'évidence un ennemi se présente, partie prenante de l'impitoyable conspiration monolithique : il nous nargue. Nous devons prendre les mesures drastiques qui s'imposent. »

Ce texte, que j'ai noté pour l'avoir lu dans un rapport dont je n'ai pas relevé la référence, ne devrait pas être cité : *mea culpa*... je me laisse prendre en défaut de manque de sérieux. Mais il recoupe tant de conversations auxquelles j'ai assisté dans certaines circonstances où je ne pouvais intervenir, que j'aurais pu le reproduire moi-même. Embargo, armement des *contras*, soutien aux fidèles somozistes, c'est la politique de la terreur. Est-il si déraisonnable de penser que les contestataires peuvent ne pas être des « soviétiques » par nature, ni des « terroristes », eux qui s'obstinent à exploiter leurs propres ressources pour satisfaire leurs propres besoins, et s'en remettent à un gouvernement censé se consacrer à leur bien-être ?

Devions-nous nous considérer comme tels lorsque nous nous sommes aventurés sur les terrains minés par les *contras* à la rencontre des maîtres d'œuvre d'une coopérative agricole que nous soutenions ?

Et, lorsqu'en 1989 je revenais de Managua d'où je rapportais le message de Daniel Ortega à François, je savais que tous les espoirs populaires des Nicaraguayens se traduisaient dans la supplique d'Ortega... À savoir que le soutien de l'Europe devait se substituer aux aides soviétiques, qui faisaient désormais défaut, afin que se poursuive un développement minimum de leur économie. Je me souviens d'une conversation avec un étudiant dans son université. Il partageait sa bourse avec un camarade pour que tous deux puissent continuer leurs études. « Pour aider Ortega », disait-il.

Devant l'insistance de Daniel Ortega me répétant trois fois le message que je devais transmettre à François, je me sentais investie de tout l'espoir que cette population mettait dans la France. Et j'expliquais avec force détails, je revenais à l'attaque et reprenais les arguments des uns et des autres.

« Je ferai cette proposition au prochain sommet européen, me fut-il répondu, mais je sais bien que je ne serai pas suivi. Je ferai pour la France ce qu'elle pourra consentir, mais personne n'ira à l'encontre de la politique des États-Unis. Les instances européennes ne seront pas davantage enclines au soutien d'un régime qui s'oppose aux États-Unis. »

Ortega fut alors remplacé par un gouvernement
bien sage, suffisamment néolibéral, qui ne contra-
riera pas la mise en place du gigantesque programme de libre-échange Pueblo Panama, qui
écrasera l'ensemble de l'Amérique centrale. Les
richesses seront la proie des multinationales et
des régimes qu'elles engendrent.

47

Le Grand Domaine

À cet instant de mes écrits, je crois que le moment est venu de vous entretenir d'un document que j'ai découvert au gré de mes recherches sur Internet, il y a plusieurs années déjà.

Lorsque je pose la question autour de moi, à des amis politiques, dans un débat, ils restent perplexes. « Connaissez-vous la définition du *Grand Domaine* ? Oui, je dis bien le *Grand Domaine*, imaginé et configuré pendant la Deuxième Guerre mondiale ? »

Alors que des hommes et des femmes, les forces vives de ma génération, s'opposaient en Europe à l'implantation de l'empire nazi, jusqu'à donner leur vie, aux États-Unis, un groupe d'études, Guerre et Paix, issu du Conseil des relations extérieures et du Département d'État américain, concevait le projet du *Grand Domaine*.

Ma curiosité s'était aiguisée. Il devait recouvrir, m'apprenait-on, toutes les régions destinées à subvenir aux besoins de l'économie américaine, c'est-à-dire, selon un de ses concepteurs, « l'espace mondial stratégiquement indispensable pour s'assurer la maîtrise du monde, trouver de nouvelles terres, se procurer facilement des matières premières, en même temps qu'exploiter la main-d'œuvre "servile à bon marché" des indigènes: Développer l'esprit des colonies leur permettra également d'écouler les marchandises produites dans leurs usines ».

Qui aurait pu se vanter d'en savoir plus, tant la discrétion était alors de mise ? Top secret ! Il ne fallait pas éveiller des soupçons sur les intentions cachées de ce grand et généreux pays qui n'hésitait pas à sacrifier ses soldats pour libérer l'Europe du dictateur qui la mettait à feu et à sang. Et cependant, un groupe d'hommes concoctait un texte qui ne serait lu au Pentagone qu'en 1948.

Le cynisme en est confondant. Ses termes tracent le programme envisagé par le pouvoir des États-Unis : « Nous avons à peu près 60 % de la richesse du monde, mais seulement 6,3 % de sa population. Dans cette situation, nous ne pouvons éviter d'être un objet d'envie et de ressentiment. Notre véritable tâche dans la période qui vient est d'imaginer un système de relations qui nous assure de maintenir cette disparité. Ne nous berçons pas de l'illusion que nous pouvons nous permettre le luxe d'être altruistes et bienfaiteurs de l'humanité. Nous devons cesser de parler d'objectifs aussi vagues et irréels que les droits de l'homme, l'élévation du niveau de vie et la démocratisation. Le jour n'est pas loin où nous aurons à agir selon des concepts de pure puissance. Moins nous serons gênés par des slogans idéalistes, mieux cela vaudra. »

Allons, vous n'allez pas gâcher un grand bonheur en éveillant un doute sur les intentions de notre sauveur ? En rendant hommage au sacrifice et à la douleur des familles outre-Atlantique qui ont perdu leurs enfants pour nous libérer, nous cultiverons éternellement le tout-amour et la reconnaissance pour les GI débarqués sur les plages de Normandie. Nous, les filles et les garçons d'Europe avides de palper les bas en nylon, d'enfiler les jeans et les treillis des « surplus » que nous découvrions comme des cadeaux de Noël, et de mastiquer le chewing-gum qui donne un air martial et décontracté, nous n'éprouvions que gratitude et nous confondions en remerciements. Quiconque aurait voulu nous mettre sous les yeux le rapport de l'ambassadeur George Kennan présenté au Pentagone en 1948 aurait été mal vu.

C'était dans l'esprit du temps, du moins à Washington...

Il ne faut pas oublier que vers la fin de la guerre, le secrétaire d'État au Trésor de l'administration Roosevelt, le banquier Henry Morgenthau, envisageant le châtiment de l'Allemagne nazie, envoyait une directive au général Eisenhower où l'on trouve ceci :

« Il faut faire sentir aux Allemands que les méthodes de guerre sans pitié de l'Allemagne et de la résistance fanatique nazie ont détruit l'économie allemande et rendu inévitables le chaos et la souffrance et qu'ils ne peuvent fuir les conséquences d'actes dont ils sont responsables. L'Allemagne n'est pas occupée dans le but d'être libérée, mais

en tant que nation ennemie. Elle devra être désar-
mée, dénazifiée et décentralisée. La fraternisation
entre occupants et occupés sera fortement décou-
ragée. Les principales industries seront contrôlées
ou supprimées. »

Ce que prévoyait par ailleurs le plan Morgenthau fut en partie débattu à la conférence de Yalta,
après celle de Téhéran : cession de la Prusse-
Orientale et de la haute Silésie à la Pologne ; cession de la Sarre et une partie de la rive gauche du
Rhin à la France ; démantèlement complet de son
infrastructure minière et industrielle et transfor-
mation de l'Allemagne en pays uniquement agricole ; le bassin de la Ruhr placé sous contrôle
international pour empêcher le pays de se préparer à une nouvelle guerre ; constitution de trois
États allemands ; travail forcé au titre des réparations d'une main-d'œuvre allemande utilisée à
l'étranger... et, *last but not least* : le « plat unique »
servi par les roulantes de l'armée et imposé à l'ensemble de la population durant des décennies...

Avec le temps va... d'autres événements s'imposent. On s'interroge. Pourquoi tant d'armement, pourquoi tous ces milliards de dollars pour
se protéger ? de qui ? pour attaquer ? des populations dans la détresse ? Le nucléaire et le « bouclier » céleste ? contre qui ? Termes de rapport de
force pure ? par les armes ? ou plutôt par la terreur ? Est-ce de cela que vous parliez dans votre
langage diplomatique, monsieur l'ambassadeur
Kennan ? Nous les Européens libérés du nazisme,
nous imaginions un monde de paix, une Europe

des peuples. Las de violence, de méfiances et de domination.

La tromperie sur les intentions et l'hypocrisie au service de la manipulation des esprits auraient-elles bien préparé le terrain propice à vos ambitions ?

Je n'ai pas eu besoin de lire l'étude de Lars Schoultz, ni celle d'Edward Herman, pour me rendre compte que l'aide américaine et les opportunités offertes aux milieux d'affaires allaient de pair. Peu importe les droits de l'homme ou le niveau de vie des peuples, dès l'instant que les affaires prospèrent.

Dans quel monde vivions-nous quand, à l'est de l'Europe, nous subissions aussi la menace bien réelle d'une puissance qui ne respectait pas davantage les droits de l'homme ? Diplomatie féroce qui donnait un bon prétexte à une autre terreur…

Tous les moyens sont envisageables pour imposer sa loi et établir son domaine, quand les puissances d'argent vous pilotent.

Lorsque j'étais alertée par des populations victimes de la politique mondiale peu soucieuse des vies, j'étais loin de penser qu'elle organisait tout simplement la subordination totale aux intérêts nationaux des États-Unis. Et, selon leur degré de compréhension, les gouvernements des États dans le monde seront qualifiés d'amicaux ou de scélérats, d'« États voyous », parce qu'ils n'obéissent pas aux puissants. En opposition aux « États éclairés », dont la souveraineté est considérée comme le plus précieux des trésors.

Un exemple. Vous souvenez-vous comment le président Reagan, qui raconte si joliment son voyage en France, décida que la Libye était un « État voyou » pour avoir violé le terrain des Amériques en soutenant les armées du Nicaragua, en résistance aux forces entraînées par les États-Unis ? Libye... on bombarde. Et voilà comment, en 1986, le palais présidentiel et la capitale libyenne, Tripoli, reçurent une volée de bombes « pour avertissement ».

Alors ? vive le plan Marshall, vive la Banque mondiale, vive le FMI, créations au service du *Grand Domaine* inavoué ? Viendra ensuite l'OMC dont le chef d'orchestre sera le tout-puissant dollar. En dépendront financièrement toutes les grandes agences qui n'ont plus grand-chose à dire.

Alors que j'évoque tout ceci, l'image s'impose d'un petit président dans un veston trop grand, se jetant dans les bras de Bush Junior...

Suite logique d'une humanité qui reste dans l'adoration du Veau d'or, de l'installation des marchands au Temple, et qui s'est précipitée dans la ruée vers l'or. Le dollar, monnaie référence, assure la renommée. À la question : « Qui est monsieur un tel ? » on peut entendre répondre que ce monsieur « pèse tant de dollars ».

« Oh ! ce doit être un monsieur très bien, très influent, pour sûr... »

C'est cette humanité-là qui éduque ainsi ses enfants : « Tu es le plus beau, mon fils ! le plus fort ! tu seras le premier de ta classe ! tu nous honoreras en fréquentant les grandes écoles, l'ENA, Polytechnique, HEC... Tu créeras ton entreprise internationale et avaleras tous tes concurrents. Tu seras riche, mon fils, tu seras puissant, tu auras réussi ! »

Les enfants du Système ? Ils rêvent d'acheter et de vendre... n'importe quoi, dès l'instant que cela rapporte. La publicité, qui ne propose que du vent, est le métier d'avenir par excellence. Les marchands s'enrichissent du travail des autres, sans rémunérer à leur juste prix les efforts accomplis. Ils s'enrichissent aussi des richesses qu'ils accaparent, pour les piller. De bonne foi, certes, puisqu'ils ont été éduqués ainsi : faire du profit. Ils ont l'œil fixé sur la bourse, le CAC 40 ou autre indice Dow Jones[1]...

« L'homme et la génération d'hommes qui dans un éclair de lucidité discernent la nature du danger, savent que, s'ils acceptent de s'insérer dans le système, celui-ci les broiera. »

François avait-il eu connaissance de ce document révélateur des ambitions impérialistes de l'administration américaine ?

Il est maintenant plus facile de comprendre que le système, dont il parlait dans les années 1960 déjà, avait été pensé et s'appliquait selon une logique dont la structure, les outils et les hommes étaient mis en place dans un but de possession du monde pour un pouvoir absolu.

---

1. C'est le plus vieil indice boursier du monde. Il a été fondé par Charles Dow en 1884. Son nom officiel est Dow Jones Industrial Average. La société qui l'établit est propriétaire du *Wall Street Journal*.

Je ne pensais pas que France Libertés, ma fondation, aurait pu pâtir de ma découverte tardive.

Les membres du conseil d'administration, comme chaque individu sensé, savent bien que tout ne va pas pour le mieux dans le meilleur des mondes. Ils reconnaissent que la politique mondiale, dont personne ne s'avise de désigner les acteurs, n'est pas pensée pour le bien-être général des peuples. Mais de là à admettre que notre destin mondial pourrait avoir été imaginé par un petit groupe de l'élite américaine, à l'abri des massacres et des destructions de la guerre, ça ne convenait pas à certains d'entre eux.

Alors que je faisais part de ma découverte, et argumentais sur la nécessité d'axer les actions de la Fondation vers la construction d'un « autre monde possible », j'exposais ma stratégie en la rapprochant du mouvement altermondialiste.

J'ai trouvé autour de la table du conseil quelques désapprobations. « On leur doit notre libération, et les soldats américains dans nos cimetières ne méritent pas cette version des faits. Vous ne pouvez l'oublier, ni réécrire l'Histoire. » Mais comment effacerai-je le 6 juin 1944 de ma mémoire ? Il pourrait faire le sujet d'un livre qui n'en finirait pas de raconter l'émotion indescriptible à l'écoute du message « *Les sanglots longs des violons...* » que chacun reçut comme une délivrance, et le signal d'un envol vers toutes les espérances. Et les épreuves de mon bac interrompues ! Plus rien n'avait d'importance, puisque nous allions « vivre, et vivre libres ».

Non, je ne dirai pas que le « débarquement »
n'a pas été le plus beau jour de cette année-là,
celle de mes vingt ans.

Libérer les Français du nazisme ! Sauver la démocratie ! Ils ont débarqué sur les plages de Normandie pour sauver la démocratie. Beaucoup ont
donné leur vie. Mais ils ne savaient pas, eux non
plus, qu'un groupe d'études qu'ils ne connaissaient
pas avait d'autres objectifs en tête et n'hésitait pas
à balayer les principes humanistes d'un trait de
plume.

Alors je crois que c'est rendre hommage à tous
ces jeunes sacrifiés pour la paix et la démocratie
que d'affranchir aujourd'hui les générations suivantes pour la construction d'un autre monde
possible. Je sais bien que l'ordre établi et la recherche du confort pour certains ne concourent
pas à l'intrusion du grain de sable qui pourrait
détourner la machine de son funeste destin.

Ce jour-là, mon discours dérangea… La séance
fut levée, et je n'ai fait partager plus profondément ma conviction de faire évoluer nos travaux,
sur les thèmes développés au cours des forums
sociaux mondiaux, qu'au conseil suivant.

48

Le partage du monde

J'aurai l'occasion de démontrer que chaque fois que nous sommes amenés à répondre aux témoignages des peuples, nous nous trouvons confrontés à cette politique d'intérêts nationaux des États-Unis. Quand je parle des intérêts nationaux, cela ne concerne pas nécessairement les intérêts du peuple américain, que nous nous efforçons d'entendre. Il s'agit plutôt de l'intérêt de ceux qui mènent la danse, contrôlent, possèdent et influencent l'économie mondiale inspirée par la pensée unique dispensée par Washington.

Tellement sûrs d'eux et triomphants, ils n'ont même pas convié notre Grand Général Libérateur aux rencontres de « Yalta » ! Impardonnable ! Les interlocuteurs de Staline furent seulement Roosevelt et Churchill... Le sort de l'Allemagne se détermina dans un dépeçage qui se fit sans la France.

La « conférence de Yalta » n'eut pas lieu à Yalta mais, tout près de là, à Livadia. Elle est devenue un mythe, surtout en France, à cause du dépit que de Gaulle ressentit de ne point y avoir été invité...

Y faire référence, à la suite du Général, comme on le fait ordinairement, ne tient pas compte de deux erreurs : sur le lieu et sur les décisions.

Réunie du 4 au 11 février 1945, elle devait traiter d'au moins trois sujets : hâter la fin de la guerre ; régler le sort de l'Allemagne — et par conséquent de la Pologne — après la défaite imminente de Hitler ; garantir la stabilité du monde après la victoire des Alliés.

Ce n'est pas à Yalta que se décida le « partage » du monde, comme je l'ai cru durant des années, mais à Téhéran, du 28 novembre au 1er décembre 1943. C'est à Téhéran que fut aussi décidé un débarquement allié sur une côte française.

Comme à Téhéran, il n'y eut à « Yalta » que trois participants, les « Trois Grands » : Staline pour l'Union soviétique, Roosevelt pour les États-Unis et Churchill pour le Royaume-Uni. L'un des trois, Roosevelt, allait mourir deux mois plus tard. Il devait être remplacé par Truman. En juillet, après la fin de la guerre à l'Ouest, Churchill fut battu par d'ingrats électeurs britanniques et remplacé par le travailliste Attlee. À Potsdam, ce même mois de juillet, les affaires allemandes furent donc traitées par deux « remplaçants » peu au courant des affaires, nouveaux venus qui furent roulés dans la farine par le « vrai vainqueur de la guerre et de l'après-guerre » : Joseph Staline[1]. Toutefois, un événement majeur limita les ambitions du Soviétique : la possession, par les États-Unis, de la

1. Le mot est de Bernard Féron (*Le Monde*, janvier 1982).

bombe atomique — l'arme « absolue » était en
cours d'essais dans le désert du Nevada.

Si le poids militaire et économique des États-
Unis leur assura bientôt la prépondérance qui est
rappelée ici, c'est entre Staline et Churchill qu'à
Téhéran les discussions les plus vives se produi-
sirent à propos du découpage des « sphères d'influence ». La dispute atteignit son point extrême
quand il fut question des Balkans. Staline voulait
l'étendre sur l'ensemble de la région. Churchill
qui avait longtemps été partisan d'une offensive
dans cette zone ne lâcha pas sur la Grèce.

L'idée de « partage du monde » laissait Roosevelt assez indifférent. Il était plutôt partisan du
rassemblement des nations démocratiques. Pour
lui, comme jadis pour Wilson au lendemain de
l'autre guerre, l'important était la constitution
d'une organisation internationale chargée de prévenir ou de limiter les conflits. C'était au point
qu'il n'envisageait pas autre chose que de retirer
les troupes américaines d'Europe, sitôt la victoire
obtenue. Staline ne pouvait qu'approuver, lui qui
voyait dans ce retrait la possibilité d'une substan-
tielle avancée territoriale.

Des accords de Yalta, en bref, j'en ai retenu
l'organisation, en avril 1945, d'une conférence à
San Francisco afin de créer l'ONU ; le déplacement de la Pologne vers l'ouest, jusqu'à la ligne
Oder-Neisse et la reconnaissance du gouvernement pro-soviétique établi en Pologne libérée.

Il ne fut donc pas question de « partage du monde » à ce moment-là. Celui-ci, invoqué par de Gaulle pour expliquer la puissance perdue de la France et pour dénier mythiquement son déclin dans le « concert des nations », n'eut de réalité que dans les mois et années qui suivirent, quand se déclencha la guerre froide.

Qu'aurait-elle eu à dire, la France, devant une telle insolence affirmée : l'Amérique aux Américains, l'Europe de l'Est aux Soviétiques... tenus certes à distance par la force — la bombe atomique ayant déjà une existence réelle. L'Europe de l'Ouest fut le terrain d'une guerre économique. Première victoire : dissolution du système monétaire par la fin de la référence-or, stratégie élaborée des multinationales, manipulations boursières du dollar, insertion dans une zone de libre-échange dont on connaît les effets. Bref, les prétentions impérialistes d'un grand pays « ami ». Ce qui faisait dire à François au début de son premier septennat :

« Quand on voit que le Marché commun peut, à ce point, se laisser conquérir par des puissances extérieures et détruire sa propre substance, je dis que l'Europe n'a pas le droit d'accepter davantage de se soumettre aux injonctions de l'extérieur. »

Et vous vous demandez encore pourquoi j'ai voté « non » au dernier projet de Constitution européenne ?

Alors pour justifier ce déploiement d'armes, toutes plus sophistiquées les unes que les autres, et surtout l'ampleur du budget militaire, il faut ci-

bler un ennemi menaçant, un concurrent redoutable, un État qualifié de scélérat, et quiconque
s'interposera dans l'évolution du *Grand Domaine*
américain.

Dans ces années-là, avant 1989, le grand méchant désigné était l'URSS — et tout peuple en-
tretenant des relations avec les Soviétiques fit
figure d'hérétique.

Devant ceux pour lesquels ce ne serait pas aussi
évident, ou qui n'auraient pas bien saisi, nous
agiterons la peur, l'arme suprême, subtilement
distillée au jour le jour, et savamment diffusée par
les médias et toutes formes de communication.

Quelle meilleure alliée que la peur, auprès des
esprits confinés dans leur ignorance et leurs idées
préconçues, bien formatées par les médias ! Sa
culture, facile à brandir, alimente les rumeurs, les
ragots, les « je sais de source sûre ». Et comme pour
les moutons de Panurge, le refuge sera la protection du plus fort. Les États-Unis, une si parfaite
démocratie !

49

Place au contre-pouvoir

Il m'a suffi d'entendre les Chiliens qui ont fui leur pays, pour comprendre que l'administration américaine s'était mise en demeure de faire la leçon au président Salvador Allende, élu sous la bannière de l'Unité populaire, coalition de partis de gauche. Inadmissible qu'il parle de nationalisations. Aurait-il l'outrecuidance d'exproprier les grandes compagnies américaines de cuivre ? Mettons bon ordre à ces intentions malencontreuses. Et la CIA, alliée à ITT[1], fera l'affaire.

Le blocus économique, arme de prédilection pour qui veut étrangler une population, et le sabotage interne de la bourgeoisie et des camionneurs feront le reste. Le coup d'État s'organise : le Président sera assassiné. L'homme providentiel est là, près d'Allende, qui l'a nommé lui-même chef des armées. En toute confiance, il l'avait présenté à François comme son plus fidèle protecteur, lors d'une visite entre socialistes : le général Pinochet.

1. International Telephone and Telegraph Compagny.

Le 11 septembre 1973, l'histoire du Chili a
changé de scribe. Ce sont les États-Unis qui tiennent la plume.

Quand des milliers de Chiliens sont arrivés en
France, fuyant les massacres, nombreux furent les
Français qui leur ouvrirent leurs portes. La maison Mitterrand ne fut pas la dernière. Et le soir,
lorsque toute la maisonnée se réunissait, les témoignages des atrocités provoquaient des pulsions de
révolte malheureusement limitées par le manque
de pouvoir. « Ingérence, ingérence ! » auraient hurlé
les défenseurs de l'ordre moral mondial. Qu'importe si ce sont les mêmes qui tirent les ficelles
des massacres ! Je n'ai pas le cœur à rappeler les
tortures, les disparitions, les exécutions qui révol-
tèrent les femmes et les hommes paralysés par
l'horreur. Pourtant, la condamnation de telles
pratiques était unanime. Mais ceux qui en Europe
détenaient légalement les moyens d'intervenir et
d'infléchir le processus en restèrent à l'indignation. Ils se montrèrent très discrets. Pourtant, à
l'ambassade de France à Santiago, une femme,
Madame de Menthon, épouse de l'ambassadeur,
laissera parler son humanisme, ne respectera pas
les consignes diplomatiques et sauvera de nombreuses vies.

Sur le terrain des Amériques, nous n'inter-
venons pas.

Qui « nous » ? Le gouvernement, c'est certain.
Mais nous, les peuples, nous nous organisons.
Pas d'argent, pas de journaux, pas de relais diplo-
matiques mais des voix qui n'ont cessé d'envahir

les couloirs des assemblées, des ministères, des ambassades. Que ces crimes commis au nom d'une économie financière, au nom d'un choix de société, empêchent de dormir les puissants. Place au contre-pouvoir !

En ces années d'avant 1981, j'étais adhérente de l'association non gouvernementale Solidarités Internationales, émanant du Parti socialiste.

Le réseau qui nous liait aux prisonniers de la *Cárcel pública* chilienne et aux femmes derrière les barreaux, violées, torturées, ne s'est démobilisé qu'au retour de la démocratie, des années et des années plus tard. Je garde comme des reliques les courriers écrits sur des feuilles de papier à cigarettes que ces malheureuses me faisaient parvenir avec force imagination et complicités.

Après 1981, je n'oublierai jamais la nuit où j'ai réveillé le médecin personnel de François, à la Présidence, pour lui raconter comment trois prisonniers empoisonnés allaient mourir si, « dès demain », ils n'étaient pas assistés par une pompe alimentaire d'un type spécial utilisé en France. « Si cette pompe n'est pas dans l'avion en partance pour le Chili demain matin, nous aurons leur mort sur la conscience. » Je ne vous dirai pas comment, les uns et les autres, nous y sommes parvenus. Quand je rencontre Guillermo et que j'aperçois la cicatrice de sa trachéotomie, j'ai le cœur qui bat à cent à l'heure.

Le coq en fer-blanc, récupération de canettes, qu'il a confectionné dans sa geôle, et que j'ai accroché à la tête de mon lit, rue de Bièvre, témoigne des liens que j'ai tissés avec l'ensemble des martyrs de Pinochet... et de l'administration américaine réunis.

Je n'en finirais pas de raconter : et la chaise décorée par les femmes prisonnières, sur le dossier de laquelle on jette le manteau ou le châle en pénétrant dans la salle à manger de la rue de Bièvre ? Elles m'en avaient fait cadeau alors que j'allais les rencontrer à l'occasion de l'inauguration de leur coopérative créée après les années sombres... Vous ne connaissez pas la petite maison bien modeste du père Jarland, assassiné par les Escadrons de la mort formés dans les rangs de la police spéciale du Nord ?

Et puis, et puis... Il me plaît de vous raconter l'évasion de prisonniers de la Prison centrale par un tunnel creusé par eux-mêmes, après la chute de Pinochet. Car la plupart auraient dû attendre leur jugement encore des années. Comme moi, vous vous demandez ce qu'ils faisaient encore en prison, alors que la démocratie était rétablie. Voici bien la question que je posai avec indignation au président Alwin qui venait d'être élu démocratiquement.

« — Comment est-il possible, monsieur le Président, que des hommes qui ont risqué leur vie et perdu leur liberté pour que vous soyez là où vous êtes soient encore entre les mains de leurs geôliers ? — Parce que la justice dépend toujours des militaires », me répondit-il.

J'aurais pu reprendre le titre d'un édito que j'avais intitulé : « Démocratie ? On appelle ça Démocratie ? »

S'évader, oui s'évader, et le tunnel fera l'affaire. Un, deux, trois… Victor Diaz suivi de Pedro Marin… trop gros ; il bouche l'orifice. Et ceux qui se sont « autolibérés » n'ont qu'une issue : sortir du Chili pour se rendre en Argentine. La filière est en place, à nous de jouer…

C'est un vrai bonheur que de pouvoir évoquer toutes les complicités qui nous permettent aujourd'hui de rencontrer Victor Diaz et sa famille pour se remémorer ces moments de bravoure.

Pour confier ou plutôt transmettre cette mémoire à mes lecteurs, je la conforte en appelant quelques-unes ou quelques-uns de mes partenaires du moment. C'est pour moi l'occasion d'appeler Anne. Anne ? Oui, Anne Lamouche, celle que tant de Chiliens victimes de Pinochet ont rencontrée un jour ou l'autre.

Ces liens indéfectibles qui se tissent entre les peuples font la force et la richesse du mouvement en marche pour un autre monde — lequel n'aura pas besoin d'armes pour se faire respecter.

Certes, j'ai fait mon choix. Et je ne me trouverai jamais du côté de celui qui, à l'instar d'un John Kennedy, clame que « les gouvernements militarocivils tels que celui du Salvador sont les plus efficaces quand il s'agit de contenir la progression du communisme en Amérique latine ». En disant cela, joignant le geste à la parole, il justifie les Escadrons de la mort qui ont massacré des dizaines de milliers de gens — ces escadrons formés dans le cadre de l'Alliance pour le progrès sont

sans doute encore le dernier effet visible du « programme ».

La coriace opposition salvadorienne serait-elle
en passe de gagner démocratiquement les élections
en 1972, et encore en 1977 ?

L'armée intervient pour interrompre ces élections et instaurer une dictature militaire. La résistance s'organise : les adeptes du respect des libertés
et de l'autodétermination des peuples sont rejoints
par des groupes d'études bibliques, des coopérati-
ves, des syndicats et toutes sortes d'autres mouvements susceptibles de jeter les bases d'une autre
politique plus conforme aux aspirations du peuple.

En réponse : terreur ! terreur ! L'archevêque
Monseigneur Romero est sauvagement assassiné,
l'université de San Salvador saccagée et de nombreux étudiants exterminés, la censure instaurée
radicalement en dynamitant les rédactions après
avoir affreusement torturé les directeurs de publication.

C'est bien ce qui s'est passé sous les auspices
de l'administration du président des États-Unis,
Jimmy Carter.

J'avoue que j'ai beaucoup de mal à reconnaître
que la nature même de la politique américaine,
dans ces années-là du XXᵉ siècle, aura été de dur-
cir la répression, de multiplier les massacres, de
détruire les mouvements populaires et de s'opposer à ce que les droits de l'homme soient respec-
tés quand s'accroît l'aide militaire et que la guerre
civile atteint de tels sommets.

Contre les Escadrons de la mort, nous lançons
la campagne « des cahiers pour les enfants du

Salvador et de l'Afghanistan ». Vous n'avez pas oublié... je l'ai évoquée lors de la campagne des présidentielles en 1981.

La collecte des cahiers et des crayons, d'où qu'ils viennent, nous permit de remplir notre contrat au Salvador mais ne répondit pas aux besoins des petits Afghans qui attendaient des « ardoises » en bois et des stylets. Il a fallu faire fabriquer des centaines de plaquettes et les acheminer au Pakistan, au plus près de la frontière fermée pour cause de guerre.

Que sont-elles devenues ces petites filles aujourd'hui ?

50

Lettre aux Kurdes

Cette information tardive sur le « grand Domaine » nous amène à comprendre aujourd'hui pourquoi l'Europe, insensiblement, s'est totalement soumise inconsciemment au système mis en œuvre à la fin de la Deuxième Guerre mondiale. J'aimerais savoir si une réflexion rétroactive pourrait être utile à mes « enfants kurdes ». Je redoute qu'ils ne tombent dans le piège du grand sauveur qui les aura débarrassés de Saddam Hussein. Soit, mais… Se souviennent-ils d'une lettre ouverte que je leur ai écrite en mars 2003 ?

À mes amis kurdes,
Une fois de plus, les intérêts des puissances étrangè-
res vous placent au centre de l'actualité internationale.
Depuis des années, je vous soutiens sans relâche dans
votre quête de liberté, de paix et de dignité. J'ai pleuré
vos morts et dénoncé les atrocités de tous ceux qui, en
armant la dictature, vous ont sacrifiés. J'ai tenté de
vous concilier dans vos querelles fratricides, en « mère »
que je suis considérée être pour les Kurdes.

Aujourd'hui, j'aurais aimé pouvoir croire, comme ceux d'entre vous qui soutiennent l'idée d'une guerre en Irak, que vos intérêts coïncident avec ceux de la superpuissance américaine. Je sais à quel point vous êtes partagés entre l'espoir d'obtenir enfin vos droits légitimes dans un Irak démocratique et fédéral, et la crainte de voir vos espoirs trahis une fois de plus par ceux qui vous protègent depuis douze ans déjà.

Je me souviens de l'enthousiasme qu'a suscité parmi vous, le 4 octobre 2002, jour de la réunification de votre Parlement régional à Erbil, l'emploi du terme « partners » par Colin Powell pour qualifier les Kurdes irakiens, dans son message d'encouragement et de félicitations envoyé à cette occasion. Vous étiez considérés comme les partenaires des États-Unis, dans la lutte contre la tyrannie et la terreur.

Il me semble pourtant que vous vous étiez engagés dans ce combat depuis bien longtemps. Bien avant que leurs intérêts conduisent les Américains à s'engager également dans cette voie. Depuis trente-cinq ans déjà, vous vous battez contre ce régime, au prix de vies sacrifiées, de disparus, de villes et de villages brûlés, de déplacés et de réfugiés, de veuves et d'orphelins par milliers, voire par centaines de milliers.

Mes amis, pourriez-vous m'expliquer le sens que la puissance américaine a donné à ce « partenariat » avec vous ?

Vous me dites ne pas pouvoir vous opposer à la volonté de la superpuissance américaine dans la guerre qu'elle veut mener contre l'Irak, d'autant plus que ce sont vos protecteurs. Ne pourriez-vous pas leur dire qu'un Irak miné et bombardé vous concernera autant

*que toute la population de ce pays, voire l'humanité
entière ?*

*Certes, vous méritez la liberté et la paix dans le res-
pect de vos différences et de votre culture. Vous savez
à quel point j'ai été heureuse de voir votre pays re-
construit, les enfants à l'école, les jeunes à l'université,
les camps militaires (lors de la présence de l'armée ira-
kienne) transformés en vastes parcs publics, les femmes
réunies en associations et partenaires de la reconstruction. La déception de vos amis serait immense si ces
acquis venaient à être perdus.*

*Victimes d'une Histoire qui semble se tramer sans
cesse à vos dépens, vous estimez avoir une chance de
vous débarrasser de la dictature sanguinaire de Saddam Hussein en accueillant à bras ouverts les « libéra-
teurs » américains, à l'instar des Français en 1944. Ce
qui a été légitime pour les uns ne le serait-il pas pour
les autres ? Les Kurdes n'auraient-ils pas le droit
d'être protégés et soutenus, me direz-vous ? Si, bien
sûr. Mais pouvez-vous faire confiance à un pays, les
États-Unis, qui vous a trahis tragiquement deux fois,
déjà en 1975 et 1991 ? À votre place, je me méfierais.*

Où en sont-ils aujourd'hui à Erbil, cette capitale où je me suis promenée à plusieurs reprises ?
Les jeunes ont-ils déjà adopté le jean, uniforme
international ? Baragouinent-ils le « kurdanglais »,
à l'instar du pauvre « franglais » de la jeunesse
française, souvent bien avancée en âge, qui ne
connaît plus le vocabulaire de sa langue ? Ni sa
grammaire...

On ne l'évoque même pas. Nos instituteurs n'y
peuvent plus grand-chose. Les productions télévi-

suelles américaines imposées par des *quotas*, clonées par des productions *françaises* de séries policières, font du revolver la vedette incontestée.

Et que pense-t-on de la violence qui règne dans la rue et des jeux d'argent qui avancent sous le couvert de tests de connaissance, épreuves de plus en plus désolantes et déconcertantes ?

Une véritable opposition à cette décadence se lève et, celle-là, personne ne la fera taire. Je la rencontre chaque fois que les forums sociaux mondiaux rassemblent ceux qui, fiers de leur héritage culturel, porteurs de la sagesse inculquée et forts de leur foi en la vie, peuvent se taper sur l'épaule sans crainte d'un retour agressif parce qu'ils sont là en confiance, heureux de partager leurs expériences riches de savoir-faire.

Ils regardent ces « barbares » protégés par un déploiement de policiers bardés de gilets pare-balles, armés à outrance, tapis derrière des kilomètres de fil de fer barbelé, entourés d'un dispositif des plus sophistiqués. Des chefs d'État ? Oui, nos chefs d'État réunis en « Sommet », victimes de la peur qu'ils brandissent eux-mêmes pour régner sur le monde.

De qui, de quoi ont-ils peur ? Pas des satans ni des scélérats, pas plus que des « États voyous » qu'ils ont désignés mais des peuples, leurs peuples qu'ils sont censés représenter. Ce régime est bien malade, le système est bien vicié. Et le virus ? Qui le débusquera ?

On pourrait le localiser à Davos, en Suisse, où le « Veau d'or » est adoré chaque année.

Les rois et les présidents passent, les gouvernements lassent, les experts trépassent : les fortunes solides prospèrent et demeurent. Au fond, les gouvernements des États les plus puissants du monde, les dirigeants du « G 8 », la très officielle Organisation mondiale du commerce ne sont que les agents d'exécution d'une seule pensée qui tire sa force de la seule possession des richesses. Les idées et astuces très « légales » qui structurent ce qu'il est convenu d'appeler la « mondialisation » trouvent leur source dans l'appât du gain et du pouvoir. Des « réservoirs de pensées » qui fournissent les idées — pour ne pas employer le terme anglo-américain de « *thinks tanks* » —, le WEF (World Economic Forum) est l'un des plus écoutés. C'est autour de lui que se tient le vrai « Yalta » d'aujourd'hui, quand les « leaders globaux », les hommes d'affaires les plus riches du monde, les grands financiers…, leurs dévoués serviteurs et la meute des adorateurs, des marchands du Temple se réunissent, fin janvier de chaque année, dans la fameuse station du canton suisse des Grisons.

Tout a commencé en 1970, avec un professeur de stratégie industrielle de l'université de Genève, Klaus Schwab. Il a organisé, cette année-là, avec ses étudiants et près de cinq cents participants, un symposium sur le management — un mot du système qui est trop bien compris pour nous perdre. Chaque année, désormais, il se reproduit et le « Forum » (c'est son titre officiel) est devenu le véritable « sommet des maîtres du monde ». Pour participer, quand on n'est pas invité spécialement par les organisateurs (Schwab et sa femme, Hilde), il faut, par exemple, débourser 30 000 francs suisses (une bagatelle de 18 000 euros) et réaliser un chiffre d'affaires égal ou supérieur à « un milliard de dollars (US) ». Allons donc ! Néanmoins, en dépit de cette fermeture aux « purotins », intellectuels, artistes et scientifiques sont régulièrement sollicités pour participer aux réunions de janvier ou à l'un des forums régionaux que le WEF organise à travers le monde.

Sommet privé, le Forum de Davos est devenu un symbole de la « mondialisation ». C'est clair ! On sait ce que veut dire mondialisation… On sait ce que veut dire altermondialisme. L'invitation de syndicalistes, d'organisations non gouvernementales bien-pensantes, d'hommes politiques comme Mandela, Shimon Peres ou Yasser Arafat ou, jadis, Gorbatchev… quel beau prétexte pour faire avaler la prétention affichée de résoudre les « grands problèmes de la planète ». La participation active d'un Bill Gates, de Microsoft, et l'installation d'un McDonald's sont des signes autrement plus forts.

Régulièrement, en janvier, des groupes d'opposants manifestent vivement sur le site de Davos et devant le Centre des congrès. Peut-être ont-ils entendu Jacques Chirac qui, en 1996, déclarait que Davos était « un haut lieu d'une sorte de pensée unique à la gloire de la flexibilité et de la mondialisation » ? Ne souriez pas !

51

Les chantiers de la gauche
au pouvoir

Et chez nous, que se passe-t-il depuis le tremblement de terre qui a mis les socialistes au pouvoir ? Que pensent-ils, mes compatriotes, de l'alternance ? Logiques, ils poussent l'avantage en votant pour une Assemblée qu'ils dotent d'une majorité absolue de socialistes. Sans difficulté, les mesures annoncées seront adoptées par leurs députés.

Quel beau chantier pour Pierre Mauroy qui sera Premier ministre du premier gouvernement du septennat, avant que la droite ne se réveille de sa stupéfaction !

L'impôt sur les grandes fortunes ? Ça coince. Je me souviens d'une visite d'un ami de Résistance auquel la roue de la chance, particulièrement généreuse, a souri pour en faire une des premières fortunes du monde. C'est qu'il avait fait un beau mariage, lui. Pas comme François qu'il avait mis en garde contre le fait d'épouser une fille d'instituteur sans carnet d'adresses, sans relations : « Une entrave à ta brillante carrière ! »

Je vous laisse imaginer ce que mon petit malin me souffla lorsqu'il a franchi le porche de l'Élysée, le jour de l'investiture, et plus tard pour plaider la cause des malheureux assujettis à l'impôt sur les grandes fortunes. Dieu qu'il était à plaindre ! À faire pitié ! Serais-je rancunière ? Mais non... Tout compte fait, je l'aime bien, notre ami résistant. Nous avons tant de souvenirs communs de cette période périlleuse...

Et Madame Thatcher qui s'en mêle ! avec un : « Vous n'y pensez pas, François, il n'y a pas assez de grandes fortunes chez vous pour que cela vous rapporte suffisamment ; taxez plutôt les pauvres, ils sont tellement plus nombreux ! » Sans commentaire.

Assez, assez de cynisme !

Pierre Mauroy s'en donne à cœur joie. La réduction du temps de travail et le gros morceau : les nationalisations...

Le 18 décembre, la loi sur les nationalisations est définitivement approuvée par l'Assemblée nationale. Le choc ! L'opposition sort de sa léthargie et saisit le Conseil constitutionnel. Trop, c'est trop ! Un contrôle total du secteur bancaire et de sept groupes industriels, la droite crie au scandale. Mais qu'y a-t-il dans les coffres des banques si ce n'est l'argent des contribuables ? Pourquoi en laisser la gestion à des privés qui feront prospérer cette fortune à leur profit et en disposeront à d'autres fins que l'intérêt général ? Argent public, intérêt public. Et toutes ces grandes entreprises qui puisent l'argent des banques pour faire leurs affaires ? Pour elles aussi : argent public, entreprise publique, intérêt public.

Je vous entends, experts de la finance, économistes diplômés, politiques distingués : « Quand on ne sait pas, on se tait ! » Et pourquoi n'aurais-je pas un peu de jugeote puisée dans un bon sens populaire que je côtoie à longueur de journée ?

Je ne polémiquerai pas... J'admets mon ignorance au regard de « ceux qui savent » et qui vous entraînent dans le dédale des indices, des « fondamentaux »... et qui vous font perdre le fil de l'entendement. Mais je persiste à dire que lorsque je défends la cause de l'eau et que je démonte le système de gestion d'une multinationale concernée par notre campagne, avec force arguments illustrés par quelques métaphores de mon cru, tout le monde me comprend. Les questions et les commentaires qui s'ensuivent font avancer la démarche.

À la lumière de nos ambitions actuelles de restaurer une démocratie participative, je me rends compte de l'importance des lois de décentralisation, ce projet cher à Gaston Defferre relatif aux droits et libertés des communes, des départements, des régions, en supprimant les tutelles sur les collectivités locales. Les préfets, simples représentants de l'État, laisseront le pouvoir exécutif aux présidents élus des assemblées départementales et régionales.

Un des effets de ces lois de décentralisation fut de redonner un statut « normal » de commune

« normale » à Paris — mais aussi à Marseille et Lyon (loi dite « PML », du 31 décembre 1982). Jusque-là, en dépit d'une première libéralisation de l'administration de la capitale, en 1975, Paris était une ville « à part ». Depuis le Moyen Âge, en effet, la capitale française était tenue pour suspecte au regard du pouvoir central. Cela dura jusqu'en… 1975 mais ne fut effacé vraiment qu'en 1982 ! Avec les lois du début du septennat de François, les grandes villes retrouvaient le droit d'élire démocratiquement leur assemblée municipale, des maires d'arrondissement et un maire siégeant en son hôtel de ville…

Rapprocher les citoyens des centres de décision, responsabiliser les élus et leur donner de nouvelles compétences, tout cela favorise le développement des initiatives locales et constitue un petit pas vers la démocratie selon nos vœux, celle que j'ai découverte des années plus tard chez les Indiens du Chiapas, les municipalités autonomes, au Mexique, vous savez ces collectivités que les zapatistes appellent les Caracoles. Le village de La Realidad, par exemple. Comme j'ai plaisir à rappeler cet endroit que je visitai en 1996 !

L'invitation du sous-commandant Marcos me donnait l'occasion de fuir le climat délétère qui régnait autour de moi après la mort de François. Je fermai ma porte aux basses intrigues de mauvais aloi et me rendis au Chiapas avec beaucoup d'enthousiasme.

En ce temps-là, la route était longue pour atteindre ce petit bourg, à l'orée de la forêt Lacandone.

Quelques frêles maisons s'égrainent le long de la
rivière dont le flot sert aussi bien pour la toilette,
la vaisselle, la lessive et les ébats des enfants. Mais,
sur la place, une énorme tribune, tendue de calicots
à la gloire de Zapata[1] et de Pancho Villa (1878-
1923), se dresse, monumentale, pour les orateurs
venus du monde entier assister aux « Rencontres
intergalactiques ».

Mais les « indigènes », quel genre de discours
tiennent-ils ? Dans cette région où l'armée fédérale sévit, maintient l'ordre à coups de massacres,
d'emprisonnements et de terreur, leur « travail est
de construire l'autonomie afin que le peuple puisse
décider comment exercer ses droits. C'est une
forme de lutte, une lutte juste, qui a raison. Travailler la santé, l'éducation et les autres secteurs
d'activités, c'est une arme de cette lutte qui ne
tire pas de balles mais des mots, des mots qui lancent un appel à toute l'humanité ».

Gouvernés par un conseil autonome formé de
représentants des communautés qui se superposent géographiquement et politiquement aux
municipalités officielles, ces conseils décident
eux-mêmes de leur mode d'organisation concernant l'éducation, la santé et la justice. La résistance consiste à n'accepter ni l'argent ni les
projets du gouvernement mexicain. Ils se réfèrent
aux « accords de San Andrés », contractés en 1996,
auxquels Marcos m'avait envoyée comme observa-

---

1. Emiliano Zapata (1879-1919). Paysan indien révolutionnaire, il souleva le sud du Mexique pour réaliser une réforme
agraire qui fit long feu après son assassinat.

trice. Le gouvernement n'a jamais voulu les entériner.

Les Indiens ne sont plus des peuples à se laisser
lanterner. Ils prennent leur destin à bras-le-corps
et organisent leur avenir.

Aujourd'hui, je ne pourrais vous en parler qu'en
rapportant des témoignages entendus ou écrits. Si
j'ai rencontré des Mexicains de cette région à plusieurs reprises, je n'ai plus séjourné à La Realidad
depuis bientôt douze ans.

Toutefois, à leur invitation, j'ai assisté à la
Consulta et à la Grande Marche qui se termina à
la capitale par un rassemblement impressionnant sur le Zocalo. J'étais dans la foule, chantais
et dansais au rythme de ce peuple dont je partage
les espérances.

Puisque je ne me vois pas vieillir, peut-être
écrirai-je un deuxième document sur les zapatistes qui fera suite à *Ces hommes sont avant tout nos
frères !*

Cette digression sur les Caracoles, c'était pour
vous dire que les idées font leur chemin et que
la décentralisation du premier gouvernement de
François ouvrait une porte vers l'avenir.

Mais n'anticipons pas. Nous sommes en 1982.
Le 9 mai, Pierre Mauroy préside un rassemblement
de 250 000 personnes au Bourget pour la célé-
bration du centenaire de l'école laïque de Jules
Ferry : « La mise en œuvre progressive d'un véritable service public de l'éducation ne sera pas dé-
crétée mais négociée », avance-t-il... Il est bien
précautionneux pour répondre à l'inquiétude des

partisans de l'enseignement privé qui ont défilé le 24 avril à Paris. C'est qu'ils étaient nombreux : 100 000... !

Le sujet est si sensible qu'il a fallu atteindre la quatre-vingt-dixième proposition des 110 annoncées pour aborder le sujet de l'éducation. « Un grand service public unifié et laïc de l'enseignement. » C'est dit et sans ambages.

Est-ce si difficile dans une République d'afficher sans se contorsionner : argent public, école publique ; école privée, argent privé ! L'État assure l'école laïque, obligatoire et gratuite pour tous. Qu'une éducation religieuse se fasse à la demande de certaines familles, à leur aise ! Ce n'est pas interdit mais qu'elles en assument la charge financière. La liberté d'opinion, de confession est préservée, l'État, laïc, remplit son devoir d'éducation pour tous et en assume pleinement son exercice.

Et voilà qu'Alain Savary, ministre de l'Éducation nationale, présente des propositions sur « l'avenir de l'enseignement privé ». Mais où donc s'aventure-t-il ? Il écarte l'idée, dit-il, d'une intégration pure et simple et propose un calendrier de discussions pour « une rénovation d'ensemble du système éducatif ». Il s'embourbe...

Les partisans de l'enseignement catholique, bien sûr, acceptent de négocier, ils gagnent du temps. Mais le comité national d'action laïque refuse d'entrer dans le piège. Moi, je comprends cette attitude. S'engager dans des discussions à n'en plus finir, voilà qui arrange tout à fait celui qui ne veut rien lâcher. Et ça dure...

Les revendications sont appuyées de manifestations de plus en plus monstrueuses. On commence par Versailles, puis les Champs-Élysées, 400 000... 600 000... 800 000 personnes défilent sur le fond sonore du chœur des esclaves du *Nabucco* de Verdi. La mise en scène est spectaculaire. Un véritable fleuve draine Jacques Chirac, Jean-Marie Le Pen et même Anne-Aymone Giscard d'Estaing à la tête des ouailles de Saint-Jean de Passy.

Ils sont tous là, les « revanchards » de mai 1981.

Pensez donc, toucher à la fois au porte-monnaie et au Bon Dieu ! Miséricorde ! Que la gauche soit au pouvoir, on est bien obligé de la subir, mais qu'elle touche à nos privilèges, ça jamais !

Les partisans de l'école publique eux aussi défilent. Mais ceux en faveur de l'enseignement privé poussent l'avantage... À force de tergiverser, tout le monde est mécontent : moi la première, les enseignants publics et les autres. François regarde le gouvernement gouverner. Il pense que c'est perdre son temps que de se battre sur ce terrain miné et qu'« il y a autre chose à faire aujourd'hui qu'à réveiller la guerre scolaire... ce n'est pas une priorité », commente-t-il. Et l'affaire est entendue.

Une série d'échecs électoraux s'ensuit.

La démission d'Alain Savary entraîne celle de Pierre Mauroy, en juillet 1984.

Un tout jeune Premier ministre, trente-huit ans, va montrer au monde ce que sait faire un énarque de gauche. Il avance sur le devant de la scène auréolé de son image de « plus jeune Premier ministre de la Ve République ».

Trop bon élève, il n'a pu se défaire d'un enseignement fondé sur la pensée unique du libéralisme. Énarque « de gauche », c'est comme le pâté d'alouette : une alouette, un cheval.

Et le cheval galope, galope. Il associe son gouvernement à « l'Acte unique européen » qui prévoit de favoriser les mouvements de capitaux et mettre les services en concurrence dans l'ensemble de la Communauté européenne. L'ouverture des marchés sonne le glas pour les administrations publiques. Un coup sur le mors annonce l'arrêt des nationalisations des entreprises ; accroche au passage l'abrogation de l'échelle mobile des salaires, qui ne seront plus indexés sur l'inflation ; installe un Disneyland dans la plaine à betteraves de la Brie... La gangrène avance sournoisement : chômage, spéculation, première vague d'attentats, agitation indépendantiste en Nouvelle-Calédonie, *Rainbow Warrior*... Le cheval précipite ce gouvernement vers l'échec des élections législatives de 1986.

Cet énarque de gauche, de bonne volonté, sait pourtant dire non quand il le faut, en résistance au système. Mais en situation de « pouvoir », comme il est difficile de tenir tête à la puissance suprême impitoyable. Il sera finalement déstabilisé par un scandale selon les méthodes habituelles de la droite. Faut-il qu'il soit puissant, ce « système », pour si bien tirer les ficelles !

Bien sûr, nous savons tous que les Français sont, statistiquement, plutôt conservateurs et que l'al-

ternance à gauche ne peut se faire que sur le mé-
contentement du moment. Mais si, à la hargne de
l'opposition, s'ajoute la frustration de la gauche,
la traduction ne se fera pas attendre. Et voilà que
le chagrin Monsieur Giscard d'Estaing est « at-
tristé » par la déconvenue de la gauche. Il lance la
formule : « les déçus du socialisme ».

L'expression fait florès. Combien de nos amis et
militants se sont reconnus dans cette image inventée pour les égarer, les détacher de leur président et
le contester ! Ils sont entrés dans le piège plutôt que
de serrer les rangs pour résister aux coups bas.

Dans ce rôle attentif de contre-pouvoir que je
m'étais attribué, j'observe, j'écoute, j'interroge et
en conclus que si un président donne un sens à la
politique qu'il souhaite voir appliquée, un gouvernement, lui, gouverne sous la férule du grand ordonnateur se gardant des chausse-trappes qui lui
sont tendus à tout instant. Il doit affronter la situation, les réalités nationales et internationales et
entamer des concessions en essayant de ne pas
perdre de vue l'objectif. L'opposition, elle, ne
pense qu'à mettre des obstacles au bon déroulement d'un programme qui n'est pas le sien, le
faire échouer et reprendre le pouvoir. Peu lui importe l'intérêt d'une population qui ne représente
pas toujours ses électeurs.

Pendant trois ans, l'inertie des opposants de
l'Hexagone, mais aussi la stupeur de l'Europe et
du monde, a laissé un champ à peu près libre. Il
se ferme dès le réveil des forces financières qui
n'y trouvaient plus leur compte. Et notre plus

jeune Premier ministre est rappelé à l'ordre par la toute-puissance financière mondiale. On a vu ce qu'il en est advenu.

La rengaine des « déçus du socialisme » se répand et sape le moral de ceux qui savent bien que, dans le contexte du système mondial, la gauche n'a pu se faire une place qu'en se soudant pour défendre ses valeurs fondamentales.

Puisqu'il semblerait que les Français aiment « qu'il y ait une place pour chacun et que chacun soit à sa place », nous devons nous réjouir, gens de gauche, de voir les pseudo-socialistes peu tenus par leurs convictions de circonstance rejoindre le camp qui répond à leurs ambitions intimes du moment.

De même que je m'étais sentie plus légère après avoir sorti de ma vie les faux amis, en 1959, après l'affaire de l'Observatoire, je souhaite que les socialistes convaincus se réjouissent aujourd'hui.

Les socialistes de photos, brillants certes dans les salles de conférences et les salons où l'« on cause », mais qui regardent ailleurs quand il faut tenir le cap, ne sont d'aucun secours pour la gauche qui, elle, maintient ses valeurs républicaines sans faillir.

Et les « fidèles de l'instant » qui venaient aux dîners du dimanche soir, ne se souviennent-ils pas de la déconvenue de François devant la décrépitude qu'ils entretenaient au PS ? Imaginez, regroupez, cessez ces querelles de courants qui détruisent toute cohésion indispensable pour se faire entendre !

Il m'arrivait de murmurer, sarcastique : « Faire entendre quoi ? »

De ceux-là, François, lassé, n'attendait plus rien depuis longtemps déjà. Il savait qu'il n'avait plus le temps de lancer un défi. Et s'il m'arrivait, lors d'un déjeuner ou d'une rencontre fortuite, d'argumenter les causes que je défendais au nom de celles et de ceux qui résistaient aux tentations du néolibéralisme, moi non plus, je n'en attendais rien. Je ne me faisais aucune illusion.

Alors, vous me croyez meurtrie par leurs adhésions à la politique du Président actuel ? Mais c'est une bénédiction pour la gauche et de l'air pour le Parti socialiste ! Chacun à sa place !

Instruits, policés, bien formatés aux idéaux d'une mondialisation qui leur convient, ils seront parfaits pour servir un régime dont François, leur idole momentanée, leur avait montré les servitudes et les misères pour l'humanité. Mais ils ont oublié ce qu'ils n'avaient sans doute pas voulu entendre.

Je comprends bien, chers amis de passage, combien il est difficile de penser à long terme pour les autres quand, à court terme, on accède aux délices d'un pouvoir qui vous assoie à sa table.

Je vous souhaite beaucoup d'un bonheur qu'il ne sied qu'à vous d'apprécier.

Je fus bouleversée lorsque François reprocha à mes partenaires du milieu associatif de le « poignarder dans le dos ».

Le terrorisme économique mondial sournois leurre l'opinion publique en lui faisant miroiter des richesses auxquelles les peuples n'accéderont jamais. Il détourne les sympathisants de leur véritable mission qui est de convaincre le plus grand nombre que c'est ici et maintenant, et ensemble, que les militants de gauche et le gouvernement de leur choix pourront changer la donne.

« Pendant trois ans, les Français ont engrangé ce que j'avais annoncé pendant la campagne, dit François. Ce fut du ressort du gouvernement qui, lui, gouverne. Dès que les puissances financières et les impératifs du FMI se sont mis en demeure de freiner nos ambitions sociales, j'ai dû composer. Et plutôt que de trouver un appui populaire, j'ai dû me battre le dos au mur avec les contestations des miens et les lazzis de l'opposition qui comptait les points. »

Je reconnais, bien tardivement, avoir été cruelle avec mes : « Je ne comprends pas, François, puisque tu as le pouvoir, pourquoi ton gouvernement ne prend-il pas telle ou telle décision qui… que… » « Je n'ai pas le pouvoir, me lançait-il, lassé, la France comme le reste du monde est assujettie à une dictature financière qui gère tout, décide de tout, à chacun de s'organiser pour y résister. »

Lorsque l'opinion — plutôt conservatrice en France, je le répète — n'est pas convaincue de son intérêt, nous aurons beau vouloir imposer, nous n'obtiendrons que manifestations, désordre et échecs.

Avez-vous oublié combien il a fallu ouvrir les consciences pour faire admettre que la peine de mort est immorale, réprouvée par toutes les philosophies et religions ? Et voyez comme aujourd'hui il faut faire front pour ne pas revenir sur cet acquis.

Convaincre, expliquer, argumenter sont gages de succès. Seul, le pouvoir n'y parviendra pas si le peuple concerné conteste à la première difficulté.

Je peux imaginer combien François devait souffrir lorsqu'il s'adressait en ces termes à la Ligue des droits de l'homme, en 1985, et, à travers elle, à l'ensemble des organisations non gouvernementales :

« Il est très important que des organisations ou des associations puissent prendre leur part et la prennent largement pour que cette conviction se généralise. C'est quelquefois le reproche que j'ai adressé à nombre d'organisations qui ont un engagement évident sur les thèmes qui sont les nôtres, qui ont apporté un concours, un large appui, une confiance, une espérance, mais qui parfois ne se rendent pas compte que, sur tel ou tel problème qui se pose, il faut d'abord gagner l'opinion suffisamment pour ne pas se trouver totalement exposé à un désaveu général qui ne fait pas avancer la politique d'un gouvernement de progrès... Il importe que les organisations engagées qui apportent leur foi et leur conviction parviennent à gagner du terrain dans l'opinion des Français. »

C'est ainsi qu'il avait pensé ce contre-pouvoir constructif qu'il avait appelé de ses vœux en favorisant l'explosion des associations nées en 1981. Et nous, nous n'avons su que critiquer chaque fois qu'il y avait retard, hésitation ou entrave. Sans se demander pourquoi.

52

À l'abri du chêne et de l'olivier

Le courrier reçu à mon secrétariat de l'Élysée marque la température. À la première vague d'enthousiasme, de compliments, de témoignages d'espérance des premiers mois, succède l'exposé des vrais problèmes vécus par mes compatriotes. Sont vite repérés quelques cas d'augmentation d'allocations qui font basculer les revenus dans la tranche supérieure des impôts et en fin de compte pénalise le bénéficiaire.

Pendant ce temps, mes trois associations tissent des réseaux humanitaires, mènent des actions en faisant appel à la solidarité des individus mais aussi des peuples.

J'ai encore beaucoup de difficultés à m'exprimer en public et, si je n'ai pas ma langue dans ma poche en aparté, la timidité et plus encore une certaine pudeur me paralysent devant un micro. Mon entourage et particulièrement mes enfants s'en amusent et me taquinent.

Pourtant, je sais ce que je veux dire et ce n'est que sur le terrain que je prends de l'assurance.

Surtout, j'ai compris que lorsque j'alignais une série d'arguments pour défendre une cause dont je connais bien les tenants et aboutissants, je pouvais m'exprimer sans paniquer.

Ainsi, ai-je assez vite compris que parler au nom de trois associations qui toutes les trois rappellent leurs droits aux hommes et aux peuples m'impose un exercice que je complique à plaisir.

Le fait que ce même objectif visé s'adresse aux mêmes catégories d'individus exploités ne m'aide pas et je finis par ne plus savoir au nom de quel organisme je parle. Mettre en avant les libertés, qu'elles soient d'expression, de circulation, de pensée, de religion... — elles s'appliquent à tous les cas de figure —, me pousse, dès 1985, à rassembler les trois équipes en une seule. Ainsi naît la Fondation Danielle Mitterrand, France Libertés. Ses statuts sont déposés au ministère de l'Intérieur le 5 mars 1986.

Il faut la porter sur les fonts baptismaux et le baptistère sera TF1 dans son émission *7 sur 7*. Allez donc présenter en public devant une grande audience qui vous voit pour la première fois dans l'exercice d'une fonction qu'elle ne vous connaît pas, une organisation qui n'existe pas encore, mais qui fonctionne déjà sur l'actif de trois associations dont il ne faut pas parler puisqu'elles n'existent plus... ouf ! L'exercice est périlleux.

J'ai été nulle. Le fiasco ! Anne Sainclair s'arrache les cheveux : « Mon émission ne s'en remettra pas ! » et je retrouve ma petite équipe terrassée. « Eh bien ! maintenant, vous savez ce que vous ne pouvez pas me demander. À nous tous, dès ce soir,

au travail ! et montrons de quoi nous sommes capables. »

Finalement, cet épisode malheureux reste un
bon souvenir.

J'en ai tiré une leçon : en toute circonstance,
rester soi-même est le seul moyen de faire partager sa conviction, quand elle est bien ancrée.

Connaître bien le sujet que tu exposes et être
convaincue que la cause que tu défends est juste.
Dans cet état d'esprit, tu peux affronter le diable.

Alors, France Libertés ? Bientôt vingt-deux ans,
elle a appris à vivre. Elle avance à l'abri de son
chêne et de son olivier entremêlés. L'emblème que
François lui a offert à la fin de son premier septennat.

Vous ne savez peut-être pas que tous les Présidents de la Ve ont eu leur emblème, symbolique
de leur personnalité : le premier, de Gaulle, arbora
la Croix de Lorraine ; Georges Pompidou, ses initiales ; Valéry Giscard d'Estaing, les faisceaux de
licteurs ; François, le chêne et l'olivier. Vous le
voyez flotter sur le fanion de leur voiture, sur les
papiers à en-tête, les documents et parutions émanant de la Présidence.

En 1986, ne pensant pas se représenter, François en dota la Fondation.

Ce mariage des deux arbres représentant le nord
et le sud de la France, mais surtout la paix et la
justice dans le monde, a inspiré quelques poèmes.
Il en est un, de Charles Moulin, que les presses
de l'Élysée ont honoré et que je voyais circuler en
certaines circonstances.

Chêne planté droit
au cœur de la terre ancestrale
de tes racines profondes
jaillit un tronc de force
symbole de la loi
et cette tranquille verdure
feuilles serrées comme mains unies
en solidarité
tandis qu'en haut, contre le ciel,
des rameaux d'olivier en entrelacs
épanouissent la justice
et chantent l'amour de la paix.

Avec une telle organisation, à la tête d'une équipe bien déterminée, nous allions changer le monde...

Figurez-vous que nous en sommes plus que jamais convaincus.

Certes, nous avons bataillé. Nos sources nous permettaient d'apporter des compléments d'informations au Président, même si elles contrecarraient la diplomatie française. Le soutien à certains peuples agaçait et contrariait les échanges commerciaux. Nos interrogations sur le bien-fondé de ventes d'armes à un État que nous dénoncions pour extermination d'une partie de sa population restaient sans réponse mais nous valaient une grimace.

Nous avancions sans complexes, surtout depuis que, défendant la cause d'un peuple luttant pour son autodétermination, j'avais été encouragée par François alors que son administration aurait voulu me faire renoncer. « Puisque ta cause est juste, ne te résigne pas. »

Pendant des années, en tant qu'organisation humanitaire, nous avons, comme des centaines et des milliers de groupes de femmes et d'hommes, participé aux projets des populations qui s'engageaient à construire une école, un centre culturel, creuser un puits, préparer un maraîchage… Nous avons lancé des campagnes contre le racisme, pour la prévention contre le sida, pour la création d'un réseau d'écoles européennes. Au nom de la Fondation, j'ai rencontré les populations de tous les pays du monde, à l'exception d'une dizaine. Nos archives regroupent les rapports, les comptes rendus de centaines et de centaines de déplacements que nous avons assumés.

Je ne laisserai pas avancer de fausses confidences, même si elles sont proférées par un militant associatif, promu à la haute fonction de ministre, qui laisseraient supposer qu'il aurait engagé des missions illégales avec Madame Mitterrand durant les septennats de son mari. Non, monsieur le Ministre, même pour couvrir les actions de la première dame de nos jours, je ne servirai pas d'alibi.

Puisque vous semblez penser à ma rencontre avec Milosevic, pour demander la libération du couple Draskovic, vous savez très bien que défendre la liberté d'expression et demander la libération d'un journaliste écrivain n'a rien d'illégal quand la négociation se borne à rappeler les articles de la Déclaration Universelle des Droits de l'Homme. Je n'avais pas convoqué la presse international pour le faire savoir. Et les Draskovic ont été libérés.

Je suis fière du travail accompli mais surtout de la réflexion que nous avons nourrie. Persuader pour convaincre.

Nous en avons tiré la leçon, pour notre petite organisation, afin d'établir une stratégie lorsque France Libertés entreprend une campagne de sensibilisation sur des sujets qui engagent l'avenir de l'humanité.

Lorsque j'ai pris conscience du drame qui s'annonce concernant la potabilité de l'eau et l'accès à cette ressource vitale pour l'homme, il m'a fallu convaincre l'équipe de la Fondation de la pertinence d'en faire une priorité pour les droits de l'homme.

Cette évidence, pour moi, n'en était pas une pour la plupart des chargées de mission. Ai-je été maladroite dans mon argumentaire ? Une grande partie d'entre elles ne m'ont pas suivie. Elles sont parties et j'ai dû reconstituer une équipe convaincue du bien-fondé de mes orientations.

J'ai pourtant essayé de persuader, au sein de France Libertés, celles et ceux qui ne voulaient rien entendre à mon discours. Ils étaient trop enfermés dans les arcanes judiciaires et plus à l'aise pour dénoncer et faire condamner. La cause d'un bien commun de l'humanité, indispensable à la vie, n'entrait pas dans leurs compétences, me rétorquait-on.

Je les aimais bien, nous avions fait, pour certains, un long bout de chemin ensemble.

Si je ne parvenais pas à les amener sur le terrain de « leur Présidente », selon les statuts de la Fondation, je préférais mettre un terme aux activités de l'organisation. Depuis quelques années déjà, j'avais pris conscience que les actions humanitaires et les soutiens aux revendications des droits de l'homme, certes nécessaires, nous faisaient jouer un rôle d'alibi pour une mauvaise politique conduite par l'ensemble des gouvernements.

Mes arguments n'ont pas été pris en compte par la majorité de l'équipe d'alors ; il était sans doute trop tôt. La prise de conscience n'avait pas encore touché leur esprit bloqué dans leurs habitudes.

Devant cet échec, j'envisageai de convoquer le conseil d'administration de la Fondation et d'engager le processus de sa fermeture. Je continuerais mes activités d'une autre façon qui me laisserait en phase avec mes prises de position.

Les administrateurs n'ont pas été d'accord :

« Vous ne pouvez pas abandonner une structure qui depuis vingt ans a fait ses preuves. Puisque votre équipe ne vous suit pas et fait obstruction à la ligne de conduite que vous tracez, il vaut mieux vous séparer et maintenir le fil de vos projets. »

Pendant deux ans le bateau a tangué fort. Aucune des petites bassesses inhérentes aux séparations ne me fut épargnée.

Beaucoup d'énergie et une forte volonté politique au service d'une vision lucide pour un objectif clair m'ont conduite à confronter mes informations à celles que je retrouve sur le même chemin des soucieux de l'avenir de l'humanité.

Ceux que je cherche parmi les dirigeants au sein de « ma famille politique », je ne les ai pas trouvés. Leurs soucis sont autres et je les dérange.

Pendant des années, nous avons assisté à des exposés sur la situation de l'eau dans le monde. Les ateliers organisés pour les forums sociaux ont nourri notre connaissance du sujet.

Et bon an mal an, d'une commune à l'autre, d'une tribune à l'autre, parcourant le monde, forts de notre démonstration, nous avons informé, expliqué, proposé une autre façon de penser la politique de l'eau, en rétablissant cet élément constitutif de la vie dans son statut de bien commun du vivant.

Les premières interventions ne rassemblaient que quelques auditeurs, trois ou quatre élus très perplexes à l'écoute de mon discours. L'eau potable, bien public ? Nos édiles sont d'accord. Mais qu'elle requière une gestion publique, pourquoi donc ?

« — C'est tellement pratique d'en déléguer la gestion à une entreprise internationale privée. Elle, elle a beaucoup d'argent, les meilleurs techniciens, le savoir-faire... etc., etc. — De quel argent parlez-vous ? Celui des banques ? C'est-à-dire celui du contribuable. — Et les techniciens ? — Mais ils sortent tous des mêmes écoles. Seraient-ils plus aptes lorsqu'ils travaillent pour une multinationale privée et deviendraient-ils idiots lorsqu'ils servent une collectivité ? Ils ne peuvent même pas arguer d'un salaire plus ou moins avantageux. — Seulement, nous sommes soulagés d'une responsabilité que l'entreprise assume. — Mais non, monsieur le maire, votre responsabilité reste pleine et entière. Si vos administrés sont empoisonnés par l'eau de votre ville, vous apprendrez à vos dépens ce que votre mandat vous incombe. Votre responsabilité reste pleine et entière. Tout est faux, dans votre plaidoyer pour la toute-puissante multinationale, monsieur le maire ! »

Un homme se lève : « Je m'appelle Michel Partage, je suis maire de Varages, une petite ville d'à peine 1 000 habitants. J'ai été élu sur une liste d'usagers de l'eau mécontents de la gestion par contrat entre une multinationale que je ne nommerai pas et la ville… Et j'ai rompu le contrat.

Rien ne m'a été épargné, les menaces, les pressions de toutes parts, les tentatives de corruption. Ce rôle de David contre Goliath aurait été impossible à tenir si je n'avais eu le soutien de la population… »

Notre histoire commune commence en ce mois de mars 2002, à Florence, au Forum Alternatif Mondial de l'Eau. Je prends la parole devant une assemblée d'élus.

« Le moment est venu pour nos élus, disais-je, d'entendre et de faire avancer les propositions faites à la conférence de presse au Forum social mondial qui s'est tenu en février. Où en sommes-nous ? »

Alors que je m'adressais à cette auditoire attentif, je concluais avant de lancer le débat : « Est-ce une fatalité de s'en remettre aux grandes firmes de l'eau pour gérer ce bien commun du vivant ? »

Depuis ce témoignage, d'autres sont venus conforter la démarche et l'appel de Varages a fait des émules.

Quand je lis, aujourd'hui, un sondage indiquant que 80 % des Françaises placent l'eau en première place de leurs préoccupations, alors je me dis que notre campagne parmi tant d'autres pour la cause de l'eau a été utile. Depuis des années, avoir informé, expliqué, appris à nos compatriotes à lire leur facture d'eau, argumenté en connaissance de cause, n'a pas été du temps perdu. Même si le chemin parcouru ne représente que les premiers pas d'un long chemin avant d'arriver au but.

Ah ! Ce ne fut pas un tapis rouge. Toute la panoplie des puissants fut déployée pour semer les embûches. Mais il est une force dont ils ont mal auguré : c'est la volonté d'un peuple. Et le jeune maire de Varages a fait la démonstration que, non seulement c'est possible, mais que les habitants sont très contents de leur eau de meilleure qualité et moins chère, même en comptant les trois salaires d'embauche de permanents.

On entend les sceptiques : « Oui, bien sûr, mais c'est une toute petite commune... »

Alors je sors de mon répertoire la ville de Grenoble qui a fait un parcours semblable. Et puis, et encore, telle ville moyenne et d'autres. Oui, d'autres encore qui voudraient bien, mais qui hésitent devant les problèmes qui ne manqueront pas de se poser. Parce qu'elles ne sont pas contentes, nos multinationales ! Comment vont-elles pouvoir acheter et les médias, et les hôpitaux, et les maternités, et les transports, et les énergies, et les pompes funèbres, et les fourrières et... les politiques ? Savez-vous que depuis votre conception, dans le ventre de votre mère, jusqu'à votre mort, vous passez entre les mains fourchues de ces firmes tentaculaires ? Elles sont toutes-puissantes en mettant en avant leurs milliers de milliards et leurs actionnaires.

Elles tiennent tous les gouvernements à leur merci. Aucun n'osera leur tenir tête. À moins que...

Le temps des vacances arrive à son terme. Le moment est venu de quitter Latche, ce havre de paix où je laisse ma famille, et emporte les souvenirs d'instants privilégiés. Le regard perdu entre les troncs des pins de la forêt des Landes, j'imagine le « Big-Bang » qui projeta le magma devenu la Terre. Et elle tourne... et la vie s'y accroche.

La Terre ? En conscience, seuls les hommes la foulent, la torturent, la labourent, l'ensemencent, la dépouillent, la découpent, se l'approprient. Pouvons-nous admettre qu'elle n'appartienne pas plus à la végétation qui la recouvre, qu'à la faune qui l'habite et la parcourt ; non plus qu'à l'humanité qui la travaille ?...

Elle s'appartient et elle se donne pour entretenir la vie. Et ceux des hommes, ces prétentieux, qui prétendent l'arracher à elle-même et se la répartir au gré de leur puissance, la dénaturer à leur guise, la polluer outrageusement, s'étonnent-ils d'être montrés du doigt ? Non, ils accusent le reste du monde de convoiter leur territoire, leur pays, leur continent, leur océan, leur pétrole, leur pétrole, leur Pétrole...

53

Les nouveaux indicateurs
de richesse

Une brève escale à Paris, et en route pour le Brésil où je vais rejoindre certains de nos partenaires. Parcours du combattant de la militante pour la cause de l'eau... et pour les nouveaux indicateurs de richesse.

Première étape : Curitiba, dans l'État du Paraná. C'est la première fois que je visite cette région. La journée commence par un petit déjeuner chez le premier personnage de l'État, le gouverneur. Le tour de table compte des personnalités de haut rang qui auraient pu m'impressionner s'ils ne m'avaient accueillie avec autant de respect, de reconnaissance et d'affection. Ils semblaient tout savoir sur moi et sur les actions que je mène depuis toujours. Cela me rassure, et passé les formules de courtoisie et quelques questions sur Sarkozy, que j'esquive évidemment, nous abordons le sujet qui m'amène dans ce beau pays.

L'eau !

La tentative du gouverneur est de reprendre, en service public, la totalité de la gestion de l'eau qu'il partage actuellement avec une multinatio-

nale privée — j'ai nommé Vivendi. Il souhaite le
soutien de la population et entreprend une campagne de sensibilisation fondée sur les principes
de la Charte des « Porteurs d'Eau ».

Quels « Porteurs d'Eau » ? dites-vous, en me
lisant. *Mensageiros de agua*, en portugais... les
« Messagers de l'eau ».

Porter le message de l'eau, une mission pour la
vie de l'humanité.

Vous en trouverez les trois principes fondamentaux inscrits dans la Charte universelle des « Porteurs d'Eau », mouvement issu des travaux du
Forum social mondial : « 1) L'eau, élément constitutif de la vie n'est pas une marchandise. Elle ne
peut être une source de profit monétaire pour
personne. 2) Elle doit être gérée par les pouvoirs
publics garants de l'intérêt général de la population. Elle devra être restituée à la nature dans sa
pureté. 3) Le droit d'accès à l'eau potable devra
être inscrit dans toutes les Constitutions, comme
un droit de l'homme. L'engagement au respect de
ces trois principes dictera la politique à suivre
dans le monde entier. »

Ce document est le fruit d'une réflexion commune nourrie avec France Libertés au sein des
ateliers tenus pendant les forums sociaux mondiaux à Porto Alegre, puis il sera le fil conducteur
des réseaux qui défendront la cause de l'eau.

Je vous entends : « Qu'en sera-t-il pour tous
ceux qui ne possèdent aucune infrastructure ame-
nant l'eau jusqu'à leur village ? »

Comme vous, je pose la question à ceux qui en 1992, au sommet de Rio de Janeiro, ont déclaré que tout sera mis en œuvre pour que l'accès à l'eau potable soit effectif partout en l'an 2000. N'était-ce qu'un effet d'annonce, messieurs ? Allez-vous prétendre que vous en êtes empêchés devant le coût du chantier ? Doit-on vous rappeler que vos parlements réunis votent, chaque année, un budget de plus de 1 000 milliards de dollars pour l'industrie de guerre et combien de centaines de milliards de plus depuis la guerre en Irak ?

Il suffirait de 10 milliards de dollars par an pendant une quinzaine d'années pour que l'eau soit présente partout dans le monde, même au Sahara.

Alors que feront nos députés, quand le budget 2008 pour l'armée leur sera présenté ? Y en aura-t-il un qui proposera de prélever 1 % de la somme consentie pour détruire afin de remplir le contrat encore sans effet de nos illustres représentants ?

« Demain, madame, je vous invite à développer votre point de vue sur les espoirs que nous nourrissons, devant quelques élus de *la petite école du gouvernement* », me dit le gouverneur de l'État du Paraná.

Demain sera un autre jour. En cette fin journée j'irai chez les Guaranis, à une heure de chemins malaisés, cahoteux et poussiéreux. Déplacée à longueur de vie, repoussée sans égards toujours plus loin au creux de la forêt ou sur des terres inaccessibles et inhospitalières, cette population ne connaît que mépris, rejets et désespoir. Elle a rassemblé toute sa richesse dans ses traditions culturelles qu'elle exprime par le chant et les danses.

Ces femmes et ces hommes ont vu dans ma présence parmi eux une ouverture à l'amitié qui les sort de leur exclusion, les rapproche et les inclut dans la construction du monde de demain.

Le lendemain, en route pour la réunion de *la petite école du gouvernement*. Sereine et détendue, j'imaginais quelques personnalités autour d'une table pour une discussion devant une tasse de café. La voiture nous dépose sur le parvis d'un bâtiment aux amples espaces impressionnants, œuvre grandiose conçue par Oscar Niemeyer. Sans transition, je dois me rendre à l'évidence de la situation que je vais affronter en étant attendue par une assemblée de plus de mille personnes ; secrétaires de gouvernement, maires de l'État, directeurs des entreprises publiques de l'eau, associations, consuls représentant les pays étrangers — je remarquai en nombre quelques Japonais au premier rang.

À mon accompagnateur : « Dis-moi, tu ne m'avais pas préparée à cela. J'arrive les deux mains dans les poches et le nez en l'air, sans fil conducteur, à peine réveillée... Je n'ai rien préparé. »

Bref, les circonstances me sont favorables ; le responsable des actions de la Fondation, qui m'accompagne et coordonne les travaux en Amérique latine, est Brésilien. C'est lui qui traduit mon propos et notre complicité est sans faille. Je prononce des séquences de phrases courtes et introduis la suivante tandis qu'il parle. Les applaudissements pendant l'intervention ne me per-

turbent pas et je dois vous dire modestement que
j'ai été claire, percutante, avec mes mots et mes
métaphores, peut-être simplistes, mais explicites.
J'ai su maîtriser mes envolées et mes digressions.
C'était une bonne matinée.

Et, savez-vous ? La séance était télévisée en direct par la chaîne principale de l'État.

Ainsi, tous les habitants du Paraná ont pu assister
à la signature du contrat que j'ai paraphé, concernant l'adhésion du gouvernement aux « Porteurs
d'Eau », pour un projet concernant les Guaranis.

D'un coup d'aile, j'atterris à Rio de Janeiro.
Que les fans de football pâlissent de jalousie :
c'est Raï qui m'attend. Fondateur de l'association
Gol de letra, il a associé France Libertés à son
projet d'assainissement d'une *favella* oubliée des
services publics et dont les enfants sont abandon-
nés à eux-mêmes. Nous avons toute la matinée
visité cette favella du Cajou drainant sur notre
passage des grappes d'enfants. « Raï, qui est cette
dame ? Elle est Française ? Bondjiour, madame.
Tu dis qu'elle s'appelle Danielle ? Bondjiour,
Danielle. »

Nous arrivons jusqu'au bord de l'Océan. Au
XVIIIe siècle le roi venait à cet endroit prendre des
bains pour soigner la maladie de peau dont il
souffrait. Aujourd'hui, cette petite baie n'est qu'un
cimetière d'épaves, de tankers, de bateaux et d'ordures rejetées par les usines qui empoisonnent
l'eau et l'atmosphère, mais font beaucoup d'argent. Une eau sans oxygène que les poissons ont
désertée.

Le défi lancé par Raï de réaliser un projet d'éducation sur l'eau, soutenu par l'Association des habitants, est immense et sa confiance en France Libertés nous honore. Nous trouverons les arguments pertinents pour que ceux qui nous entendront ne puissent plus s'endormir sans évoquer le pari du Cajou, quelque part au nord de Rio de Janeiro.

« Il est six heures du matin, il faut vous préparer, madame Mitterrand, l'avion pour Belo Horizonte ne vous attendra pas. »

Oh ! Que c'est dur de vouloir porter la bonne parole. Mais je n'ai pas traversé l'Atlantique pour faire la grasse matinée et, pendant le trajet, au rythme du ronronnement des moteurs, je pense à mes prochains interlocuteurs.

Ce sera directement à la mairie de la ville. Le maire m'y attend pour élaborer le contrat qui associe France Libertés au projet intégrant l'enseignement de la cause de l'eau dans les écoles de la ville.

Demain je rencontrerai les enseignants et les enfants d'une de ces écoles et nous irons ensemble dans le parc qui est leur champ d'étude.

Une belle histoire que celle de ce parc de 30 000 hectares dans la ville. Un lac, trois sources qui alimentent un affluent du fleuve de la région, le San Francisco. Parc abandonné pendant des années et devenu le repaire des trafiquants de drogue et des voyous du quartier, mais aussi le lieu des rêveurs et des amoureux, des musiciens et des promeneurs du dimanche.

La « merveilleuse idée » d'un riche banquier en
ferait une cité fermée de somptueuses demeures
protégées par des digicodes, des chiens de garde
tenus en laisse par des vigiles bien harnachés. Je
connais ce genre d'endroits dans les capitales que
je traverse ; ces longues murailles rehaussées de fil
de fer barbelé électrifié. La peur de ces nantis me
fait honte.

Bon, à Belo Horizonte, quand il s'agit du parc
de la Lagune, le tout-argent ne fait pas la loi. On
a vu se lever une bande de jeunes pour faire obsta-
cle à ce projet bancaire, malgré les sarcasmes des
tenants de l'argent : « Vous pourrez toujours occuper les lieux, organiser des manifestations d'importance, entraver notre ambition, à la fin du
compte vous serez expulsés du parc. »

Conduite par ces garçons et filles, devenus
adultes et responsables de la gestion du parc, je
me remémorais encore, quinze ans plus tard, les
dires de François : « Il ne m'est jamais venu à l'esprit de penser qu'un homme pouvait en quoi que
ce soit se substituer aux mouvements d'un peuple
et que sa vérité personnelle pourrait être plus
forte ou plus juste que la volonté populaire. »

Ils sont là, soutenus par la mairie qui en a fait
un projet de la ville. Ils restaurent, implantent un
théâtre en plein air, une salle de musique, une
école des enseignements de la nature et tout ce
qui fera de cet endroit une rencontre avec le beau,
l'art de vivre et le futur auquel on peut aspirer. Et
c'est encore François qui me murmure à l'oreille :

« La beauté est un art de vivre. L'argent, hélas,
se moque de l'art et de la vie. »

La beauté, elle est aussi chez les *catadores*, les ramasseurs de papier et de déchets qui font de ces rebuts de la société de consommation une source d'art et d'artisanat particulièrement recherchés. Ce sont nos partenaires privilégiés au Minas Gerais. Je les connais depuis plus de dix ans et nous avons parcouru un bout de chemin ensemble. Avoir fait de leur occupation de ramasseurs de poubelles un noble métier mérite que je vous en parle comme une fierté de France Libertés qui compte parmi leurs amis.

Aujourd'hui, c'est une véritable entreprise imaginée par une femme que personne ne remarquait quand elle triait, sous un pont ou à l'abri d'un porche, les morceaux de tissu, les bouteilles en plastique ou les cartons de couleur qu'elle imaginait et transformait en objets mirifiques. Elle entraîna dans son mirage quelques-uns de ses coreligionnaires qui tous s'installèrent sur le terrain abandonné d'une gare de marchandises dont les entrepôts accueillirent les boxes de triage des ramasseurs : les catadores. L'association Asmare prend son essor. Je l'ai rencontrée à ce moment-là de leur processus. Remarquant un petit enfant jouant parmi les ordures, j'évoquai à l'amie qui m'avait introduite la création possible d'une crèche.

Je ne vous ferai pas parcourir tout le trajet qui vous amènerait en cette fin de mois d'août 2007, au deuxième centre culturel Asmare où est enseignée la restauration par des chefs cuisiniers. Nous y déjeunons sur des tables fabriquées dans leurs ateliers de menuiserie ; les sets et les serviettes ont

été confectionnés et brodés par leurs couturières.
Tous et toutes sont issus de familles exclues de
la société. Cido, le coordinateur de la pensée de
cette femme, Doña Geraulde, gère, orchestre,
promeut les activités de l'entreprise. Un millier de
salariés, dont l'un me confiait : « De la pauvre
chose alcoolique, violente que j'étais, je suis
aujourd'hui un père de famille, sous un toit, avec
un métier et des responsabilités que j'assume. En
recyclant les déchets, j'ai recyclé ma vie. »

Je suis sûre qu'en lisant ces quelques lignes,
l'homme ou la femme que vous êtes, vous vous
sentirez grandis, portés par la qualité humaine de
cette entreprise.

Alerte ! À l'instar du banquier du parc, une entreprise privée internationale — je la nomme :
Veolia — propose ses services à la municipalité et
envisage de signer un contrat de traitement des
ordures. Telle que nous la connaissons universel-
lement, méprisant le travail performant accompli,
cette entreprise menace les catadores de perdre
leur travail. Ils se verraient écrasés par le rouleau
compresseur de la dictature économique qui en
tirerait son profit au détriment d'une population
ingénieuse, inventive, créative qui répartit les bénéfices dans le souci de tous les acteurs du projet.
Aux dernières nouvelles le contrat n'aboutit pas
et pour cause…

Avant de désespérer, comme nous avons l'espoir chevillé au corps, nous nous mettons autour
de la table pour préparer la grande manifestation
que nous prévoyons pour le 18 juin 2008, à Paris.

Les catadores et leur carnaval à Paris !

Et pendant tout l'après-midi, nous avons tiré des plans sur la comète pour que les banlieues et Paris résonnent des musiques brésiliennes et s'éclairent des couleurs du soleil. La solidarité et notre conviction de soutenir une belle et bonne cause seront nos principales ressources.

En route pour l'État de l'Acre, capitale : Rio Branco. C'est une jolie ville plutôt moderne, avec de belles et grandes avenues. Des friches industrielles rénovées en centre culturel ou en école projettent un avenir engageant. C'est aussi l'Amazonie où la préservation de l'environnement est un souci permanent. Elle y sera évoquée, bien sûr. L'eau, bien précieux, n'échappe à aucun moment à la vigilance de la population. Les rivières qui traversent la ville font l'objet de toute l'attention du maire et de son équipe. Toute pollution est traquée et les dégradations des rives, dues aux appétits de richesses des hommes, seront à l'ordre du jour. Lors de ce déplacement, notre objectif est principalement de faire avancer la réflexion qui fonde le deuxième thème cher à France Libertés : le droit de l'homme à reconnaître et user de ses richesses, conformément à ses besoins.

Dans cet État de l'Acre, je vais retrouver une population et un gouverneur qui n'acceptent pas la classification économique mondiale qui les situe au plus bas de l'échelle des richesses : PIB zéro.

Je rencontre un peuple : les Ashanincas, dont j'ai connu quelques membres à Rio de Janeiro et que j'ai reçus aussi à Paris, au siège de France Libertés.

« Regardez-nous, en bonne santé, ouverts sur le monde, nos enfants sont épanouis, nous sommes riches. Nous n'avons pas de banquiers parmi nous et ne spéculons pas, certes. Nos richesses sont des valeurs sûres : une terre fertile, du soleil, de l'eau pure, des poissons sains, une forêt nourricière, une pharmacopée naturelle, nos enfants vont à notre école, reçoivent les enseignements de la terre, de nos traditions, à l'égal de l'enseignement brésilien qui leur permettra de vivre en citoyens responsables de leur pays. Nous sommes riches.

Votre "PIB", qui nous situe dans la catégorie des miséreux, aux dires de vos comptables, ne nous concerne pas. Leurs calculs sont basés sur les flux d'argent inhérents à une production injustifiée, quelle qu'en soit la nature. Qu'elle soit source de mort comme l'armement ou de réparation, comme la reconstruction suite aux destructions dues aux catastrophes naturelles, elle n'apporte rien de plus à la marche en avant des bienfaits d'un développement équilibré qui prend en compte une production bénéfique. Dès qu'un profit se dégage, quel qu'en soit le bénéficiaire ou l'exploité, le PIB augmente. Peu importe si la misère et le désespoir s'amplifient pour une part de plus en plus grande de la population. »

En se rapprochant d'économistes, de philosophes, de penseurs, de statisticiens, d'ethnologues, nous avons traduit leurs conclusions en termes de droits de l'homme. Indépendamment du droit à reconnaître et répertorier les richesses, nous allons revendiquer pour l'humanité le droit à « faire des rêves assez grands pour ne pas les perdre de vue en les poursuivant ».

Ainsi, à l'origine des réflexions sur les « nouveaux indicateurs de richesse », s'inscrit une volonté de restaurer, de préserver ou de développer des valeurs qui concernent l'espèce humaine dans son ensemble, au lieu d'accepter un système de valeurs imposé par une économie dévorante.

En Acre, la forêt représente une part constitutive de la vie, indissociable de l'art de vivre de l'humain. C'est pourquoi son gouvernement utilise la formule « gouvernement de la forêt » pour souligner qu'il assume la responsabilité de veiller sur le système écologique dont les hommes font partie. La richesse de l'État se mesure à la richesse de son environnement et elle augmente quand la qualité de vie des hommes est en phase avec la nature qui les entoure.

Pouvez-vous admettre que cette qualité de vie nécessite de vérifier en permanence la capacité de la nature à reconstituer son capital, seule ressource de toute l'économie mondiale ?

Je ne me laisserai pas aller aux poncifs de l'évidence. Pourtant le mode de développement industriel, issu des pays occidentaux et répercuté sur toute la planète, a trop souvent négligé l'impact désasteux de la croissance économique. Le possible, la continuité, l'équilibre des richesses et l'harmonie préservée imposent ses exigences.

Tout homme sensé ne peut se bercer de l'illusion que la croissance économique et financière vaincra les maux du chômage, de la pauvreté, des inégalités de la famine — on s'en serait aperçu depuis des décennies — alors que le refrain s'égraine comme une mauvaise rengaine dont plus personne ne retient les paroles.

Alors le PIB, indicateur de la croissance, n'a plus cours que dans les officines des institutions qui s'accrochent au leurre de leur système.

Soyons sérieux. Écoutons les « Sages de la forêt ». Le gouverneur s'attarde à m'expliquer comment l'implantation de ce nouveau calcul des richesses dans son État valorise la population, aussi bien de la ville que de la forêt. Ce principe est adaptable à d'autres régions constituées de grands espaces de cultures ou de pâturages, à condition de ne pas les transformer en forcenés de productions intensives à des fins contestables.

« — Vous n'y pensez pas ! remonter ce fleuve en pirogue pendant plusieurs heures, pour rejoindre le village de vos amis ? — À la veille de mes quatre-vingt-trois ans, ce ne serait sans doute pas raisonnable, certes... »

Mais que vient faire la raison quand l'invitation à l'aventure est si chaleureuse ?

« Madame, j'ai la charge de vous protéger, même contre vous-même... je ne peux vous laisser partir ! Le fleuve est à son plus bas niveau, les bancs de sable et les troncs d'arbres morts sont autant d'obstacles qui nous feront chavirer... Madame, ne prenez pas ce risque ! »

J'hésite. Mon petit malin se tortille et réprime un gros rire, mais ne me souffle rien. C'est Benqui, l'Ashaninca, qui tranchera : « Puisque vous revenez au mois de mars prochain, selon l'agenda qui prévoit la première étape de l'avancée de nos travaux, nous irons alors au village dans de bonnes conditions. Le fleuve sera plein et la chaleur moins accablante. »

Je reviendrai.

Pour aujourd'hui, ce sera une petite promenade, qui nous rapprochera de l'aéroport.

Ce n'est pas hier que le gouvernement de l'Acre a pris l'initiative de soutenir cette démarche, en relation avec un autre gouverneur, celui de l'Amapá, que je connais bien pour avoir noué des liens d'amitié lors d'un séjour dans sa famille, il y a plusieurs années déjà.

Très tôt, tous deux avaient commencé à intégrer les idées et le vocabulaire du *développement durable* dans diverses actions.

Soyons clairs, quand nous parlons de « développement durable », il est primordial d'évoquer le rôle du vocabulaire. C'est devenu une mode, tout le monde invoque le « développement durable », de l'extrême conservateur à l'extrême progressiste.

Si le même mot n'exprime pas la même idée chez l'un et l'autre, ce sera la guerre entre deux sociétés qui ne se comprennent pas.

Je me souviens d'une tribune où je siégeais à côté d'un représentant d'une multinationale de l'eau. Il parlait juste avant moi et je l'écoutais attentivement d'autant plus intéressée que je n'aurais plus rien à ajouter tant son discours recouvrait toutes les idées généreuses que je m'apprêtais à soutenir.

« — Tout est pour le mieux dans un monde parfait, lui dis-je. L'eau pour tous, bien sûr, même si nous divergeons sur la notion de prix ; vous souhaitez qu'il soit abordable, je vous le concède, mais j'ai d'autres propositions à avancer. Cela dit, je pourrais presque adhérer à votre point de vue. Et pourtant je sais bien qu'il y a quelque chose qui ne va pas. Dites-moi, quand vous prononcez le mot "tous", qu'entendez-vous par "tous" ? — Tous ceux qui peuvent payer, évidemment. — Il me semblait bien que nous ne pouvions être d'accord. Tous les êtres humains naissent égaux et ont tous, sans exception, droit à un minimum d'eau potable pour vivre. La société se doit de respecter ce droit à la vie. C'est ce choix de société que nous faisons... »

Lorsque mon voisin de tribune parlait de l'humanité, son œil décomptait les consommateurs en puissance. Non, monsieur, ce sont des usagers égaux en droit qui se présentent à nous. Vraiment non, notre vocabulaire ne recouvre pas les mêmes options.

Dommage, il était pourtant sympathique, mon voisin de tribune, mais je n'avais plus rien à lui dire ; je ne l'aurais pas convaincu, tant sa vision du monde économique lui était inspirée par la pensée unique du profit pour son entreprise tentaculaire.

Et pour conclure…

Alors que l'avion qui me ramène à Paris survole l'Atlantique, les beaux paysages brésiliens restent comme toile de fond aux rencontres, aux discussions, aux interventions qui ont meublé mon séjour. Les heures de travail et de réflexion sur les deux sujets qui ont motivé ce déplacement défilent. J'évoque les personnalités avec lesquelles nous avons signé d'une même plume accords, contrats, sous les applaudissements des témoins qui ont entendu mon discours et relevé le message.

Détendue, au ronron des moteurs, je me demande pourquoi et comment j'en suis venue à soutenir la cause de l'eau comme un préalable à toutes démarches pour la défense des droits de l'homme. Pourquoi j'ai couru le risque de saborder ma fondation pour faire valoir mon point de vue ?

Seuls le temps et l'espace donnent un sens à la vie sur terre. Les personnalités qui incarnent en partie l'Histoire sont les vecteurs d'une pensée créatrice d'humanité. J'ai essayé de rassembler dans ces pages les idées que j'ai reçues d'une mémoire collective des faits, celles qui composent la représentation du monde qui m'accueille et ma volonté d'agir.

En un mot ma raison d'être. Là où je suis.

J'ai voulu cet exercice sans polémique. Même si quelquefois j'ai la dent dure, c'est davantage pour manifester mon indignation et ma révolte. C'est à l'aune de ma déception qu'il faut en apprécier la cruauté. L'effort de recherches soutenu pendant des mois dans le souci d'être fidèle aux faits historiques me met à l'abri des interprétations tendancieuses. J'ai pris soin de rapporter le plus fidèlement possible les témoignages d'acteurs ou d'observateurs qui ont participé à l'événement et de ne restituer que ce que j'ai vécu moi-même.

Je voulais aussi que les épisodes qui précèdent ma naissance soient retenus pour l'idée qui les porte sans les personnaliser. Mais j'ai dû admettre que les personnages qui animent l'Histoire sont nécessaires pour le lecteur désireux de repères.

Les hommes, des plus illustres aux anonymes, sont confrontés à un choix, oui, un seul choix : un choix de société fondée sur des valeurs et des principes déterminants.

Et je m'élève contre ceux qui prétendent que le système actuel est sans alternative, les fatalistes, les soumis heureux et ceux qui ont la tête vissée sur une girouette à l'affût de la gloriole qui passe.

Il n'est de jour où le cheminement d'une autre pensée politique, soutenue par des initiatives performantes, encourage ceux, de plus en plus nombreux, très nombreux, qui font confiance à l'instinct de conservation de la vie et s'en remettent au bon sens et à la raison.

J'ai fait la substance de ma réflexion à la manière de Francis Bacon, comme « l'abeille qui va d'ici et de là, récoltant le suc des fleurs, le digère et fait alors le miel qui est bien à elle ». Je l'offre, ce miel, à qui voudra nourrir sa détermination à sortir des conformismes du système destructeur.

Je ne me range pas au côté des dogmatiques (c'est-à-dire les idéalistes) semblables à des araignées qui construisent des toiles brillantes mais sans solidité... et pas non plus à l'image des empiristes, ressemblant aux fourmis qui entassent pêle-mêle leurs matériaux sans savoir en tirer parti. Sans savoir ? Ou plutôt sans vouloir !

ANNEXES

À Cassel, continue Jean Munier, j'avais été embauché dans une teinturerie industrielle. Un jour, il y a un bombardement. À l'alerte, nous sommes enfermés dans un abri gardé par des sentinelles. Une bombe tombe et, sous le souffle, la porte s'ouvre. Une deuxième bombe tombe et, sous le souffle, les sentinelles s'envolent avec ce qui reste de la porte. Ensuite, dans le silence absolu, on entend des gémissements. Dans la pharmacie, nous trouvons une bougie et des allumettes.

Je sors, bien décidé à profiter du désordre créé par le bombardement pour m'évader. Dehors, je m'aperçois qu'un bâtiment s'est effondré. Et puis, devant un trou, j'entends des appels qui viennent de dessous les ruines. Il y a là un homme de la Défense passive qui a l'air d'être dépassé par la situation. Je le pousse et je pénètre dans le trou. Les appels à l'aide proviennent d'une femme. J'arrive au milieu d'une pièce dont le plafond s'est écroulé. Une poutre bloque la femme qui maintient une poutre avec son dos. Tandis qu'un copain, Manière, dégage un petit garçon, j'étaie la poutre et j'extrais la femme. Je l'emmène dans un autre abri où mon copain a conduit le petit garçon. Je reviens et sauve une autre femme... dont le premier mot est :

« Qu'est-ce qu'il y a comme poussière ! » Je soulève une autre poutre et je dégage un autre petit garçon…

Fin d'alerte… Un lieutenant entre dans l'abri où nous avons conduit les rescapés. Il commence par m'insulter car je me trouve dans un abri réservé aux civils. Ceux-ci prennent ma défense et le calme.

Ayant renoncé à m'évader dans l'improvisation, je reviens au kommando et j'effectue des réparations sur le toit de la teinturerie. Un peu après, le patron m'appelle et je saute du toit. Je le trouve en compagnie d'un officier très décoré. Je le salue. Il me dit que les habitants du quartier demandent ma libération en récompense de mon attitude qui fait honte à l'homme de la Défense passive…

C'est ainsi que je quitte Cassel en compagnie de mon copain Manière. Je suis libéré en vertu d'une décision dûment tamponnée et paraphée des hautes autorités de la Wehrmacht en date du 16 décembre 1942. Bien entendu, je dois conserver ce document sur moi. Il est mon sauf-conduit… Je l'ai encore.

Note de Jacques Bénet sur le RNPG

(plus tard intégré au MNPGD) [extraits]

Sur le RNPG (Rassemblement national des prisonniers de guerre), il est nécessaire de se référer à la *Note* rédigée par le liquidateur du MNPGD, Jacques Bénet, cofondateur et codirecteur national « dans la clandestinité » du RNPG et du MNPGD.

Bénet présente d'abord le Commissariat au reclassement des prisonniers de guerre. On lit : « Cette organisation s'était imposée aux autorités de Vichy [...] par l'initiative de trois personnalités venant toutes trois de l'Oflag d'Osterode, dans le massif du Harz : Henri Guérin [...], Bernard de Chalvron [lié à Claude Bourdet, adjoint d'Henri Frenay, à la tête du mouvement "Combat"] [qui fit] libérer d'Osterode leur camarade Maurice Pinot — issu des milieux dirigeants du patronat français et qui avait préparé avant la guerre l'Inspection des finances. [...] Ils en connaissaient le patriotisme et les capacités d'organisation, [et obtinrent] en même temps la création de l'organisme qui va s'appeler le Commissariat au reclassement des prisonniers de guerre. »

Jacques Bénet présente, dans sa *Note*, les « objectifs majeurs » de ce Commissariat : « 1) réaliser un accueil administratif efficace et humain des prisonniers rentrés, par la création d'une Maison du prisonnier par département, groupant en un même lieu tous les services concernés ; Maisons du prisonnier, appuyées par la multiplication de Centres d'entraide constitués de bénévoles ; 2) empêcher le développement d'une association formée à l'instigation des Autorités d'occupation pour mettre les rapatriés à l'heure allemande, l'assemblée générale des prisonniers de guerre ; 3) contrecarrer résolument la politique de la Relève, inventée par Laval, de nouveau au pouvoir en avril 1942, qui avait décidé le retour d'un prisonnier contre l'envoi au travail en Allemagne de trois ouvriers... »

Sur la réalisation de ces objectifs, Jacques Bénet précise que « Maurice Pinot et son équipe cherchèrent à recruter, au maximum, des évadés ou des rapatriés vrais patriotes pour les placer à la tête des diverses Maisons du prisonnier ou les aiguiller vers la présidence des Centres d'entraide ».

Le siège national du Commissariat national était situé rue Meyerbeer, à Paris. François Mitterrand devint l'adjoint au responsable des relations avec la presse chargé de la publication d'un bulletin de liaison. Ces fonctions lui permettaient de beaucoup se déplacer sur tout le territoire. À Vichy, le siège pour la « zone Sud », dirigé par Georges Baud, était installé rue Hubert-Colombier. Le Centre d'entraide de l'Allier était ouvert au 22 boulevard Gambetta. S'y retrouvait le petit groupe des amis de François Mitterrand (« vingt à vingt-cinq personnes »).

Jacques Bénet précise comment le mouvement de résistance des prisonniers reçut le soutien de l'ORA. « Laval perçut rapidement le sens de cette organisation [le Commissariat] quasi autonome au sein de l'État vichyssois. Il exerça plusieurs pressions vigoureuses pour rallier à sa politique de la relève et de l'alliance de fait avec l'occupant Maurice Pinot et son équipe. Maurice Pinot s'y refusant énergiquement, Laval le révoqua le

14 janvier 1943. Une vingtaine de cadres de l'équipe centrale du Commissariat démissionnèrent, dont Georges Baud, Henri Guérin, Pierre Join-Lambert, François Mitterrand, Jean Védrine, etc. Au niveau régional, plusieurs inspecteurs généraux les suivirent. Mais la consigne fut bientôt donnée à l'ensemble des responsables départementaux de rester au contraire à leur poste. Désormais, c'était la voie de l'action clandestine et de la Résistance avouée qui s'offrait à toute cette équipe [...]. Au même moment vinrent s'offrir les moyens de financement et d'assistance technique qui allaient permettre de créer un mouvement cohérent et efficace. Maurice Pinot [...] avait recherché [en novembre 1942, après l'invasion de la "zone Sud"] le contact étroit avec le colonel Revers, dont il savait qu'il avait, avec le colonel Verneau, préparé le passage à l'action clandestine des éléments les plus patriotes de l'Armée d'armistice.

C'est encore Bernard de Chalvron qui établit le contact (avec l'ORA). Le colonel Revers, véritable concepteur et principal animateur de ce nouveau mouvement de résistance — appelé à l'origine OMA, puis bientôt après ORA, soit "Organisation de résistance de l'armée" —, en place pour l'action à compter de courant janvier 1943, accepta, à l'issue de plusieurs entretiens avec Maurice Pinot, le programme suivant : 1) assumer le financement du nombre de cadres permanents du mouvement de Résistance PG qui s'ébauchait alors... [...] 2) mettre en place une assistance technique (matériel divers, armement si possible, missions à définir, coordination de ces missions avec celles de l'ORA au niveau des responsables régionaux...). »

C'est donc en février 1943 que se créa le mouvement de Résistance PG qui s'appela d'abord Mouvement des prisonniers de guerre (MPG) puis Rassemblement national des prisonniers de guerre (RNPG). « Un directoire national de sept membres fut alors constitué dès

le début, note Jacques Bénet, et ce directoire fonctionna
comme un collège de responsables égaux dont la bonne
entente fut exemplaire pendant toute la durée de ce
mouvement qui prit fin le 12 mars 1944 par sa fusion
avec deux autres mouvements pour constituer le
MNPGD. » Jacques Bénet ajoute : « Les membres de
ce directoire étaient, par ordre alphabétique : Maurice
Barrois, Jacques Bénet, Antoine Mauduit, François
Mitterrand, Jacques de Montjoye, Pol Pilven, Maurice
Pinot. »

Puis Jacques Bénet donne, pour chacun, une courte
biographie.... y compris pour lui-même.

Après son évasion de janvier 1941, Jacques Bénet
avait été « démobilisé » avec de faux papiers fournis par
François Dalle, « ancien interne du foyer mariste
d'étudiants du 104 rue de Vaugirard ». Germanisant,
il travailla plusieurs mois à Paris, au Centre interpro-
fessionnel d'information (CII). Il était rédacteur d'un
bulletin d'information sur l'économie allemande à partir de documents fournis par l'occupant. Son patron
appartenant au réseau « Combat », des renseignements
étaient aussi fournis à Londres. Il devait ensuite rencontrer Maurice Pinot. Il entra dans la clandestinité en
février 1943.

Sur Maurice Barrois, l'un des premiers évadés d'Allemagne, on lit qu'il travaillait au ministère du Travail
à Vichy et qu'il couvrait, avec Jean Roussel et François
Mitterrand, « un très performant atelier de faux papiers,
logé au château des Épigeards, [...] dont la production
était incorporée à certains colis [destinés aux PG en
Allemagne] ou mise à la disposition d'irréguliers ».

Jacques Bénet présente François Mitterrand comme
un « ancien camarade étudiant de François Dalle, Pol
Pilven et Jacques Bénet, au « 104 » rue de Vaugirard...
En janvier 1942, « il trouva provisoirement un emploi
dans deux organismes para-administratifs implantés

dans Vichy, la nouvelle capitale. D'emblée, il adhéra au Centre d'entraide de l'Allier, mis en route par Marcel Barrois et Jean Roussel ». Et François Mitterrand entra au Commissariat de Maurice Pinot, à la mi-juin 1942, « comme chef du Bureau de presse du Commissariat pour la Zone libre ».

Dans la *Note* on peut lire : « François Mitterrand, particulièrement décidé à se lancer à fond dans la Résistance, avait été très motivé par le fait que Maurice Pinot l'avait mis dans la confidence, avant la fin de 1942, sur le résultat positif qu'il avait déjà obtenu de ses premiers entretiens avec le colonel Revers, pour la prise en charge par l'ORA en formation, d'un mouvement de Résistance PG autonome, dont le projet commençait à se dessiner nettement. Fin janvier (1943), passée la révocation de Maurice Pinot par Laval et acquise la démission des principaux cadres de l'organisation centrale du Commissariat, François Mitterrand put faire connaître qu'un accord très solide avait été conclu avec les militaires de l'ORA et que le moment de passer à l'action était venu. Bénet et Pilven se préparèrent alors à mettre au point leurs affaires personnelles à Paris et arrivèrent en zone Sud à la fin de février 1943 pour participer à la mise en route du RNPG. [...] François Mitterrand s'était déjà engagé, dès le milieu de 1942, dans une activité précise et risquée, la couverture et l'animation de l'atelier PG de faux papiers de Vichy où s'affairaient déjà tout un groupe d'anciens PG. »

Dès sa constitution, le directoire (des « sept ») du RNPG « mena une action d'implantation et d'extension accélérée, où les tâches furent réparties au mieux de l'efficacité ».

« François Mitterrand [l'un des "sept"], écrit Jacques Bénet, s'occupait des contacts suivis avec la direction nationale (et particulièrement zone Sud) de l'ORA. Il

suivait de près le développement de l'activité RNPG
régionale sur l'Allier et l'Auvergne. Il assurait pour
l'essentiel la rédaction du Bulletin d'information interne avec le concours de la secrétaire, Ginette Caillard
(Munier). Il effectuait de nombreux déplacements en
zone Sud, notamment sur Lyon et la Provence-Est. À
partir de fin août (1943), Jacques Bénet qui parcourait
surtout la zone Nord, à ce moment-là, lui fit rencontrer plusieurs nouveaux responsables des implantations
nouvelles, principalement à Paris, parfois sur le terrain.
Avec l'introduction première de Maurice Pinot et de
de Chalvron, il rencontra rapidement les dirigeants
d'autres mouvements de Résistance : *Combat* — Bourdet puis, par lui, Frenay ; *Libération-Sud* — Copeau,
Hervé... Ensuite, François Mitterrand rencontra deux
de ses camarades d'avant-guerre. À *Combat* : de Bénouville et Baumel ; à *Franc-Tireur* : Claudius Petit... »

C'est à Mâcon que François Mitterrand rencontra
Henri Frenay et Bertie Albrecht. Ils étaient alors logés
chez les Gouze, à Cluny, où résidaient également, lors
de leurs passages en Bourgogne, Pierre de Bénouville
et Claude Bourdet.

Jacques Bénet note qu'« à la Toussaint 1943 », quelques jours avant la descente de la Gestapo au 20 rue
Nationale à Vichy, chez les Renaud, quatre membres
de l'atelier de faux papiers avaient été arrêtés : Duntz,
Méry, Picart-Ledoux et Vanhaege.

C'est le soir du 15 novembre 1943 que François
Mitterrand quitta la France à bord d'un Lyssander qui
avait atterri dans la prairie de Soucelles, devant le village
de Seiches-sur-le-Loir, en Anjou... « Son départ avait
été réglé par l'ORA et le réseau anglais Buckmaster. »

François Mitterrand était accompagné du commandant Pierre du Passage, de l'ORA. Jacques Bénet précise
que : « Maurice Pinot aurait préféré que ce soit Marcel
Haedrich, de l'équipe lyonnaise du RNPG, et moins

indispensable en France occupée sur le plan opération-
nel, qui accomplisse cette mission. Barrois et Bénet,
consultés par Mitterrand, ont estimé qu'il était plus à
même qu'Haedrich d'exposer la situation générale du
RNPG au général de Gaulle et au BCRA, et d'obtenir
à la fois la reconnaissance officielle du Mouvement et
des parachutages d'armes importants. D'autre part, ses
relations fréquentes et amicales avec le commandant
du Passage, correspondant à l'ORA du service britannique SOE, rendaient plus facile à Mitterrand qu'à
tout autre l'organisation de cette mission. »

Discours de François Mitterrand au Sénat commentant l'affaire de l'Observatoire

LES FAITS :

Dans la nuit du 15 au 16 octobre 1959, la voiture de [François Mitterrand] est suivie. Il la quitte, enjambe les grilles du jardin de l'Observatoire. Une rafale de mitraillette est tirée sur son véhicule. L'émotion est à son comble. Quelques jours plus tard, l'ancien député poujadiste, Robert Pesquet, « révèle » qu'il a organisé l'attentat d'accord avec la victime.

Le 18 novembre, le Sénat discute de la demande de levée d'immunité parlementaire de [François Mitterrand] qui prononce un long plaidoyer au cours duquel il démontre la machination. Le Sénat ajourne la demande de levée de l'immunité parlementaire mais l'accorde lors d'un deuxième débat par 175 voix (dont 20 socialistes sur 51) contre 27 (dont 15 socialistes et 11 communistes sur 14).

[François Mitterrand] est inculpé d'outrages à magistrat le 8 décembre suivant. Mais l'affaire ne sera jamais close, ni menée à bien. Il n'y aura ni non-lieu, ni procès. Le dossier reste pendant.

LE COMMENTAIRE :

Conclusion du discours prononcé devant le Sénat le 18 novembre 1959 :

«... je vous poserai la question suivante : la majorité politique de cette assemblée livrerait-elle un membre de l'opposition, de la minorité qu'on a voulu abattre et compromettre politiquement ? Voudra-t-elle ignorer qu'il s'agit strictement d'une manœuvre politique qui vise un homme politique ? Le Sénat admettra-t-il qu'un gang de maîtres chanteurs, de provocateurs, et, le cas échéant, d'assassins, puisse impunément tendre ses filets pour jeter bas, saisir, salir, meurtrir des adversaires politiques ? N'exigera-t-il pas que le gouvernement mette cette bande à raison ?

« MM. Mendès France et Bourgès-Maunoury ont été les premiers visés. Ils en ont témoigné. Ils l'ont fait avec courage et dignité. Ces témoignages ont été ou seront produits publiquement. D'autres aussi qui se taisent et que nous connaîtrons ont été menacés.

« La majorité de votre assemblée acceptera-t-elle, en ce qui me concerne, que la minorité soit ainsi traitée ? Si ni la police, ni la justice, ni le gouvernement n'ont l'un l'envie, les autres le moyen, de détruire les gangs et les bandes, qui le fera ?

« Plaidera-t-on que l'on ne sait où les trouver ? Ils plastronnent au palais de justice, ils intriguent dans nos assemblées, tiennent de grands journaux, ils ont partout leurs intérêts, partout leurs complices, partout leurs exécuteurs, partout leurs protecteurs.

« Et le gouvernement, je le répète, que fait-il ? Ah ! je sais qu'il n'est pas aisé, pour certains de ses membres, d'avoir naguère préparé de concert le complot vainqueur et de se libérer maintenant et soudain des embarras de la compromission et de la gratitude !

« J'ai cru qu'il essaierait de balayer devant sa porte, et qu'il obéirait à son premier devoir qui est de protéger la vie, la paix et l'honneur de chaque citoyen. Au lieu de cela qu'ai-je vu ? Alors que, après tant d'autres, j'étais en butte aux menaces que je dénonce, le gouvernement n'a saisi que l'occasion d'atteindre et de frapper un adversaire politique.

« Alors, je vous dis, prenez garde qu'aucun d'entre vous ne puisse être à son tour visé par des provocations qui inventeront de fausses compromissions, vous exposant à voir votre réputation ternie aussi bien dans nos assemblées que devant l'opinion publique. Prenez garde que chacun d'entre vous ne soit peu à peu emporté par ce mécanisme infernal savamment mis en place. Prenez garde qu'on ne tente de détourner votre attention des vrais problèmes.

« Il m'est douloureux, oui, douloureux, d'être celui qu'on a choisi pour occuper le temps d'une assemblée à laquelle on dénie le droit de se prononcer sur les plus importants domaines de la vie nationale. À l'heure où le sang coule en Algérie, où les problèmes de la production agricole mettent en jeu l'équilibre de la nation, j'éprouve de la tristesse, comme une sorte de honte, d'être celui qui vous distrait de votre tâche primordiale. Mais ce n'est pas moi qui l'ai voulu : c'est le gouvernement, alors qu'il suffisait à ce dernier d'attendre le 16 décembre prochain, fin de la session et de mon immunité parlementaire, pour ne pas charger le Sénat d'un débat inutile.

« Prenez garde, lorsque le pouvoir exécutif, investi de tant de moyens, qui peut tout, sans vrai contrôle et sans vraie responsabilité devant les élus du peuple, s'engage dans la voie de l'arbitraire, c'est que les pires périls sont proches ! Je n'ai jamais douté, quant à moi, de l'inéluctable déroulement contenu dans le succès de la révolte d'une faction contre l'État.

« Maintenant, j'ai fini. Sans doute pourrais-je me plaindre, comme avant moi un grand homme politique, dans l'admirable discours de Salernes, de tant de luttes épuisantes et pourrais-je répéter après lui, avec lui : "Autrefois, on assassinait ; c'était l'âge d'or. Aujourd'hui, contre les hommes politiques, l'entreprise réputée infâme paraît légitime. Contre eux, le mensonge est vérité, la calomnie louange, la trahison loyauté." [*Note de FM* — En 1893, Georges Clemenceau prononce à Salernes un grand discours programme, dans lequel il fait justice des accusations lancées contre lui lors de l'affaire de Panama.]

« Aurais-je l'orgueil d'ajouter, comme lui : "Je me demande si j'ai vraiment fait assez dans mon passé pour mériter cet excès d'honneur, je me demande si je suis vraiment assez redoutable dans l'avenir pour justifier cet excès de rage." Mais vraiment, il m'arrive d'être las de toujours retrouver devant moi les mêmes hommes qui emploient les mêmes procédés. Oui, je suis las d'être obligé de m'expliquer devant mes amis et devant mes enfants. Je me retourne vers les cinq années qui viennent de s'écouler, marquées pour moi de tant de batailles, de tant de meurtrissures, et je m'interroge : Pourquoi ? Comment crierai-je assez fort que ce procès monstrueux et grotesque n'est pas vrai.

« Pourtant, croyez-moi, j'ai dépassé l'heure de la colère et celle de l'amertume. Pourtant, voici revenue, surgie des espérances de ma jeunesse, l'amie fidèle des jours d'épreuve. Elle est là, elle ne me quitte pas. Comment l'appellerai-je, sinon par le nom qu'elle porte, la douce paix intérieure, la paix de la conscience. »

Discours de Mexico (20 octobre 1981)
à la veille du sommet Nord-Sud de Cancun

« Aux fils de la Révolution mexicaine, j'apporte le salut fraternel des fils de la Révolution française !

« Je le fais avec émotion et respect. Je suis conscient de l'honneur qui a été consenti, à travers ma personne, à la France nouvelle : l'honneur de pouvoir m'adresser au peuple du Mexique du haut d'une tribune entre toutes symbolique.

« Ce privilège exceptionnel consacre une amitié exceptionnelle. Notre sympathie mutuelle ne date pas d'hier et ne s'évanouira pas demain, car elle fait corps avec l'histoire de nos deux Républiques. Mais, c'est maintenant que nous pouvons, que nous devons parler à cœur ouvert, comme on le fait entre vieux compagnons.

« Jadis, alors que les défenseurs de Puebla étaient assiégés par les troupes de Napoléon III, un petit journal mexicain, imprimé sur deux colonnes, l'une en français, l'autre en espagnol, s'adressant à nos soldats, écrivait : "Qui êtes-vous ? Les soldats d'un tyran. La meilleure France est avec nous. Vous avez Napoléon, nous avons Victor Hugo."

« Aujourd'hui, la France de Victor Hugo répond à l'appel du Mexique de Benito Juarez et elle vous dit : "Oui, Français et Mexicains sont et seront au coude à coude pour défendre le droit des peuples !"

« Nos deux pays ont des buts communs, parce qu'ils ont des sources communes. Ce monument [FM parle devant le monument de la Révolution à Mexico] parle de lui-même. Il montre sur quelles pierres d'angle repose la grandeur du Mexique moderne. Chacune porte un nom. La démocratie : Madero. La légalité : Carranza. Le rassemblement : Calles. L'indépendance économique : Cardenas. Par chance, les constructeurs n'ont pas oublié de faire une place à Pancho Villa et, pour ma part, permettez-moi de vous le dire, je n'oublierai pas non plus Emiliano Zapata, le signataire du plan d'Ayala, le rédempteur des paysans dépossédés.

« Ces héros qui ont façonné votre histoire n'appartiennent qu'à vous. Mais les principes qu'ils incarnent appartiennent à tous. Ce sont aussi les nôtres. C'est pourquoi je me sens ici, au Mexique, en terre familière. Les grands souvenirs des peuples leur font de grandes espérances.

(...)

« [*Premier message du Mexique*]... il n'y a et ne peut y avoir de stabilité politique sans justice sociale. Et quand les inégalités, les injustices ou les retards d'une société dépassent la mesure, il n'y a pas d'ordre établi, pour répressif qu'il soit, qui puisse résister au soulèvement de la vie. L'antagonisme Est-Ouest ne saurait expliquer la lutte pour l'émancipation des "damnés de la terre", pas plus qu'il n'aide à les résoudre. Zapata et les siens n'ont pas attendu que Lénine soit au pouvoir à Moscou pour prendre d'eux-mêmes les armes contre l'insoutenable dictature de Porfirio Diaz.

« [*Second message du Mexique*]... il n'y a pas de développement économique véritable sans la préservation d'une identité nationale, d'une culture originale. Le Mexique a fondu dans son creuset trois cultures, et leur synthèse a donné à votre pays la capacité de rester lui-même.

« C'est une lourde responsabilité que d'être placé par le destin à la frontière du plus puissant pays du monde, juste à la charnière du Nord et du Sud.

(...)

« La vraie richesse du Mexique, ce n'est pas son pétrole, c'est sa dignité. Je veux dire : sa culture. La richesse de votre pays, ce sont ses hommes et ses femmes, ses architectes, ses peintres, ses écrivains, ses techniciens, ses chercheurs, ses étudiants, ses travailleurs manuels et intellectuels. Que valent les ressources naturelles sans les ressources humaines ?

« Le Mexique créateur compte autant, sinon plus, à nos yeux que le Mexique producteur. C'est le premier qui met en valeur le second.

« Après tout, on connaît bien des produits nationaux bruts supérieurs aux vôtres, mais s'il est un jour possible de calculer la création nationale brute par tête d'habitant, on verra alors le Mexique apparaître au premier rang. Là est votre force. Pour ne rien vous cacher, c'est aussi la nôtre. Voilà ce qui doit faire passer nos deux pays de l'entente à la coopération.

(...)

« La France, comme le Mexique, a dit non au désespoir qui pousse à la violence ceux qu'on prive de tout autre moyen de se faire entendre. Elle dit non à l'attitude qui consiste à fouler aux pieds les libertés publiques pour décréter ensuite hors la loi ceux qui prennent les armes pour défendre les libertés.

« À tous les combattants de la liberté, la France lance son message d'espoir. Elle adresse son salut aux femmes, aux hommes, aux enfants mêmes, oui, à ces "enfants héros" semblables à ceux qui, dans cette ville, sauvèrent jadis l'honneur de votre patrie et qui tombent en ce moment même de par le monde pour un noble idéal.

« Salut aux humiliés, aux émigrés, aux exilés sur leur propre terre, qui veulent vivre, et vivre libres.

« Salut à celles et à ceux qu'on bâillonne, qu'on persécute ou qu'on torture, qui veulent vivre, et vivre libres.

« Salut aux séquestrés, aux disparus, aux assassinés qui voulaient seulement vivre, et vivre libres.

« Salut aux prêtres brutalisés, aux syndicalistes emprisonnés, aux chômeurs qui vendent leur sang pour survivre, aux Indiens pourchassés dans leur forêt, aux travailleurs sans droits, aux paysans sans terre, aux résistants sans armes, qui veulent vivre, et vivre libres. À tous, la France dit : Courage, la liberté vaincra. Et si elle le dit depuis la capitale du Mexique, c'est qu'ici ces mots possèdent tout leur sens.

« Quand la championne des droits du citoyen donne la main au champion du droit des peuples, qui peut penser que ce geste n'est pas aussi un geste d'amitié à l'égard de tous les autres peuples du monde, et en particulier du monde américain ? Et si j'en appelle à la liberté pour les peuples qui souffrent de l'espérer encore, je refuse tout autant ses sinistres contrefaçons : il n'est de liberté que par l'avènement de la démocratie.

« Notre siècle a mis l'Amérique latine au premier plan de la scène mondiale, la géographie et l'histoire ont mis le Mexique au premier rang de l'Amérique latine. S'il n'est pas chef de file, il est des précurseurs.

« Personne ne peut oublier que la première révolution sociale de ce siècle et la première réforme agraire de l'Amérique ont eu lieu ici. Personne ne peut oublier que le premier pays en Occident à avoir récupéré le pétrole pour la Nation, est celui du général Lazaro Cardenas, celui-là même qui vint au secours de la République espagnole écrasée par les bombes du franquisme. Personne ne peut oublier que c'est du Mexique que furent lancées les premières bases juridiques du nouvel ordre

économique international, que c'est encore à vous et à
votre président Lopez Portillo que les Nations unies
doivent la grande idée annonciatrice d'un plan mondial
de l'énergie.

« Voilà pourquoi, quand un Français socialiste s'adresse
aux patriotes mexicains, il se sent fort d'une longue
histoire au service de la liberté.

« Vive l'Amérique latine, fraternelle et souveraine !
Vive le Mexique ! Vive la France ! »

NOTE DE L'ÉDITEUR

L'éditeur a respecté scrupuleusement l'intégrité du texte de l'auteur.

Les citations de François Mitterrand incluses au fil des pages sont extraites de ses ouvrages et de ses discours que nous invitons les lecteurs à redécouvrir.

Première partie

FIDÈLE À MES ANCÊTRES

Table

Deuxième partie

UNE ADOLESCENCE
À L'AVENIR INCERTAIN

Troisième partie

LA IVe

Table 443

Quatrième partie

ET CELA DURA VINGT-TROIS ANS...

Cinquième partie

« QUE NOUS ARRIVE-T-IL ? »

ANNEXES

DU MÊME AUTEUR

LA LEVURE DU PAIN, *Éditions n° 1*, 1992

CES HOMMES SONT AVANT TOUT NOS FRÈRES, *Ramsay*, 1996

EN TOUTES LIBERTÉS, *Ramsay*, 1996

LE PRINTEMPS DES INSOUMIS, *Ramsay*, 1998

ÉCHANGER LA VIE, *Actes Sud*, 2000

LE LIVRE DE MA MÉMOIRE, 2007, *Jean-Claude Gawsewitch éditeur*, 2007 (Folio n° 4833)

Composition Nord Compo
Impression Maury-Imprimeur
45330 Malesherbes
le 6 janvier 2012.
Dépôt légal : janvier 2012.
1er dépôt légal dans la collection : janvier 2009.
Numéro d'imprimeur : 170473.

ISBN 978-2-07-036389-6. / Imprimé en France.